증편 한국구비문학대계

1-14

경기도 안산시

이 저서는 2008년 정부(교육과학기술부)의 재원으로 한국학중앙연구원(한국학진흥사업단)의 지원을 받아 수행된 연구임.(AKS-2008-AIA-3101)

증편 한국구비문학대계
1-14
경기도 안산시

김헌선 · 김형근 · 최자운 · 김혜정 · 변진섭

한국학중앙연구원

역락

발간사

민간의 이야기와 백성들의 노래는 민족의 문화적 자산이다. 삶의 현장에서 이러한 이야기와 노래를 창작하고 음미해 온 것은, 어떠한 권력이나 제도도, 넉넉한 금전적 자원도, 확실한 유통 체계도 가지지 못한 평범한 사람들이었다. 이야기와 노래들은 각각의 삶의 현장에서 공동체의 경험에 부합하였으며, 사람들의 정신과 기억 속에 각인되었다. 문자라는 기록 매체를 사용하지 못하였지만, 그 이야기와 노래가 이처럼 면면히 전승될 수 있었던 것은 그것이 바로 우리 민족의 유전형질의 일부분이 되었기 때문이며, 결국 이러한 이야기와 노래가 우리 민족을 하나의 공동체로 묶어 주고 있는 것이다.

사회와 매체 환경의 급격한 변화 가운데서 이러한 민족 공동체의 DNA는 날로 희석되어 가고 있다. 사랑방의 이야기들은 대중매체의 내러티브로 대체되어 버렸고, 생활의 현장에서 구가되던 민요들은 기계화에 밀려 버리고 말았다. 기억에만 의존하여 구전되던 이야기와 노래는 점차 잊히고 있다. 한국학중앙연구원이 1970년대 말에 개원함과 동시에, 시급하고도 중요한 연구사업으로 한국구비문학대계의 편찬 사업을 채택한 것은 바로 이러한 시대적 상황에 대한 우려와 잊혀 가는 민족적 자산에 대한 안타까움 때문이었다.

당시 전국의 거의 모든 구비문학 연구자들이 참여하였는데, 어려운 조사 환경에서도 80여 권의 자료집과 3권의 분류집을 출판한 것은 그들의 헌신적 활동에 기인한다. 당초 10년을 계획하고 추진하였으나 여러 사정으로 5년간만 추진되었으며, 결과적으로 한반도 남쪽의 삼분의 일에 해당하는 부분만 조사하게 되었다. 그럼에도 불구하고 한국구비문학대계는 주관기관인 한국학중앙연구원의 대표 사업으로 각광 받았을 뿐 아니라, 해방 이후 한국의 국가적 문화 사업의 하나로 꼽히게 되었다.

21세기에 들어서면서 한국학중앙연구원에서는 미완성인 채로 남아 있는 구비문학대계의 마무리를 더 이상 미룰 수 없다는 생각으로 이를 증보하고 개정할 계획을 세웠다. 20년 전의 첫 조사 때보다 환경이 더 나빠졌고, 이야기와 노래를 기억하고 있는 제보자들이 점점 줄어들고 있었던 것이다. 때마침 한국학 진흥에 대한 한국 정부의 의지와 맞물려 구비문학대계의 개정·증보사업이 출범하게 되었다.

이번 조사사업에서도 전국의 구비문학 연구자들이 거의 다 참여하여 충분하지 않은 재정적 여건에서도 충실히 조사연구에 임해 주었다. 전국 각지의 제보자들은 우리의 취지에 동의하여 최선으로 조사에 응해 주었다. 그 결과로 조사사업의 결과물은 '구비누리'라는 이름의 데이터베이스에 탑재가 되었고, 또 조사 자료의 텍스트와 음성 및 동영상까지 탑재 즉시 온라인으로 접근할 수 있는 시스템을 갖추었다. 특히 조사 단계부터 모든 과정을 디지털화함으로써 외국의 관련 학자와 기관의 선망의 대상이 되고 있다.

이제 조사사업의 결과물을 이처럼 책으로도 출판하게 된다. 당연히 1980년대의 일차 조사사업을 이어받음으로써 한편으로는 선배 연구자들의 업적을 계승하고, 한편으로는 민족문화사적으로 지고 있던 빚을 갚게 된 것이다. 이 사업의 연구책임자로서 현장조사단의 수고와 제보자의 고귀한 뜻에 감사를 표하지 않을 수 없다. 아울러 출판 기획과 편집을 담당한 한국학중앙연구원의 디지털편찬팀과 출판을 기꺼이 맡아준 역락출판사에 감사를 드린다.

2013년 10월 4일
한국구비문학대계 개정·증보사업 연구책임자 김병선

책머리에

구비문학조사는 늦었다고 생각하는 지금이 가장 빠른 때이다. 왜냐하면 자료의 전승 환경이 나날이 달라지고 있기 때문이다. 전승 환경이 훨씬 좋은 시기에 구비문학 자료를 진작 조사하지 못한 것이 안타깝게 여겨질수록, 지금 바로 현지조사에 착수하는 것이 최상의 대안이자 최선의 실천이다. 실제로 30여 년 전 제1차 한국구비문학대계 사업을 하면서 더 이른 시기에 조사를 했더라면 하는 아쉬움이 컸는데, 이번에 개정·증보를 위한 2차 현장조사를 다시 시작하면서 아직도 늦지 않았다는 사실을 실감했다.

구비문학 자료는 구비문학 연구와 함께 간다. 자료의 양과 질이 연구의 수준을 결정하고 연구수준에 따라 자료조사의 과학성이 결정되기 때문이다. 실제로 1차 조사사업 결과로 구비문학 연구가 눈에 띠게 성장했고, 그에 따라 조사방법도 크게 발전되었다. 그러나 연구의 수명과 유용성은 서로 반비례 관계를 이룬다. 구비문학 연구의 수명은 짧고 갈수록 빛이 바래지만, 자료의 수명은 매우 길 뿐 아니라 갈수록 그 가치는 더 빛난다. 그러므로 연구 활동 못지않게 자료를 수집하고 보고하는 일이 긴요하다.

교육부에서 구비문학조사 2차 사업을 새로 시작한 것은 구비문학이 문학작품이자 전승지식으로서 귀중한 문화유산일 뿐 아니라, 미래의 문화산업 자원이라는 사실을 실감한 까닭이다. 따라서 학계뿐만 아니라 문화계의 폭넓은 구비문학 자료 활용을 위하여 조사와 보고 방법도 인터넷 체제와 디지털 방식에 맞게 전환하였다. 조사환경은 많이 나빠졌지만 조사보고는 더 바람직하게 체계화함으로써 누구든지 쉽게 접속하여 이용할 수 있는 데이터베이스를 구축했다. 그러느라 조사결과를 보고서로 간행하는 일은 상대적으로 늦어지게 되었다.

2차 조사는 1차 사업에서 조사되지 않은 시군지역과 교포들이 거주하는 외국지역까지 포함하는 중장기 계획(2008~2018년)으로 진행되고 있다. 한국학중앙연구원 어문생활연구소와 안동대학교 민속학연구소가 공동으로 조사사업을 추진하되, 현장조사 및 보고 작업은 민속학연구소에서 담당하고 데이터베이스 구축 작업은 한국학중앙연구원에서 담당한다. 가장 중요한 일은 현장에서 발품 팔며 땀내 나는 조사활동을 벌인 조사자들의 몫이다. 마을에서 주민들과 날밤을 새우면서 자료를 조사하고 채록하여 보고서를 작성한 조사위원들과 조사원 여러분들의 수고를 기리지 않을 수 없다. 조사의 중요성을 알아차리고 적극 협력해 준 이야기꾼과 소리꾼 여러분께도 고마운 말씀을 올린다.

구비문학 조사를 전국적으로 실시하여 체계적으로 갈무리하고 방대한 분량으로 보고서를 간행한 업적은 아시아에서 유일하며 세계적으로도 그 보기를 찾기 힘든 일이다. 특히 2차 사업결과는 '구비누리'로 채록한 자료와 함께 원음도 청취할 수 있는 데이터베이스를 구축해서 세계에서 처음으로 인터넷과 스마트폰으로 이용할 수 있는 디지털 체계를 마련했다. '구슬이 서 말이라도 꿰어야 보배'인 것처럼, 아무리 귀한 자료를 모아두어도 이용하지 않으면 소용이 없다. 그러므로 이 보고서가 새로운 상상력과 문화적 창조력을 발휘하는 문화자산으로 널리 활용되기를 바란다. 한류의 신바람을 부추기는 노래방이자, 문화창조의 발상을 제공하는 이야기 주머니가 바로 한국구비문학대계이다.

2013년 10월 4일
한국구비문학대계 개정·증보사업 현장조사단장 임재해

한국구비문학대계 개정·증보사업 참여자(참여자 명단은 가나다 순)

연구책임자

　김병선

공동연구원

　강등학　강진옥　김익두　김헌선　나경수　박경수　박경신　송진한　신동흔
　이건식　이경엽　이인경　이창식　임재해　임철호　임치균　조현설　천혜숙
　허남춘　황인덕　황루시

전임연구원

　이균옥　최원오

박사급연구원

　강정식　권은영　김구한　김기옥　김영희　김월덕　김형근　노영근　서해숙
　유명희　이영식　이윤선　장노현　정규식　조정현　최명환　최자운　한미옥

연구보조원

　강소전　구미진　권희주　김보라　김옥숙　김자현　김혜정　마소연　박선미
　백민정　변진섭　송정희　이옥희　이홍우　이화영　편성철　한지현　한유진
　허정주

주관 연구기관 : 한국학중앙연구원 어문생활사연구소
공동 연구기관 : 안동대학교 민속학연구소

일러두기

- 『증편 한국구비문학대계』는 한국학중앙연구원과 안동대학교에서 3단계 10개년 계획으로 진행하는 "한국구비문학대계 개정·증보사업"의 조사 보고서이다.
- 『증편 한국구비문학대계』는 시군별 조사자료를 각각 별권으로 간행하는 것을 원칙으로 한다. 서울 및 경기는 1-, 강원은 2-, 충북은 3-, 충남은 4-, 전북은 5-, 전남은 6-, 경북은 7-, 경남은 8-, 제주는 9-으로 고유번호를 정하고, -선 다음에는 1980년대 출판된 『한국구비문학대계』의 지역 번호를 이어서 일련번호를 붙인다. 이에 따라 『증편 한국구비문학대계』는 서울 및 경기는 1-10, 강원은 2-10, 충북은 3-5, 충남은 4-6, 전북은 5-8, 전남은 6-13, 경북은 7-19, 경남은 8-15, 제주는 9-4권부터 시작한다.
- 각 권 서두에는 시군 개관을 수록해서, 해당 시·군의 역사적 유래, 사회·문화적 상황, 민속 및 구비 문학상의 특징 등을 제시한다.
- 조사마을에 대한 설명은 읍면동 별로 모아서 가나다 순으로 수록한다. 행정상의 위치, 조사일시, 조사자 등을 밝힌 후, 마을의 역사적 유래, 사회·문화적 상황, 민속 및 구비문학상의 특징 등을 중심으로 설명하고, 마을 전경 사진을 첨부한다.
- 제보자에 관한 설명은 읍면동 단위로 모아서 가나다 순으로 수록한다. 각 제보자의 성별, 태어난 해, 주소지, 제보일시, 조사자 등을 밝힌 후, 생애와 직업, 성격, 태도 등을 중심으로 서술하고, 제공 자료 목록과 사진을 함께 제시한다.

- 조사 자료는 읍면동 단위로 모은 후 설화(FOT), 현대 구전설화(MPN), 민요(FOS), 근현대 구전민요(MFS), 무가(SRS), 기타(ETC) 순으로 수록한다. 각 조사 자료는 제목, 자료코드, 조사장소, 조사일시, 조사자, 제보자, 구연상황, 줄거리(설화일 경우) 등을 먼저 밝히고, 본문을 제시한다. 자료코드는 대지역 번호, 소지역 번호, 자료 종류, 조사 연월일, 조사자 영문 이니셜, 제보자 영문 이니셜, 일련번호 등을 '_'로 구분하여 순서대로 나열한다.

- 자료 본문은 방언을 그대로 표기하되, 어려운 어휘나 구절은 ( ) 안에 풀이말을 넣고 복잡한 설명이 필요할 경우는 각주로 처리한다. 한자 병기나 조사자와 청중의 말 등도 ( ) 안에 기록한다.

- 구연이 시작된 다음에 일어난 상황 변화, 제보자의 동작과 태도, 억양 변화, 웃음 등은 [ ] 안에 기록한다.

- 잘 알아들을 수 없는 내용이 있을 경우, 청취 불능 음절수만큼 '○○○'와 같이 표시한다. 제보자의 이름 일부를 밝힐 수 없는 경우도 '홍길○'과 같이 표시한다.

- 『증편 한국구비문학대계』에 수록된 모든 자료는 웹(gubi.aks.ac.kr/web)과 모바일(mgubi.aks.ac.kr)에서 텍스트와 동기화된 실제 구연 음성파일을 들을 수 있다.

차례

설화

● 현대 구전설화

● 민요

▌제보자

● 설화

● **현대 구전설화**

● **민요**

● 근현대 구전민요

안산시 개관

'안산'이라는 지역 명칭은 고려, 조선시대에 사용되었던 명칭이었으나 일제시대에 시흥군에 편입되었다. 그 후 1979년 신도시 조성으로 인하여 다시 되찾은 이름이다.

동쪽은 군포시, 서쪽은 서해, 남쪽은 화성시와 의왕시, 북쪽은 시흥시와 접하고 있다. 인구는 69만 7,885명(2015년 현재)이다. 행정구역으로는 2개 구, 25개 행정동(30개 법정동)이 있다. 1979년에 반월공업단지로 조성하기 위하여 수원 반월, 시흥 군자 지역 등을 병합하여 '안산시'라는 계획도시를 만들어 오늘에 이른다. 그로 인해 급격히 외부로부터의 인구 유입이 시작되어 현재 안산의 거주민 중 순수 안산 토박이는 미미하며, 오히려 전라도, 충청도 태생들이 더 많다.

1. 역사

안산 지역은 삼국시대에는 고구려의 장항구현(獐項口縣) 또는 고사야홀차현(古斯也忽次縣)에 해당된다. 신라가 통일한 시기인 경덕왕 때 장구군(獐口郡)으로 승격되었다.

고려 초기에 안산군(安山郡)이라는 명칭으로 개칭되고, 현종 9년(1018)

에는 현재의 수원인 수주(水州)에 속한 안산현(安山縣)이 된다. 고려 충렬왕 34년(1308) 문종(文宗)이 탄생한 고을이라 하여 안산군(安山郡)으로 다시 승격된다.

조선시대에 들어와 태종 13년(1413) 전면적인 지방통치 조직의 개편이 되어 경기도에 예속되게 된다. 고종 32년(1895) 23부제가 실시되면서 인천부에 속하였다가 다시 경기도에 속한다.

1906년에는 경기 광주의 성곶면, 북방면, 월곡면이 안산군에 편입되었으나 일제강점기인 1914년에 행정구역이 통폐합됨에 따라 안산이 사라지게 된다. 즉, 안산, 시흥, 과천의 3개 군이 시흥군이란 명칭으로 통합된다. 안산 지역은 시흥군 수암면과 군자면으로 편제되었고, 성곶면·북방면·월곡면은 수원군에 이관되어 반월면이 되었다. 그 후 1976년 시흥군의 수암면, 군자면과 화성군의 반월면 일대가 반월신공업도시로 조성되면서 해마다 인구가 증가하여 1986년 1월 1일 시 승격과 함께 안산이란 옛 이름을 되찾아 안산시가 되었다. 1994년 12월에는 화성군 반월면 일부와 옹진군 대부면 전체가 편입되었고, 1995년 4월에는 시흥시 화정동 일부와 장상동·장하동·수암동이 편입되어 오늘날의 안산시가 되었다.

2. 행정구분

현재 안산은 상록구와 단원구의 2개 구와 25개 행정동(30개 법정동)이 있다. 상록구는 시의 동부에 위치한 구이다. 본래 인천과 시흥군 지역이었으며, 1986년 안산시로 승격되면서 편입되었다. 상록이라는 명칭은 일제강점기에 농촌문맹퇴치의 산실로서 소설 『상록수』의 작품 배경이 되었던 청석골, 즉 천곡(泉谷, 샘골)마을이 있기 때문에 비롯되었다. 지금도 본오동에는 당시 강습소로 사용되었던 천곡교회가 있고, 교회 옆 언덕에는 주인공 채영신의 모델이었던 최용신(崔容信)의 묘가 있다. 상록구에는 일

(一)・이(二)・사(四)・본오(本五)・부곡(釜谷)・월피(月陂)・양상(楊上)・성포(聲浦)・사사(沙士)・건건(乾乾)・팔곡(八谷)1・팔곡2・수암(秀巖)・장상(獐上)・장하(獐下) 등 15개 동이 있다.

단원구는 시의 서부에 위치한 구이다. 단원이라는 명칭은 안산에서 출생하여 그림수업을 시작한 것으로 알려진 단원 김홍도에서 비롯된 지명이다. 단원은 이 시의 대표적 인물이며 매년 10월 전국규모의 단원미술제가 개최되고 있고 해당구역에 단원각이 존재하여 중요행사시 시민 모두가 모여 타종을 하는 등 역사성과 상징성이 커 단원이라는 구 명칭이 비롯된 것이다. 단원구에는 와(瓦)・고잔(古棧)・원곡(元谷)・신길(新吉)・초지(草芝)・원시(元時)・목내(木內)・성곡(城谷)・선부(仙府)・화정(花井)・대부동(大阜東)・대부남(大阜南)・대부북(大阜北)・선감(仙甘)・풍도(豊島) 등 15개 동이 있다.

3. 산업교통

전 토지의 36.1%가 산지이고 경지는 16.1%이다. 경지 중 논이 1,230ha, 밭이 1,181ha인데 경지가 많은 지역은 대부・반월・원곡동 등이다. 농업인구는 전체 인구의 약 0.88%, 제조업 인구는 13.0%이다. 공업은 조립금속・섬유・화학・비금속・식료품・종이・인쇄공업 등이 발달하고 있다. 서울시의 공해 공장을 이전하기 위해 1979년 반월공단이 가동되기 시작한 이후 이곳에는 염색・금속・섬유・종이 등 1,000여 개 이상의 공장이 입지하게 되었다.

철도를 중심으로 공장지역 북쪽은 주거지로 계획된 이 도시는 여러 가지 산업시설, 레저시설, 연구기관, 대학교, 대학병원 등이 입지하고 있다. 상업시설로는 쇼핑센터・연쇄점・백화점 등이 입지하고 상설시장은 40여 개가 있다.

안산은 공장지와 주거지 모두 도로가 바둑판 모양으로 잘 짜여져 있고 서울·수원 등 대도시와도 연계가 잘 되어 있다. 도로는 서울외곽순환도로, 서해안고속도로와 국도 39호선이 동서로 지나 성포동에서 국도 42호선과 만나고, 북에서 남진한 국도 42호선은 성포동에서 국도 39호선과 합류해 동진하며, 국도 47호선은 반월동에서 국도 39호선과 분기해 북진한다.

국도 39호선과 국도 42호선은 확장되어 수인산업도로가 되었고, 국도 47호선은 서울~안산 간의 4차선 고속화도로가 되었다. 1988년에 경부선 금정역에서 안산까지의 안산선이 개통되었고, 협궤철도인 수인선이 지나다가 1994년에 철거되었다. 전철의 안산선 개통으로 서울~안산 간의 교통 혼잡이 크게 완화되었다.

<참고자료>
「안산시」, 『한국민족문화대백과사전』, 한국학중앙연구원.
『안산시사』, 안산문화원, 2011.
안산시청홈페이지 (http://www.iansan.net)

1. 단원구

경기도 안산시 단원구 대부남동 남2리 말부흥

조사일시 : 2011.1.11
조 사 자 : 김헌선, 김형근, 최자운, 김혜정, 변진섭

대부동은 주봉인 황금산을 주축으로 6개의 유인도 및 13개의 무인도로 형성된 도서지역이었다. 대부도는 고려시대부터 조선후기까지 여러 섬을 다스리는 큰 섬이라는 뜻과 도시 중의 중심도시라는 뜻으로 불리워지기도 하였다. 또 다른 설명으로는 남양쪽에서 바라보면 섬같지 않고 큰 언덕처럼 보인다 하여 '큰 언덕'이라고 붙여졌다고도 한다. 섬이었던 대부도는 시화지구개발사업으로 1988년 5월 화성군 서신면과 연결되었고, 1994년 1월 21일 시흥시 정왕동과 방어머리의 방조제 물막이 공사를 통해 육

지화가 되었다.

대부동은 2009. 12. 31 현재 3,440세대에 7,114명이 살고 있다. 면적은 41.98km²이고, 행정동은 대부동이고, 법정동으로 대부북동(大阜北洞), 대부남동(大阜南洞), 대부동동(大阜東洞), 선감동(仙甘洞), 풍도동(豊島洞)이 있다. 대부동은 무척 다양한 행정구역 변화를 겪어 왔다. 조선시대에는 남양군에, 1914년 행정개편 때는 부천군, 1971년에는 옹진군, 1994년에 비로소 안산시가 되었다. 시화방조제 건설 이전에는 조개 채취 등을 중심으로 한 어업이 성행했으나, 건설 이후에는 조개가 나질 않아 전통적 삶의 환경 변화를 겪은 지역이다.

대부남동은 남1리 중부흥, 남2리 말부흥, 남3리 향낭골(학난골), 남4리 흘곶, 남5리 흥성리, 남6리로 구성되어 있다. 이번 한국구비문학대계 안산시 조사에서는 마을 경로당이 있는 중부흥, 말부흥, 향낭골, 흘곶을 방문하였고, 말부흥, 향낭골, 흘곶에서 의미있는 구비문학 자료들을 얻을 수 있었다.

대부도 남쪽 중앙부에서 반도형을 이루고 있는 지역이 이른바 부흥(富興)이다. 1871년에 작성된 대부도지도에 부항포(浮缸浦)라고 표기되어 있다. 물 위에 떠있는 목이 긴 항아리같이 생긴 포구이다. 아마도 이 부항이 와음되고, 일제시대에 한자화하여 '부흥'으로 정착된 것으로 보인다. 말부흥도 여느 마을처럼 농악대도 있었고, 당산이 있어서 정월에는 당제사도 지냈었다. 장승을 세웠던 장승백이도 있었으나 다 옛말이 되었다. 이 마을은 6.25이후 옹진이나 황해도에서 피난 온 사람들도 제법 있다. 어패류를 채취하는 것이 생업이었으나, 시화방조제 건설 이후 조개가 나지 않아 그저 경로당에 나와서 시간을 보낸다고 한다. 화성의 사강장으로 장을 보러 다녔다.

경기도 안산시 단원구 대부남동 남3리 향낭골

조사일시 : 2011.1.10
조 사 자 : 김헌선, 김형근, 최자운, 김혜정, 변진섭

학이 알을 품고 있는 지형의 모습을 따서 학난골(鶴卵谷)이라 부른다. 다른 말로는 행낭골, 향낭골 등으로 불린다. 행랑골은 조선시대에 말을 돌보는 목부와 감독관들이 잠을 자던 행랑이 있었던 곳이기 때문이라는 설도 있다. 마을이 한참 번성하던 시기에는 150여 가구가 넘었으나 현재는 100가구 정도 된다. 대부남동의 5개 마을 중 큰 규모의 마을이다. 1960년대까지는 정월에 날 잡아서 당제를 지냈다. 밭과 논이 조금 있고, 염전과 굴 등을 채취하는 것이 주요 생업이었다. 영장마루, 삼태골, 웃뿌리, 장거리여, 고래뿌리, 웃밭재, 절골, 아침서근여 등의 자연 지명 이름들을 가지고 있다.

경기도 안산시 단원구 대부남동 남4리 흘곶

조사일시 : 2011.1.10
조 사 자 : 김헌선, 김형근, 최자운, 김혜정, 변진섭

대부도 남쪽의 가장 끝에 있는 마을이다. 그래서 흘곶(訖串洞)이라 불린다. 19세기 이전 대부도 지명에 나타나는 곳이 흘곶, 영전, 종현이므로 유서 깊은 마을이었음을 알 수 있다. 마을사람들은 수 백년 전에 이곳은 섬이었고, 사람들이 한 둘씩 들어와 살면서 지금에 이르렀다고 한다. 그믐과 보름 사리에 조류관계가 심하고 고기가 많았다고 한다. 20여 년 전까지는 정월에 택일하여 도당굿을 했었다. 아랫당과 웃당이 있어서 당골을 불러 이틀간 큰굿을 했었다. 남리 일대에서 이런 규모의 마을 의례를 했었던 동네는 흘곶뿐이었다고 한다. 현재 105세대 정도가 살고 있다.

경기도 안산시 단원구 대부동동 동6리 영전

조사일시 : 2011.1.10

조 사 자 : 김헌선, 김형근, 최자운, 김혜정, 변진섭

밭이 많고 또 땅이 기름져 대대로 영화를 누리는 동네라는 뜻으로 영전동(榮田)이라 불렀다고 한다. 마을이 컸을 때는 100여 세대 정도였으나 현재는 70여 세대가 거주하고 있다. 쓰지는 않지만 여전히 마을 상여를 보관해놓은 곳집이 아직도 남아있다. 안동 김씨가 많이 살았지만 각성바지 마을이다. 섣달 그믐에 유교식의 마을제사를 드렸으나 30년 전에 중단되었다. 이때는 무당을 불러 굿도 했었다. 수상골우물이라는 중심 우물에서 이른바 우물제사(井祭)도 드렸었다. 이 마을은 본래 어촌이었으나 방조제 건설 이후 농촌으로 삶의 환경이 완전히 바뀐 곳이다. 유난히 동네 결혼이 많았다. 제사를 위해 장을 봐야 할 때면 사강장을 다녔다.

경기도 안산시 단원구 대부북동 북2리 종현

조사일시 : 2011.1.13, 2011.1.25
조 사 자 : 김헌선, 김형근, 최자운, 김혜정, 변진섭

대부북동은 북1, 5리 상동, 북2리 종현동, 북3리 두우현, 북4리 용두포로 구성되어 있다. 이번 한국구비문학대계 안산시 조사에서는 북2리 종현 경로당에서 조사가 진행되었다.

인조 임금이 병자호란으로 피난 중에 잠시 이 마을에 머물렀고, 여기서 우물을 찾았다. 그 우물을 왕지정이라 칭하고 기념으로 쇠로 만든 종을 하사하였다고 한다. 그 이후 사람들이 이 마을을 종현동(鍾懸洞)이라 불렀다고 한다.

경기도 안산시 단원구 선감동 선감1리

조사일시 : 2011.1.18
조 사 자 : 김헌선, 김형근, 최자운, 김혜정, 변진섭

　선감도는 현재 대부도와 화성시와 연결되어 있어서 크게 대부도의 한 부분처럼 보이는 지역이다. 선감동은 고려시대부터 선감미도(仙甘彌島)로 표기되어 왔다. 1913년 남양군이었던 대부면을 부천군으로 편입할 당시 불도와 탄도를 합하여 선감1리로 하였다가 1961년 법정리를 행정리로 분할하면서 선감도를 선감1리, 불도와 탄도를 선감2리로 하였다. 이번 구비문학대계 조사에는 경로당이 있는 선감1리에서 조사가 진행되었다.

　선감도는 옛날에 속세를 떠난 신선이 이곳에 내려와 목욕을 했다고 하여 이름 붙여졌다는 설도 있고, 고려인 홍다구가 원에 귀화하고 일본 정벌에 필요한 배를 그의 고향인 이곳에서 지어서 선감이(船監吏) 또는 선감도(船監島)로 불렀다는 설도 있다. 선감도에는 소년 수용소였던 선감학원(仙甘學園)이 있었다. 선감학원은 일제강점기 말기인 1941년 10월 조선총독부 지시에 의해 세워져 1942년 4월에 처음으로 200명의 소년이 수용되었고, 이후 대한민국 제5공화국 초기인 1982년까지 40년 동안 운영되었다. 그곳의 가혹행위와 배고픔을 참지 못한 소년들이 탈출해 동네에 와 먹을 것을 훔치고, 못된 짓들을 해서 이 마을 사람들에게는 공포의 대상 이었다.

경기도 안산시 단원구 와동 방죽말

조사일시 : 2011.2.13, 2011.3.19
조 사 자 : 김헌선, 김형근, 최자운, 김혜정, 변진섭

　조선시대에는 안산군 잉화면 와상리와 와하리였다가, 1914년에 시흥군 수암면 와리로 개칭되었다. 1986년에는 안산시 와동(瓦洞)이 되었다. 와동 은 기와를 굽던 와골에서 유래되었고, 와골은 그 후 조선 중엽 수해로 광 덕산 서쪽 낙맥이 무너져 내릴 때 매몰된 후 농경지로 되었다가 신도시가 조성되면서 와동 복지회관이 들어섰다.

와동은 신도시개발로 자연취락이 모두 폐동되어 대부분의 지역이 택지로 조성되었는데, 폐동전 마을로는 가자골(佳才谷), 뒷골(後谷), 동작리(銅雀里), 새말(新村), 압실(前村), 왜두둘기(倭-), 큰고개(大峴) 등이었다. 방죽말은 동작리(銅雀里)를 가리킨다. 마을 서쪽에 방죽이 생겼기 때문에 방죽말이라 불린 것이다.

경기도 안산시 단원구 와동 왜둘기

조사일시 : 2011.2.19, 2011.3.19
조 사 자 : 김헌선, 김형근, 최자운, 김혜정, 변진섭

와동은 도시 개발 이전에 가자골(佳才谷), 뒷골(後谷), 동작리(銅雀里), 새말(新村), 압실(前村), 왜두둘기(倭-), 큰고개(大峴)라는 자연 마을이 있었다. 왜둘기 또는 왜두둘기는 압실과 동작리 사이에 위치했 있었다. 조선

왕조 선조 때 임진왜란이 일어나자 마을에 침입한 왜인(倭人)을 주민들이 합세해 두들겨 물리쳤다는 연유로 붙여졌다고 한다. 임씨가 배판한 이래 고성 이씨, 안산 김씨 등이 세거해 28호가 있었다가 1987년에 폐동되었다. 현재는 택지 조성이 되어 도시가 되었다.

경기도 안산시 단원구 풍도동 풍도

조사일시 : 2011.1.21
조 사 자 : 김헌선, 김형근, 최자운, 김혜정, 변진섭

경기도 안산시 대부동에 속하는 섬. 대부도 남서쪽 17km, 안산시에서 44.5km 지점에 있다. 45세대의 120명 정도가 살고 있고, 10여 호 정도가 배를 부린다. 풍도(豊島)는 고려에서 조선말까지는 단풍나무 풍(楓)자를 써서 풍도로 표기하였다. 그러나 1909년 대부면의 하부행정리가 되면서는 풍성할 풍(豊)자를 써서 풍도라 이름하였다. 농토가 없고 섬 근해 어장에 해산물이 풍족치 않아 풍도사람들의 희망을 담아 그렇게 바꾸었다고 한다. 풍도는 인천여객선터미널에서 오전 9시 경쯤 배가 한번 들어갔다가 나오는 섬이다. 소요시간은 2시간 정도 걸린다. 행정구역이 안산시로 편입되어 있지만 실제 풍도 사람들은 인천 문화권에 속한다. 전화번호의 지역번호가 032이고, 교통편이 인천과 닿아있기 때문이다. 또 초등교육만 받을 수 있는 분교만 있어서 고등교육을 위해 자식들을 인천의 학교들로 보내야 한다.

풍도의 경우 고기 잡는 배보다는 운반선을 주로 부렸다. 서해의 고기, 소금 등을 운반하거나, 일제 강점기에는 충남 당진, 서산 등지에서 강제 공출한 쌀을 인천항으로 실어다 주는 일을 했다. 해방 후에는 안면도에서 나오는 규사를 실어 나르는 일을 했다. 그 외에 풍도는 어패류를 채취하는 것이 주요한 생계수단이었다. 풍도에서는 간혹 굴만 딸 수 있을 뿐 실

제 어장은 '도리도'라는 곳에서 했다. 도리는 현재 화성군 서신면 백미리에 속한 지역이다. 본래 풍도 사람들의 어장이었으나 안산시에서 화성시로 관할권이 넘어가면서, 더 이상 이 어장에서 작업을 할 수 없게 되었다. 풍도 마을 사람들은 이 부분을 가장 맘 아프게 생각하며, 이젠 생계를 영위할 수 있는 방편이 없다는 점을 하소연하고 있다. 봄철에 야생화를 보기 위한 관광객들이 머무는 민박집이 몇 개 있다.

풍도는 당제도 있었고, 굿도 있었다. 정월대보름에는 집집마다 지신밟기를 했었고, 2월 그믐이나 3월달에는 날을 받아 당제도 드렸다. 그러나 30-40년 전에 중단되었다.

▌제보자

강음전, 여, 1935년생

주 소 지 : 경기도 안산시 단원구 선감동 선감1리
제보일시 : 2011.1.18
조 사 자 : 김헌선, 김형근, 최자운, 김혜정, 변진섭

황해도에서 전쟁 중에 피난 나와서 이곳
에 정착하였다.

제공 자료 목록
02_14_FOS_20110118_KHS_KUJ_0001 다리세기 /
한알대 두알대

김두분, 여, 1934년생

주 소 지 : 경기도 안산시 단원구 선감동 선감1리
제보일시 : 2011.1.18
조 사 자 : 김헌선, 김형근, 최자운, 김혜정, 변진섭

출생하기는 안산 단원구 풍도이다. 그다
음 대부남동 남1리 중부흥 마을에서 살다가
이곳으로 시집왔다.

제공 자료 목록
02_14_FOT_20110118_KHS_KDB_0001 아기장수
이야기
02_14_FOS_20110118_KHS_KDB_0001 다리세기
/ 이가지 저가지

김복동, 남, 1936년생

주 소 지 : 경기도 안산시 단원구 대부북동 북2리 종현마을
제보일시 : 2011.1.13
조 사 자 : 김헌선, 김형근, 최자운, 김혜정, 변진섭

바로 옆 마을인 두우현에서 이곳으로 정
착한지는 2대 정도 되었다. 자그마한 체구
지만 강단 있는 인상이었다. 현재 노인회장
직을 맡기도 하고, 소리와 농악 등에 능해
서 이 마을 사람들 누구나 김복동 제보자를
인정해주는 눈치였다. 본인 또한 자신의 소
리에 대한 자부심이 강했다. 김복동은 안산
에서 소문난 소리꾼이다. 안산문화원 등에

서도 기존에 조사한 예가 있다. 조사 당시 생존해 있는 안산의 소리꾼이
라고 하면, 와동의 천병희와 대부북동의 김복동, 풍도의 이상희가 손꼽힌
다. 다만 우리의 조사시기가 김복동 제보자의 건강이 좋지 않았던 때여서
온전히 모든 소리를 녹음할 수는 없었다. 게다가 그 소리를 뒤에서 받쳐
줄 뒷소리꾼들이 없는 것도 안타까웠다. 그래서 혼자 짧게 부를 수 있는
것만을 조사할 수 있었다.

제공 자료 목록

02_14_FOS_20110113_KHS_KBD_0001 고사반
02_14_MFS_20110113_KHS_KBD_0001 창부타령
02_14_MFS_20110113_KHS_KBD_0002 노랫가락

김숙규, 여, 1945년생

주 소 지 : 경기도 안산시 단원구 대부남동 남2리 말부흥마을
제보일시 : 2011.1.11

조 사 자 : 김헌선, 김형근, 최자운, 김혜정, 변진섭

화성시 정남면에서 이곳으로 시집왔다. 경로당에 70세 이하는 보통 젊은 축에 속한다. 말부흥마을의 경로당도 마찬가지여서 김숙규 제보자는 거의 막내격에 해당되었다. 그래서 여러 어르신들의 뒤편에 앉아있었다. '다리세기'를 묻자 수근수근할 뿐 누구도 하려하지 않았을 때, 다소 소리가 들리게 말했던 이가 김숙규 제보자였다. 녹음을 위  해 잠시 녹음기 근처로 오시라 하자 안하겠다고 사양해서, 녹음기를 들고 제보자의 앞에 갔다. 그러자 하는 수 없이 '다리세기'를 불러주었다.

제공 자료 목록

02_14_FOS_20110111_KHS_KSG_0001 다리세기 / 한알대 두알대

김순례, 여, 1938년생

주 소 지 : 경기도 안산시 단원구 대부동동 동6리 영전마을

제보일시 : 2011.1.18

조 사 자 : 김헌선, 김형근, 최자운, 김혜정, 변진섭

이 동네에서 태어나서, 한마을 결혼하여 지금까지 살고 있다. 우연히 조사자들의 바로 옆에 앉게 되었고, 조사자 중 한사람이 자신의 손주와 닮았다며 조사에 호의를 보였다. 유쾌하고 밝은 성격이었다. 아이의 아픈 배를 쓰다듬는 소리를 구연할 때는 한 조사자의 배를 직접 쓰다듬는 모습도 갑작

스레 연출하여 모든 사람들을 즐겁게 해주었다.

제공 자료 목록
02_14_FOS_20110118_KHS_KSR_0001 자장가
02_14_FOS_20110118_KHS_KSR_0002 시집살이노래 / 성님 성님 사촌성님
02_14_FOS_20110118_KHS_KSR_0003 아이 아픈 배 쓸어주는 소리

김옥근, 여, 1934년생

주 소 지 : 경기도 안산시 단원구 대부동동 동6리 영
　　　　　전마을
제보일시 : 2011.1.18
조 사 자 : 김헌선, 김형근, 최자운, 김혜정, 변진섭

　대부동 북3리 두우현 마을에서 이곳으로
시집왔다. 씩씩하고 활달한 성격이어서 이
미 다른 할머니들로부터 소리와 이야기를
잘 한다고 인정을 받는 분이었다.

제공 자료 목록
02_14_FOT_20110118_KHS_KOG_0001 상감의 사위가 된 총각
02_14_FOT_20110118_KHS_KOG_0002 수수깡이 빨개진 이유
02_14_FOT_20110118_KHS_KOG_0003 방귀쟁이 며느리
02_14_MPN_20110118_KHS_KOG_0001 귀신 본 이야기
02_14_MPN_20110118_KHS_KOG_0002 용이 되지 못한 이무기
02_14_FOS_20110118_KHS_KOG_0001 다리세기 / 한갈래 두갈래
02_14_FOS_20110118_KHS_KOG_0002 방망이점 놀이 노래

김옥분, 여, 1939년생

주 소 지 : 경기도 안산시 단원구 대부북동 북2리 종현마을
제보일시 : 2011.1.25

조 사 자 : 김헌선, 김형근, 최자운, 김혜정, 변진섭

종현마을에서 태어나 한마을에서 결혼하였다. 남편은 이 마을의 소리꾼인 김복동이다. 소리나 이야기를 잘 모른다며 수줍게 웃음만 짓다가 간단한 다리세기를 불러주었다.

제공 자료 목록
02_14_FOS_20110125_KHS_KOB_0001 다리세기 / 앵걸레 댕걸레

김정예, 여, 1941년생

주 소 지 : 경기도 안산시 단원구 대부북동 북2리 종현마을
제보일시 : 2011.1.25
조 사 자 : 김헌선, 김형근, 최자운, 김혜정, 변진섭

영흥도에서 태어나 이곳으로 시집왔다. 옛 이야기나 소리를 아는 것이 없지만, 다리세기는 어렸을 적 했던 것이라며 불러주었다.

제공 자료 목록
02_14_FOS_20110125_KHS_KJY_0001 다리세기 / 한알대 두알대

김초옥, 여, 1935년생

주 소 지 : 경기도 안산시 단원구 대부동동 동6리 영전마을
제보일시 : 2011.1.18
조 사 자 : 김헌선, 김형근, 최자운, 김혜정, 변진섭

이 마을에서 태어나 결혼하고 지금까지도 살고 있다. 조사의 초반에는 다소 외부 조사자 앞에서의 소리를 낯설어했지만 자꾸 요청하자 본인의 흥을 끌어내주었다.

제공 자료 목록

02_14_FOS_20110118_KHS_KCO_0001 아이어르는 소리 / 시강달공

02_14_FOS_20110118_KHS_KCO_0002 다리세기 / 이거리 저거리

02_14_FOS_20110118_KHS_KCO_0003 춘향이신 내리는 놀이 노래

노동예, 여, 1928년생

주 소 지 : 경기도 안산시 단원구 와동 왜둘기

제보일시 : 2011.2.19, 2011.3.19

조 사 자 : 김헌선, 김형근, 최자운, 김혜정, 변진섭

전남 고흥에서 태생하였다. 그곳에서 살다가 이곳 안산으로 이사 온 지는 22년 되었다. 그가 불러준 두 노래는 안산의 노래이기보다는 고향인 전남 고흥에서 배우고 불렀던 노래이다. 오히려 현재의 안산시는 전라도 출신의 시민들이 가장 많은 구성비율을 차지하고 있다.

제공 자료 목록

02_14_FOS_20110219_KHS_NDY_0001 다리세기 / 이거리 저거리

02_14_FOS_20110319_KHS_NDY_0001 종지돌리기놀이 노래

문기식, 남, 1935년생

주 소 지 : 경기도 안산시 단원구 선감동 선감1리
제보일시 : 2011.1.18
조 사 자 : 김헌선, 김형근, 최자운, 김혜정, 변진섭

이 마을 토박이다. 성격이 무척 점잖고, 옛 어른들에게 들은 이야기들을 잘 기억하고 있어서 마을 유래 등을 잘 설명해주었다. 조사를 위해 마을회관을 찾았을 때 몇 명의 할아버지들이 계셨으나 이렇다 할 성과가 없었다. 제보자 문기식을 추천하고, 연락하여 뒤늦게 조사에 합류하였다. 제보자는 설화나 민요 보다는 역사, 유래 등에 관심이 더 많았다.

제공 자료 목록
02_14_FOT_20110118_KHS_MGS_0001 마귀할멈 부춧돌(선돌바위) 유래
02_14_FOT_20110118_KHS_MGS_0002 괵끼뿌리의 중국 대추나무
02_14_FOT_20110118_KHS_MGS_0003 아주 작은 논(배미)
02_14_FOT_20110118_KHS_MGS_0004 불도와 탄도마을의 명칭 유래

문연구, 여, 1928년생

주 소 지 : 경기도 안산시 단원구 와동 왜둘기
제보일시 : 2011.2.19, 2011.3.19
조 사 자 : 김헌선, 김형근, 최자운, 김혜정, 변진섭

강원 정선에서 태어나서 영월 덕굴로 시집을 갔다. 대구로 이사갔다가, 안산으로 이사 온 지 20년이 넘었다. 아는 사람의 소개

로 이곳에 슈퍼마켓을 하기 위해서 왔는데, 그때 여기에는 집이 하나도 없었던 곳이었다고 한다. 그래서 소위 이 마을의 토박이는 자신이라고도 말을 한다.

제공 자료 목록

02_14_FOS_20110219_KHS_MYG_0001 별혜는 소리 / 별하나 나하나
02_14_FOS_20110219_KHS_MYG_0002 자장가
02_14_FOS_20110219_KHS_MYG_0003 아이어르는 소리 / 풀무소리
02_14_FOS_20110219_KHS_MYG_0004 아이어르는 소리 / 알강달강
02_14_FOS_20110219_KHS_MYG_0005 정선아라리

문정봉, 여, 1926년생

주 소 지 : 경기도 안산시 단원구 대부남동 남2리 말부흥마을
제보일시 : 2011.1.11
조 사 자 : 김헌선, 김형근, 최자운, 김혜정, 변진섭

안산 선감리에서 17세에 이곳으로 시집 왔다. 젊어서는 노래를 참 잘했다고 한다. 그래서 마을 사람들은 문정봉 제보자를 가리키며 한번 시켜보라고 할 정도였다. 연로하여 숨도 차고, 가사도 잊어버린 것이 많아서 잘 안 하려고 하였다. 거듭 마을사람과 조사자들이 부탁을 하자, 노랫가락과 창부타령 한 구절 정도 불러주었다.

제공 자료 목록

02_14_FOS_20110111_KHS_MJB_0001 자장가
02_14_MFS_20110111_KHS_MJB_0001 노랫가락
02_14_MFS_20110111_KHS_MJB_0002 창부타령

박부근, 여, 1935년생

주 소 지 : 경기도 안산시 단원구 와동 왜둘기
제보일시 : 2011.2.19, 2011.3.19
조 사 자 : 김헌선, 김형근, 최자운, 김혜정, 변진섭

서울 출생으로 17세에 경기도 광주로 출
가하였다. 여러 곳으로 이사하여 살다가 이
곳 안산으로 온 지는 8년 정도 되었다. 현
재 와동 왜둘기 경로당의 노인회장이다. 이
곳에 오기 전에 안양에서도 노인회장을 했
었다고 한다. 젊어서도 새마을부녀회 등 여
러 활동들을 한 경험이 있어서 무척 진취적
인 인상을 주었다. 무척 성격이 괄괄하였으
며, 매일 노인회관의 점심을 손수 만들어 제공하였다. 이렇기에 다른 어
르신들이 노인회장의 리더십에 잘 따르는 것으로 보였다. 조사에 적극적
이었다.

제공 자료 목록

02_14_FOT_20110319_KHS_PBG_0001 십년공부 나무아미타불
02_14_FOT_20110319_KHS_PBG_0002 복있는 노총각
02_14_FOT_20110319_KHS_PBG_0003 한번 엎지른 물은 다시 못담는다
02_14_FOT_20110319_KHS_PBG_0004 며느리의 젖을 문 시아버지
02_14_FOT_20110319_KHS_PBG_0005 달래나고개의 유래
02_14_FOS_20110219_KHS_PBG_0001 대추 떨어지라고 부르는 노래
02_14_FOS_20110219_KHS_PBG_0002 별혜는 소리 / 별하나 나하나
02_14_FOS_20110219_KHS_PBG_0003 아이어르는 소리 / 풀무소리
02_14_FOS_20110219_KHS_PBG_0004 아이어르는 소리 / 알강달강
02_14_ETC_20110319_KHS_PBG_0001 객귀물리는 소리

박양자, 여, 1938년생

주 소 지 : 경기도 안산시 단원구 선감동 선감1리
제보일시 : 2011.1.18
조 사 자 : 김헌선, 김형근, 최자운, 김혜정, 변진섭

경남 하동에서 이곳으로 이사 온 지 25년
정도 되었다.

제공 자료 목록
02_14_FOS_20110118_KHS_PYJ_0001 다리세기 /
이거리 저거리

백정금, 여, 1936년생

주 소 지 : 경기도 안산시 단원구 대부남동 남3리 향
　　　　　 낭골마을
제보일시 : 2011.1.10
조 사 자 : 김헌선, 김형근, 최자운, 김혜정, 변진섭

대부남동 남5리 흥성리에서 이곳으로 시
집 와서 살고 있다.

제공 자료 목록
02_14_FOT_20110110_KHS_BJG_0001　아기장수
이야기
02_14_MPN_20110110_KHS_BJG_0001 용을 본 이야기

신윤숙, 여, 1939년생

주 소 지 : 경기도 안산시 단원구 선감동 선감1리
제보일시 : 2011.1.18
조 사 자 : 김헌선, 김형근, 최자운, 김혜정, 변진섭

이 마을에서 태어나 한마을 결혼하여 지금까지 살고 있다. 조사할 때의 반응과 호탕한 웃음으로 미루건데 분명 흥이 있는 인물이었지만, 옛 이야기와 노래를 기억하지는 못하였다. 그런 점을 본인 또한 아쉬워했다.

제공 자료 목록
02_14_FOS_20110118_KHS_SYS_0001
  방망이점 놀이 노래

유월득, 여, 1927년생

주 소 지 : 경기도 안산시 단원구 대부남동 남3리 향낭골마을
제보일시 : 2011.1.10
조 사 자 : 김헌선, 김형근, 최자운, 김혜정, 변진섭

충남 당진에서 이곳으로 15세에 시집와서 살고 있다. 향낭골마을에서는 나이가 가장 많은 축에 속하였다. 마을 사람들이 유월득 제보자를 가리키며 노래를 잘한다고 시켜보라고 했다. 정작 본인은 정색을 하고 못한다고 하였다. 그러나 마지못해 한마디 해주었다. 젊어서는 잘 했으나 이젠 숨도 차고, 가사도 기억이 나지 않아 못하겠다고 하였다.

제공 자료 목록
02_14_FOS_20110110_KHS_YWD_0001 시집살이 노래 / 우리 어머니는 왜 날 낳아서

02_14_FOS_20110110_KHS_YWD_0002 시집살이 노래 / 성님 성님 사촌성님
02_14_FOS_20110110_KHS_YWD_0003 자장가
02_14_FOS_20110110_KHS_YWD_0004 아이어르는 소리 / 실강 달강

이구영, 남, 1941년생

주 소 지 : 경기도 안산시 단원구 대부남동 남4리 흘곳마을
제보일시 : 2011.1.13
조 사 자 : 김헌선, 김형근, 최자운, 김혜정, 변진섭

이 마을 토박이다. 이 마을의 선소리꾼으로 인근 선소리꾼이 없는 마을에 불려가서도 선소리를 해주곤 하였다. 조사 당시 마을회관에는 있지 않았지만 마을사람들이 강력히 추천하고, 또 연락을 취해 불려와서 노래를 불러주었다. 처음에는 그냥 소리만 부탁했으나, 어떻게 소리만 하느냐며 옆에 있던 북을 치면서 소리를 하였다. 소리꾼으로서 소리의 자부심, 신명이 넘치며, 또한 앞소리꾼으로서 좌중을 휘어잡는 카리스마도 가진 인물이다.

제공 자료 목록
02_14_FOS_20110113_KHS_LGY_0001 상여소리
02_14_FOS_20110113_KHS_LGY_0002 회다지소리-달구소리
02_14_FOS_20110113_KHS_LGY_0003 화투뒤풀이
02_14_FOS_20110113_KHS_LGY_0004 달거리
02_14_FOS_20110113_KHS_LGY_0005 각설이타령
02_14_MFS_20110113_KHS_LGY_0001 회심곡
02_14_MFS_20110113_KHS_LGY_0002 창부타령

이상희, 남, 1929년생

주 소 지 : 경기도 안산시 단원구 풍도동 풍도
제보일시 : 2011.1.21
조 사 자 : 김헌선, 김형근, 최자운, 김혜정, 변진섭

충남 서천 비인면 성내리 태생이다. 아버지는 6세 때에 일찍 돌아가셨고, 어머니가 개가를 함에 따라 11세에 이곳으로 이사 오게 된다. 운반을 주목적으로 하는 뱃일을 하다, 군 생활을 강릉에서 했었다. 젊어서는 꽤 한량처럼 생활을 하여 부인을 힘들게 했었다고 했다. 현재 부인이 아픈데 이제는 그때의 잘못을 갚기 위하여 밥 등 살림살이를 도맡아 한다고 한다. 그때의 빚을 갚고 있다는 것이다. 무척 이름난 소리꾼이어서 안산문화원, MBC 라디오 등에서도 조사를 하였던 인물이다. 마을에 뒷소리를 받아줄만한 사람들이 없어서 혼자 노래를 불러야 하기에 길게 부르지 않아 아쉬웠다.

제공 자료 목록

02_14_FOS_20110121_KHS_LSH_0001 고사반
02_14_FOS_20110121_KHS_LSH_0002 배치기
02_14_FOS_20110121_KHS_LSH_0003 상여소리
02_14_FOS_20110121_KHS_LSH_0004 수심가
02_14_FOS_20110121_KHS_LSH_0005 각설이타령
02_14_MFS_20110121_KHS_LSH_0001 창부타령
02_14_MFS_20110121_KHS_LSH_0002 청춘가

이순열, 여, 1932년생

주 소 지 : 경기도 안산시 단원구 대부남동 남3리 향낭골마을

제보일시 : 2011.1.10
조 사 자 : 김헌선, 김형근, 최자운, 김혜정, 변진섭

영흥도에서 이곳으로 시집왔다. 남들 앞에 크게 나서는 성격이 아니어서 조용조용 이야기를 해주었다.

제공 자료 목록
02_14_FOT_20110110_KHS_LSY_0001 호랑이를 놀래킨 며느리
02_14_FOT_20110110_KHS_LSY_0002 집나갔다 돌아온 며느리
02_14_MPN_20110110_KHS_LSY_0001 도깨비 본 이야기
02_14_MPN_20110110_KHS_LSY_0002 철썩귀신 본 이야기

이용녀, 여, 1930년생

주 소 지 : 경기도 안산시 단원구 와동 왜둘기
제보일시 : 2011.2.19, 2011.3.19
조 사 자 : 김헌선, 김형근, 최자운, 김혜정, 변진섭

전남 나주 문평에서 이곳으로 이사 온 지 25년 정도 되었다. 제공해준 노래와 이야기는 모두 고향에서 배우고 불렀던 노래이다.

제공 자료 목록
02_14_FOS_20110219_KHS_LYN_0001 다리세기 / 한나 만나
02_14_FOS_20110219_KHS_LYN_0002 자장가
02_14_FOS_20110219_KHS_LYN_0003 베틀가
02_14_FOS_20110219_KHS_LYN_0004 춘향이신 내리는 놀이 노래
02_14_FOT_20110319_KHS_LYN_0001 효자와 호랑이

이춘성, 여, 1930년생

주 소 지 : 경기도 안산시 단원구 와동 왜둘기
제보일시 : 2011.2.19, 2011.3.19
조 사 자 : 김헌선, 김형근, 최자운, 김혜정, 변진섭

함경도 북청에서 태어나 자라다가 8·15
해방 때 이곳으로 오게 되었다. 성격이 조
신하여서 쉽게 막 나서지는 않았지만, 질문
에는 적극적으로 답변해주었다. 특히 어린
시절 이북에서의 기억들을 지금도 기억하고
있었다. 그래서 그 지역의 특징적인 노래
'돈돌날이'도 불러주었다.

제공 자료 목록

02_14_FOS_20110219_KHS_LCS_0001 자장가
02_14_FOS_20110219_KHS_LCS_0002 아이어르는 소리 / 풀무소리
02_14_FOS_20110219_KHS_LCS_0003 베틀가
02_14_FOS_20110319_KHS_LCS_0001 돈돌날이
02_14_FOT_20110319_KHS_LCS_0001 구렁이 때문에 임신한 처녀
02_14_FOT_20110319_KHS_LCS_0002 고려장을 말린 손자

임영희, 여, 1935년생

주 소 지 : 경기도 안산시 단원구 대부남동 남3리 향
　　　　　낭골마을
제보일시 : 2011.1.10
조 사 자 : 김헌선, 김형근, 최자운, 김혜정, 변진섭

충남 당진 태생이다. 인천으로 이주하여
살다가 이곳으로 온 지 40년 정도 되었다.

장대선, 여, 1939년생

주 소 지 : 경기도 안산시 단원구 선감동 선감1리
제보일시 : 2011.1.18
조 사 자 : 김헌선, 김형근, 최자운, 김혜정, 변진섭

황해도에서 나고 자라다, 이곳으로 온지 50년 정도 되었다. 옛 이야기나 노래에 대해서는 기억하지 못 하였다. 다만 어렸을 적 많이 하고 놀았고, 다소 단순해서 입에 습관처럼 붙은 다리세기 가사는 기억하고 있었다.

천병희, 남, 1926년생

주 소 지 : 경기도 안산시 단원구 와동 방죽말
제보일시 : 2011.2.13, 2011.3.19
조 사 자 : 김헌선, 김형근, 최자운, 김혜정, 변진섭

방죽말 토박이다. 천병희는 안산에서 가장 이름난 민간 예술인이다. 소리와 농악 모두에 능하다. 소리에 자질이 있어서 한번 들으면 바로 흉내를 냈고, 잘한다는 소리를 들어왔다. 이 지역에 예술을 하는 화랭이 집단이나, 판소리, 고 박해일 선생(중요무형문화재 발탈 기능보유자) 등과 교

유하면서 안산의 문화자원 등을 발굴하는데 큰 힘을 쏟기도 하였다. 그래서 복원하여 민속예술축제에 출연한 것이 와리풍물과 둔배미놀이다. 풍이 와서 입이 돌아갔으나 조사 당시에는 회복되고 있었다. 그래서 말을 하거나 노래하는 것이 힘들다고 하였으나, 성심성의껏 조사에 임해주었다. 또 소리와 말을 하는 동안 역시 소리꾼이어서 노래하며 그 노래를 이야기하는 것이 가장 신이 난다는 표정을 읽을 수 있었다.

제공 자료 목록

02_14_FOS_20110213_KHS_CBH_0001 논매는 소리 / 상사디야
02_14_FOS_20110213_KHS_CBH_0002 고사반
02_14_FOS_20110213_KHS_CBH_0003 배치기소리
02_14_FOS_20110319_KHS_CBH_0001 상여소리
02_14_FOS_20110319_KHS_CBH_0002 회다지소리 / 달구소리
02_14_FOS_20110319_KHS_CBH_0003 바디질소리
02_14_MFS_20110319_KHS_CBH_0001 노랫가락

홍성순, 여, 1934년생

주 소 지 : 경기도 안산시 단원구 대부북동 북2리 종
　　　　　현마을
제보일시 : 2011.1.25
조 사 자 : 김헌선, 김형근, 최자운, 김혜정, 변진섭

　이곳으로 온 지는 34년 정도 되었다. 어렸을 적 놀이하며 부르던 노래와 아이를 키우며 불렀던 노래들을 잘 기억하고 있었다.

제공 자료 목록

02_14_FOS_20110125_KHS_HSS_0001 다리세기 / 이고리 저고리 각고리
02_14_FOS_20110125_KHS_HSS_0002 방아깨비 잡아 놀리는 노래 / 아침매기 콩콩
02_14_FOS_20110125_KHS_HSS_0003 쇠비듬 뿌리 가지고 노는 노래 / 각시방에 불
　　　　　　　　　　　　　　　　　써라
02_14_FOS_20110125_KHS_HSS_0004 잠자리 잡을 때 부르는 노래 / 짬자라 짬자라
02_14_FOS_20110125_KHS_HSS_0005 아이어르는 소리 / 실강 달강
02_14_FOS_20110125_KHS_HSS_0006 자장가
02_14_FOS_20110125_KHS_HSS_0007 부엉이소리 흉내 내는 노래
02_14_FOS_20110125_KHS_HSS_0008 시집살이 노래 / 성님 성님
02_14_FOS_20110125_KHS_HSS_0009 아이 아픈 배 쓸어주는 소리
02_14_FOS_20110125_KHS_HSS_0010 별혜는 소리 / 별 하나 콩콩
02_14_FOS_20110125_KHS_HSS_0011 새야 새야 파랑새야
02_14_FOS_20110125_KHS_HSS_0012 방망이신 내리는 노래

아기장수 이야기

자료코드 : 02_14_FOT_20110118_KHS_KDB_0001
조사장소 : 경기도 안산시 단원구 선감동 선감1리 경로당
조사일시 : 2011.1.18
조 사 자 : 김헌선, 김형근, 최자운, 김혜정, 변진섭
제 보 자 : 김두분, 여, 78세
청   중 : 12명
구연상황 : 선감1리 경로당에는 남자 어르신 다섯 분 정도가 화투를 치고 있었다. 할아
         버지들을 대상으로 한 조사에서는 마을에 관련한 일반적인 것 외에는 답변을
         얻을 수 없었다. 옆방에서는 할머니들이 계셔서 조사를 하였다. 동요를 중심
         으로 민요를 조사한 뒤 이야기에 대한 질문들을 했다. 전국적으로 분포하는
         아기장수 이야기의 줄거리를 말하면서 이야기를 알고 있는지 묻자, 김두분 제
         보자가 이 이야기를 해주었다. 김두분은 대부남동 남3리에 전해져온 전설이
         라고 설명하였다.
줄 거 리 : 한 부부의 아이가 눕혀 놓으면 젖혀져 있고, 없어지고 그랬다. 그러자 부모
         가 아이를 죽였다. 그 곳이 저수지인데, 거기서 말을 탄 장수가 나왔다.

　　그 소릴 내가 그전에 (조사자 : 예. 들으셨어요?)

　　어렴풋 들었어요. (조사자 : 어떤 얘기예요?)

　　그 애기를 낳는디, 애기가 이렇게 제쳐 뉘였으면 밤에 자다보믄 애기가
없드래.

　　그랬는디 그 애기가 그 남3리 거기가 큰 저기가 있었대요. 저수지 같은
데가 있대요.

　　근디 거기 들어가서 그 장수가 이렇게 들어가서 말을 타고 나온대요.

　　그 소린 나 언뜻 들었어.

상감의 사위가 된 총각

자료코드 : 02_14_FOT_20110118_KHS_KOG_0001
조사장소 : 경기도 안산시 단원구 대부동동 동6리 영전 경로당
조사일시 : 2011.1.18
조 사 자 : 김헌선, 김형근, 최자운, 김혜정, 변진섭
제 보 자 : 김옥근, 여, 78세
청   중 : 16명
구연상황 : 영전경로당은 시설이 좋기로 이름 나 있는 곳이다. 1층에는 남·여 어르신들
        이 사용하는 방이 따로 있었고, 2층에는 컴퓨터 교육을 했던 컴퓨터실이 있었
        다. 사전 약속을 통해 김수길(남, 1941) 사무장과 연락이 되어 찾아뵈었다. 남
        자어르신들은 삼삼오오 화투판을 벌이고 있어서 2층 컴퓨터실에서 김수길과
        마을에 관련한 일반적인 조사를 하였다. 할머니들이 모여 있는 방에서 민요와
        설화의 조사가 이어졌다. 여성들이 모인 자리이기 때문에 육아와 관련된 노래
        와 어렸을 적 불렀을 법한 동요를 중심으로 조사하게 되었다. 이야기가 끝나
        고는 아기장수, 도깨비, 호랑이 등 익숙한 이야기로부터 조사를 시작하였다.
줄 거 리 : 고을 수령이 사위를 얻기 위하여 이상한 시험을 하고 그것을 맞히는 자에게
        딸을 주겠다고 하였다. 한 건달이 떠돌다 그 마을에 가고, 우연히 그 딸을 만
        났다. 그 딸이 그 건달에게 답을 알려주고 결혼하게 된다.

옛날에 어떤 사람이 그냥 가난하게, 나만큼 가난하게 살았어. 남잔디.

게 장갈 못 갔잖아. 아 그래서 장갈 못가서 그냥 떠돌이가 된 거여.

부모도 없이 그냥 혼저 돌아댕기는데,

아 그 고을에 상감이 있는디, 상감에 딸이 하나 있어.

그래 딸을 시집을 보낼래니께 사윗감이 맞지가 않어.

그래서 비자나, 비자나무 우에다가 학고짝을[1] 써가지고[2]

청좁쌀 서되 서말 서홉을 넣었어, 거기다가.

거기다 넣어가지고서 뚜껑 덮어가지구 감나무 밑창에다[3] 놔두구,

---

1) 상자.
2) 만들어가지고.
3) 밑에다.

"여기 지나가는 놈의 여짌는 것, 들은 것 아는 사람을 우리 사위로 삼 겄다." 그랬어.

아 그래서 이 건달이, 그 동네를 지나가게 됐는디,

왠 여자가 대문간에서 여보 여보 이리 오랜단 말이여.

그러게 갔어. 가니께,

"그게 아니라 우리 아부지가 저기다가 비자나무 학고 안에다가 청좁쌀 서말 서되를 넣었다." 그러고 발질로 걷어차고 가라고 그러더래요.

아 그래 이놈이, "그러면 시키는 대로 헌다."구.

"아 비자나무 학고짝 안에 청좁쌀 서말 서되가 들었구나!" 그냥 한 대 걷어찼어.

아 마누라 영감이 버선발로 막 뛰어 나오메 우리 사위 생겼대는 거야.

아 그래서 인제 사위, 사위를 얻게 됐는데,

아니 뭘 알아야지. '가'자 하나도 몰르는 사람을 그렇게 해서 맞아드렸 는데.

아 그래서 인제 그 골, 골, 그 동네에서 소가 장으루 팔려가므는 그 상 감 사위가 값을 놔야허여.[4]

아 근디 이런 맹물단지가 뭘 알아? 그러니깐 색시가 저녁이,

"여보 여보 내일은 아무개네 집이가 황소가 하나 팔리는데 당신 보러, 인저 이 저 뭐라그려.

돈 그, 가격을 노라고 그럴테니께 그걸 당신이 인저 놔야한다."구 그러 니께.

"그럼 어뜩게 허느냐?" 그러니께,

"인저 거길 그 소, 소 장엘 가서, 옛다 그놈의 소 좋다. 뿔은 천지개벽 이루 나구,

---

4) 소를 얼마에 팔 것인지 그 가격을 정해야 한다는 말.

질마잘은 펑퍼짐허구 열두냥 열두푼만 놔라!" 허구 발질루 걷어찬단 말여.

그랬더니 야! 이 고을에 저기 그 인제, 상감의 사위가 인저 이렇게 올러서는 거야.

아 그래서 그냥 그렇게 허구 사는디, 이놈의 장인이 시름시름 앓어.

그래서 아니 아부지가 앓으니께 아버님 어디 아픈가 물어보라구.

그래 어디가 아픈가 물어보러 간 놈이.

제, 옛날에는 빤스를 입구 자는 게 아니라 빨가 벗고 이불만 덥고 자잖아.

그러니께 들어가지구서는,

"아유 그놈의 소 좋다. 뿔은 천지개벽으루 나구, 질마잘은 펑퍼짐허구 열두냥 열두푼만 놔라!" 허구 장인을 걷어찼단 말여.

아 그러니께 아 이놈의 할아버이가 그냥 죽는다구 그냥 꺼꾸루 후들루구 야단이 났잖어.

아 그래서 또 며칠이 후딱 지나갔는디 미염물을 끓여서 아버지 좀 갖다 디리라 그랬거덩.

아 가니께 사위가 들어오니께 무서워서 그냥 빨가벗고 그냥.

그냥 엎으러 있으니께 똥구녕이 이렇게 벌어졌단 말이여.

'아 여기가 입이로구나.'

그리고 죽을, 미염물을 갖다 댓번 퍼넣니께 방귀가 뽀글뽀글허게 이렇게.

"아버지 다 드렸오?" 그러니까,

"아유 안잡순다고 풀어지르래요"

그러구 살다가 죽었디야.

수수깡이 빨개진 이유

자료코드 : 02_14_FOT_20110118_KHS_KOG_0002

조사장소 : 경기도 안산시 단원구 대부동동 동6리 영전 경로당

조사일시 : 2011.1.18

조 사 자 : 김헌선, 김형근, 최자운, 김혜정, 변진섭

제 보 자 : 김옥근, 여, 78세

청　　중 : 16명

구연상황 : 김옥근 제보자가 자신이 잘 알고 있는 이야기를 해준다며 상감의 사위가 된 총각의 이야기를 재미있게 구연해주었다. 이야기의 구연이 생동감이 있어, 다른 이야기들도 많이 알 것이라는 기대감으로 이것저것 물어보았다. 그러나 온전하게 기억을 못해서인지 쉽게 이야기들을 해주지 않았다. 호랑이 이야기를 묻자 이 이야기를 해주었다.

줄 거 리 : 호랑이에 쫓겨 나무에 오른 오누이가 동아줄을 타고 하늘에 올라간다. 이를 보고 호랑이 또한 하늘에 빌어 동아줄을 얻었지만 그것이 썩은 것이었다. 줄은 끊어지고, 호랑이는 수수밭 수숫대에 찔려 죽고 만다. 그 때문에 수숫대가 빨갛게 되었다.

　　호랑이 얘기는 그전에 뭐 할머니허구 저기, 애들 둘 데리고 사는디 그 호랑이가 호랭이가 그렇게 많대요.

　　그러는디 인저 이 할매가 뭐를 가서 팔고 와야허요. 시장 가서. 그래야 먹구살아.

　　아 근데 그냥 하루 저녁엔 요놈의 호랭이가 와서,

　　"아가 아가 내가 왔으니 문좀 열어라, 문좀 열어라." 그러더래요.

　　그래서 그럼 할머니 할머니 문 틈으루 할머니, 울엄마 손인가 너보라구 그랬어. 울엄마며는 너보라니께 털이 수쿨수쿨 났거던.

　　"울엄마 아녀." 인저 그랬단 말이여.

　　아 그래서 이놈들이 문을 꼭꼭 잠그구 있는디, 호랭이가 새면 들어갈라고 지랄을 허는데 어티게 할 수가 없그든.

　　그래 어디 나무가 하나 선, 섰, 섰어.

　　그래는디 요놈들이 인저 삼남매가 거기를 가서 이렇게 보니께.

　　저기, "하나님 하나님 우리를 살릴래거든 새 동아줄을 내려보내고, 우

리를 죽일래므는 헌 동아줄을 내려보내라." 그랬어.

그 때 애들이 그러니께 새 동아줄이 거기 하늘서 내려와.

그러니께 그걸 막 타구 애들이 인저 낭구 위로 올라갔어.

아 요놈이 돌아댕기다 돌아다니다 보니께 이놈 애들이 없거덩. 그래 그놈이 거기로 왔어.

근데 이 호랭이가 한데는 소리가,

"하나님 하나님 나를 살릴래므는 썪은 동아줄을 내려보내고 나를 죽일래믄 새 동아줄을 내려보내." 이랬단 말이여.

아 그래서 요놈이 그래니께 요만큼 반쯤 타고 올라가노라니께 그놈이 뚝 떨어졌어.

그래서 아까 장로님 허신 그 말마따나 떨어지는 바람에 똥꾸가 꼈어.

그래서 수수깡이 이렇게 빨가.

방귀쟁이 며느리

자료코드 : 02_14_FOT_20110118_KHS_KOG_0003
조사장소 : 경기도 안산시 단원구 대부동동 동6리 영전 경로당
조사일시 : 2011.1.18
조 사 자 : 김헌선, 김형근, 최자운, 김혜정, 변진섭
제 보 자 : 김옥근, 여, 78세
청   중 : 16명
구연상황 : 호랑이 이야기에 이어, 방귀쟁이 며느리 이야기를 묻자 구연해주었다.
줄 거 리 : 며느리의 얼굴이 누렇게 뜨자 시부모가 그 이유를 물었다. 방귀를 뀌지 못해서라고 하자, 며느리는 시부모에게 솥뚜껑과 기둥나무를 붙잡고 있으라고 하고 방귀를 뀐다. 너무나 방귀의 위력이 쎘다.

며느리가 방구를 많이 껴. 그러는디.

아, 어머니는 소당뚜껑을5) 깔고 앉으라 그러고. 시어머니 보러.

"너는 왜 그렇게 얼굴이 뜨냐?" 그러니께. 시아버지 시어미 있으니께 방구를 못껴가지구 얼굴이 노랗게 떠 며느리가.

"그러니께 너는 왜 그렇게 얼굴이 뜨냐?" 그러니께,

"아버님 방귀를 못 껴서 그래요." 그러더래요.

그러니께는 "그럼 어머니는 소당뚜껑을 깔고 앉, 깔고 앉고, 소당 소당 불 때는 소당. 떡, 밥해먹는 거.

시아버지보고는 기둥, 기둥나무를 붙들고 있으라 그랬어.

아 그러고 있더니, 뿡뿡뿡뿡 뿡뿡 그러니께,

시어매 깔고 앉은 솥은 덜걱덜걱 덜걱덜걱 덜걱덜걱 덜걱덜걱.

할아배이는 그놈의 지둥나무를 붙들고 뻥글뻥글 뻥글뻥글 뻥글뻥글 돈단 말이여."

그러니께 "아이구 애미야 고만 껴라 고만 껴라." 그랬디야.

마귀할멈 부춧돌(선돌바위) 유래

자료코드 : 02_14_FOT_20110118_KHS_MGS_0001
조사장소 : 경기도 안산시 단원구 선감동 선감1리 경로당
조사일시 : 2011.1.18
조 사 자 : 김현선, 김형근, 최자운, 김혜정, 변진섭
제 보 자 : 문기식, 남, 77세
청   중 : 12명
구연상황 : 선감1리 경로당에는 남자 어르신 다섯 분 정도가 화투를 치고 있었다. 연로
하여 귀들이 어둡고, 또 이곳의 토박이들이 아니어서 마땅히 우리의 질문에
답변해 줄 수는 없었다. 안산시사에 참여하여 마을의 유래를 설명하였던 문기
식 제보자를 묻자, 전화하여 경로당에 나오게 해주었다. 문기식 제보자는 여
러 번 이런 조사에 참여한 적이 있어서 아는 범위 내에서 적극적으로 조사에
응해주었다. 주로 마을 지명과 관련된 유래를 구연해주었다.

---

5) 솥뚜껑을.

줄 거 리 : 바다에 선돌바위가 두 개 서있다. 그것이 마귀할멈 부춧돌이라고 불리기도
　　　　한다.

　옛날부터 그 저 추위래는게 있는데. 선돌의 추위래는게 뭔고 하니,

　일 년에 가장 추운게 첫추위를 닥치는 게, 상강 지나서 첫추위를 닥치

거든요. 상강 입동 때.

　거기 저 바위가 있었는데. 지금 다 그게 이 훼손되가지고 없습니다만.

　그 때 노인네들이 그 바다를 다니면서. 거기서 인저 그.

　바람이 이렇게 불면 그거겠죠. 비켜댕기느라고. 그래서 선돌바위래는

유래도 있고.

　또 옛날에 마귀할머니가. 뭐, 그 저 뭐 있잖아요 뒤에 크게 보는 거.[6]

　그래서 인저 마귀할머니가 거기서 양쪽이다 이렇게 봇돌이라고 옛날엔

거 통순간[7]이라고 있지 않습니까?

　거기서 인저 뒤 보던 자리래는데, 지금은 훼손돼서 하나 밖에 없어요.

미국사람들이 인저 도자로[8] 밀어가지고.

　게 어디가 있는고 허니 저기 저 공무원수련원, 연수원 거 넘어가는 데

가 있었습니다.

괵끼뿌리의 중국 대추나무

자료코드 : 02_14_FOT_20110118_KHS_MGS_0002
조사장소 : 경기도 안산시 단원구 선감동 선감1리 경로당
조사일시 : 2011.1.18
조 사 자 : 김헌선, 김형근, 최자운, 김혜정, 변진섭
제 보 자 : 문기식, 남, 77세

6) '대변'을 의미함.
7) 통싯간. 화장실의 방언.
8) 불도저(bulldozer). 물질을 밀어나는 굴착기계.

청   중 : 12명
구연상황 : 앞서의 마귀할멈 부춧돌 이야기 이후 또 다른 지역 지명과 관련된 이야기가
         있는지 묻자 이 이야기를 해주었다.
줄 거 리 : 당나라 때 호놈들이 꾁끼뿌리에 주둔하고 있었다. 자신들의 나라에서 대추를
         가지고 와서 먹고서는 그 씨를 그냥 땅에 뱉었는데, 여기서 대추나무가 자랐
         고, 그 대추가 일반 대추보다 굵었다. 그래서 사람들이 이를 호대추(중국대추)
         라고 불렀다.

꾁끼뿌리라고 지금도 훼손됐습니다만 선감리 저 동쪽으로 제일 끄트머리가 꾁끼뿌린대요,

거기는 바위 엉설이구. 이 급경사가 져가지고, 바닷물이 그냥 바로 이렇게 고 밑창까지 들어왔어요.

꾁끼뿌리라고 그러지요. 보통 뭐 끄트머리를 뿌리라 그러지 않습니까? 선감리 동쪽에 제일 뿌리가 꾁끼뿌리예요.

뭐 동산뿌리, 꾁끼뿌리, 뿌리가 몇군데 있죠. 남대문뿌리, 나루께는 베락뿌리, 알뫼뿌리.

(조사자 : 꾁기뿌리하고 대추하고 관련이 있습니까?)

있습니다. (조사자 : 어떤 얘깁니까?)

당나라 때 호(胡)놈들이 들어올 때 고깃도로 들어왔답니다. 여기가 인제 고지도라 그러거든요?

거기를 인저 그 사람들이 먼저 들어왔는데 거기 꾁기뿌리에다 진을 치고 있었데요.

그러면서 이제 믿거나 말거납니다만, 거기 대추가 있는데 야생대추가 있는데 대추알이 커요.

이런 저 우리나라 대추는 대추알이 쪼끄마치 않습니까?

거긴 이 신품종이라 대추알이 큰데 병도 없어요.

근데 그게 호놈, 저 호놈들이, 떼놈들이 먹다 씨는 못 먹으니까 내버린 게 나가지구, 거기 대추 보고 호대추라 그랬어요. 꾁끼뿌리요. (조사자 :

호대추가 있습니까? 나무가?)

네. 인저 중국사람들이, 병사들이 버려서 씨가 난 게 호대추라고. (조사자 : 거기에 대추나무가 있습니까?)

지금은 다 훼손되고. (조사자 : 지금은 없고 예전에 있었습니까?). 네

아주 작은 논(배미)

자료코드 : 02_14_FOT_20110118_KHS_MGS_0003
조사장소 : 경기도 안산시 단원구 선감동 선감1리 경로당
조사일시 : 2011.1.18
조 사 자 : 김헌선, 김형근, 최자운, 김혜정, 변진섭
제 보 자 : 문기식, 남, 77세
청   중 : 12명
구연상황 : 문기식 제보자는 주로 지명유래와 관련한 이야기를 구연해주었다. 도깨비, 귀
        신 이야기 등 일반적인 이야기에 대해서는 잘 모르겠다고 하였고, 조심스레
        우스개 이야기 하나 해준다면서 이 이야기를 해주었다.
줄 거 리 : 논을 분할하면서 삿갓에 가려질 만큼의 땅이 남게 되었다.

거 참 진짜 믿거나 말거나 한번 들어보실래요?

선감리가 이 경작 필지가 한 600필지가 됩니다. 600필지쯤.

근데 지금은 이게 분할, 자꾸 땅덩어리 요만한데.

형제간에도 노놔갖고 이웃 간에도 분할이 되가지고 아마 한 팔백필지 나갔나봐요.

근데 요 배래라고, 배래. 쓰세요.

논배미가 그렇게 많다보니까 쪼그만 것도 있지 않습니까?

아니 분명히 이 몇 배미를 심어야 할텐데.

아 일꾼들이 아무리 심구 봐도 배미 하나가 모자라거든?

이상도허다 이상도허다 다 심었어. "갑시다" 허고.

갈라구 그 삿갓이라구 드니깐 그 삿갓 밑창에가 하나 들었데요, 논이. 거 우스개소리 아니에요 그거? (조사자 : 그만큼 작다라는 말이지요?)

그렇지요! 그 바로 (한 노인을 가리키며) 저기 저 형네가 옛날에 허셨대요. 여기 이 형님네가.

(조사자 : 뭐를 하셨어요?)

논농산데 거기.

(조사자 : 그쪽 땅이 그쪽에 계셨어요?)

네. 아니 거기 가서 농사를 짓는데, 벼락뿌리 나가는데 못미처 가 논이 있었답니다.

불도와 탄도마을의 명칭 유래

자료코드 : 02_14_FOT_20110118_KHS_MGS_0004
조사장소 : 경기도 안산시 단원구 선감동 선감1리 경로당
조사일시 : 2011.1.18
조 사 자 : 김헌선, 김형근, 최자운, 김혜정, 변진섭
제 보 자 : 문기식, 남, 77세
청   중 : 12명
구연상황 : 문기식 제보자는 주로 마을 지명과 관련된 유래를 구연해주었다.
줄 거 리 : 한 어부가 바다에 그물질을 했는데 부처 좌상이 그물에 실려나왔다. 그래서
        점차 그 마을을 불도마을이라 불렀다. 탄도는 그곳에서 예전에 숯을 많이 구
        웠다고 붙여진 이름이다.

불도(佛島)래는데는 상리만 절이라고 있어요. 저기 서신9) 가믄.

옛날에 여 고짓도 아까 거 중국사람들 그 당시에 누가 그물을. 그물질을 하는데 어부가,

좌상, 여 이 부처님이 한분 나오시드래요. 이렇게 앉아있는 좌상이.

---

9) 경기도 화성시 서신면.

그래서 인제 불도 거기 부처메 거기 절이 있었데요. 거기다 모셨는데.

또 상리만이라고 서신 거기다 절을 크게 짓고 그걸 달라 그러드래요.

게 그리 모셔가라 그래서 부처님이, 부처님이 그리 갔답니다.

거 탄도는 왜 탄돈고 하니요,

거기 자체 흙두 꺼멓지만요 옛날에 나무가 많아가지고 숯을 고왔데요.

그래 숯탄(炭)자 그래서 탄도(炭島)라고.

십년공부 나무아미타불

자료코드 : 02_14_FOT_20110319_KHS_PBG_0001
조사장소 : 경기도 안산시 단원구 와동 왜둘기 경로당
조사일시 : 2011.3.19
조 사 자 : 김헌선, 김형근, 최자운, 김혜정, 변진섭
제 보 자 : 박부근, 여, 77세
청   중 : 12명
구연상황 : 왜둘기 경로당은 도시 안의 경로당이다. 아이들 놀이터 한컨에 경로당이 있
다. 우리가 도착했을 때 열 두 분 정도의 어르신들이 계셨고, 할아버지 두 분
외에는 모두 할머니들이었다. 이곳 왜둘기 경로당의 노인회장은 박부근으로,
무척 괄괄한 성격에 이러 저러한 사회일을 많이 해본 경험이 많다고 한다. 우
리의 조사를 미리 어르신들에게 알려놓은 상태였다. 게다가 다소 리더십이 뛰
어나셔서 우후죽순 격으로 이야기하지 못하게 통제하는 모습도 보였다. 다양
한 출신의 어르신들이 모여 있기에 서서히 이야기를 끌어내기 위하여 '다리
세기'를 시작으로, 어렸을 적 불렀을 법한 동요와 이야기들을 조사하였다.
왜둘기 경로당은 2월 19일과 3월 19일 두 차례에 걸쳐서 조사가 진행되었는
데 2월 19일은 주로 민요 조사였고, 3월 19일은 설화 조사였다. 두 번째 조사
에는 박부근, 이춘성 제보자가 이야기에 주로 참여하였다. 박부근 제보자의
경우는 미리 우리에게 이야기를 들려주려고 자신이 알고 있는 이야기들을 기
억해왔다. 그리고서 차례차례로 구연해주었다.
줄 거 리 : 한 마을에 과거공부를 하는 두 집이 있었다. 한 집은 부유하여 책도 사고, 선
생님도 모셔서 공부를 하였는데, 다른 한 집은 너무 가난하여 나무를 해서

어머니를 봉양하며 살았다. 과거를 떠나기 전날 어느 만삭의 부인이 부유한 집에 머무르기를 청하였다. 그러나 시험을 앞두고 부정하다고 거부를 당했다. 그래서 할 수 없이 가난한 집에 가서 부탁을 하였다. 가난한 집에서는 허락을 하였다. 돈은 없지만 산모를 먹이기 위하여 쌀을 구하러 나갔다. 나갔다가 돌아온 사이에 그 여인은 없어지고, 그 자리에 임금왕(王)자가 쓰여진 것을 놓고 갔다. 과거 당일 부자집 사람은 그렇게 잘 준비했음에도 불구하고 떨어졌으나 이 가난한 집은 붙었다.

저 십년공부 나미아비타불은 뭐냐 하며는,

아래 윗집이서 공불해. 그런데 인제 우에는 돈이 많아서 인저 책을 사구, 저 글방에서 선생님을 데려다가 공부를 하는데,

밑에는 그냥 어머니 하나를 선꾸 낭구[10), 낭구를 져다가 그 어머니 봉양을 해.

근데 내일은 장원급제를 하러 가는 날이야.[11)

근데 비가 주룩주룩 쏟아지는데 하얀 부인이 만석을[12) 해가지고 애기를 난다고 우에를 올라가니까,

그 공부 많이 허는 집이서는,

"기집년이 어따가 내일 장원급제 하러 가는데 피부정을 헐라고 오느냐!"구 그래.

그러니까 나왔어. 아랫집을 가니까,

"허우 이렇게 만석을 허셨으니 어트게 하면 좋으냐!"고 그냥 변소 간에 가서 짚을 빨아다 놓구,

"그럼 내가 가서 쌀을 구해온다."구. 애길 낳면 쌀이 없잖어.

그리구 내려간 새에 오니까 임금 왕(王)자를 써놓구 그 부인이 없어졌어.

---

10) 나무. 땔나무를 팔아서 생활을 한다는 뜻.
11) 과거시험을 보러 가는 날.
12) 만삭을.

그 이상하다 그래구선 저녁에 잠을 잤는데, 애는 인저 장원급제를 하러 가야되는데 어머니가 그래.

"야 그래두 그 임금왕자를 가지구 너 장원급제하러 가라."

근데 그 (윗)집이는 뭐 아침에 잘해먹고 하인들이 열 명씩 따라가.

그래서 인제 그 이튿날 인제 가서 장원급제를 했는데,

그 집인 떨어지구 이 어려운 집이는 임금왕자로 해서 붙었어.

그래서 그게 십년공부 나미아비타불이 된 거야.

여기는 탐타불은 어머니를 봉양하는 게 인제 그게 지금 보며는 산신령님이 마음을 볼라고 헌거야.

그러면 우리 사람이 배워서 뭘 배워. 목숨을 살리고 좋은 일하구 먹구 살라고 하는 거지. 우리가 지금 대통령도 다 국민을 살릴라고 허는 거잖아?

복 있는 노총각

자료코드 : 02_14_FOT_20110319_KHS_PBG_0002
조사장소 : 경기도 안산시 단원구 와동 왜둘기 경로당
조사일시 : 2011.3.19
조 사 자 : 김헌선, 김형근, 최자운, 김혜정, 변진섭
제 보 자 : 박부근, 여, 77세
청   중 : 12명
구연상황 : 왜둘기 경로당은 2월 19일과 3월 19일 두 차례에 걸쳐서 조사가 진행되었다. 2월 19일은 주로 민요 조사였고, 3월 19일은 설화 조사였다. 두 번째 조사에는 박부근, 이춘성 제보자가 이야기에 주로 참여하였다. 박부근 제보자의 경우는 미리 우리에게 이야기를 들려주려고 자신이 알고 있는 이야기들을 기억해왔다. 그리고서 차례차례로 구연해주었다.
줄 거 리 : 늦게까지 장가를 가지 못한 총각이 있었다. 어머니가 어느 곳에 가서 점을 쳐보니 아들에게 칼을 주어야 한다고 했다. 그러나 한동안 역시 결혼을 못하

였다. 부모가 죽고 난 후, 아들은 떠돌아다니다가 어느 날 공동묘지 같은 곳에서 잠이 들었다. 별안간 인기척이 나더니 시체 하나가 움직였다. 총각은 이 시체를 개울가로 데리고 가서 씻기고, 병구완을 했다. 어느 날 나갔다 총각이 돌아오자 아름다운 여성이 앉아있었다. 자신이 살렸던 여성이었다. 이 여성은 부자집 여성이었는데 문둥병에 들었고, 죽은 줄 알고 장사를 치뤘던 것이다. 함께 여성의 집으로 갔고, 생명의 은인으로 결혼을 하고자 했다. 그러나 여성의 아버지는 반대하였고, 꾀를 내어 한 곳의 원님으로 그를 보내려고 했다. 그곳은 원님으로 부임하는 자마다 죽어나가는 곳이었다. 그것도 모르고 총각은 원님으로 갔는데, 용이 나타나 덤벼들었다. 총각은 자신이 가지고 있던 칼로 있는 힘껏 휘둘렀다. 나중에 안 사실은 옛날 그곳의 원님이 욕심이 많아 도술로 금덩어리를 용으로 둔갑시켜놓은 것이었다. 그 총각은 금을 얻었고, 그 처녀와 만나 행복하게 잘 살았다.

엄마하고 아부지하고 살았는데 아들이 사십까지 장가를 못들어.

그래서 인저 어무니가 어디 가서 사주를 보니까, 요만한 창칼을 하나 그 저기 아들을 주라.

(조사자 : 뭐요?)

창칼. 창칼 쪼끄만 거 아들을 줘라. 그러면 인저 그 아들은 언젠가 그 창칼을 가지구 다니다가 그걸로 성공을 해서 우리나라에서 큰 벼슬을 헌다 그랬어.

그런데 사주에 사십이 되도 장가를 아니까 엄마가 인저 죽었지. 아들이 오십 되고 허니까.

'아 이상허다 엄마가 이 창칼만 가지면 내가 장원급제도 하고 잘 산댔는데.'

그러구 어디를 한없이 엄마 죽구 한 육년을 방탕생활을 헌거야, 이집 저집.

그래 어디 고단해서 어디 가서 이렇게 공동묘지서 자는데,

먼데서 "아이고! 아이고!" 하고 울드래.

그래서 거기를 가보니까, 산소에서 요 새카만게 요만큼 보여가지구 울

드래.

그래서 이상허다 이렇게 펴보니까 그냥 얼굴은 부시럼 덕지덕지하고 이렇게 허니까 시체가 나오드래.

그래서 그거를 개울물에 가서 그냥 노상 씻기구 씻기구 한 한달은 병간호를 했어.

그래 한날 와보니까 아주 이쁜 선녀가 앉었어. 부인이, 어머 그래서 왠일이야 그러니까,

"내가 이판서네 딸인데 내가 문둥환자가 걸려서[13] 날 죽지도 않은 걸 갖다가 하인들이 묻었디야."

그러는데 "당신 땜에 내가 이렇게 살었으니까 우리 친정엘 가자."고, 그래 인제 친정엘 갔어.

가니깐 자기 딸 갖다 묻은 생각은 안 허고 쌍놈하고 오니까 그 이판서 댁에서 그 쌍놈허고 결혼을 시키겠어?

그러니까 그 산넘어 원을, 원만 오면 죽어.

그러니까 그 저 자기 사위를 그리 가서 죽으라구 원을 보낼라구 그러니까 딸이,

"아버지 나를 살려준 은인인데 왜 거길 보냅니까?" 그러니까,

"안 보낸다." 그러구 몰래 보냈어.

그러니까 이 사위는 그거를 몰르구,

'아이 그래도 장인이 나를 몰르는 걸….' 아홉째 인제 원이야. 아홉째 원님으로 가는 거야.

수팔령고을 원님을 가는데. 저녁에 이렇게 자다보니깐 '쾅쾅쾅! 쾅쾅쾅!' 허구 이냥 막 바람이 불드래.

그래서 이상해서 그냥 주머니에 칼을 끄내가지고 그냥 그 바람 부는

---

13) 문둥병이 걸려서.

거를 그냥 여길 와서 부닥칠라고 그러니가 싹 긋대.

그러니까 자기도 몰르게 잠이 들었어.

그러니까 옛날에 욕심 많은 원이 거기다 금을 갖다가 감춘 게 용으로 도술을 헌거야.

그러니까 이 사람은 그냥 금이 뭔지 알어? 그냥 뭐가 돌멩이가 쏟아지니깐 옆에서 잤지.

그러니깐 인제 그 원집이서는 인저 사위가 인저 죽었으니깐 인저 감하고 인저 멍석허고 인저 묻을라고 오니, 묻어보니까, 거기 인저 셋째 이서 방이 보니까,

"아이고 이 사람은 복있는 사람이다." 금덩어리에 파묻혔다구.

그래서 우리나라에 십삼대 원이 됐대.

한번 엎지른 물은 다시 못담는다

자료코드 : 02_14_FOT_20110319_KHS_PBG_0003

조사장소 : 경기도 안산시 단원구 와동 왜둘기 경로당

조사일시 : 2011.3.19

조 사 자 : 김헌선, 김형근, 최자운, 김혜정, 변진섭

제 보 자 : 박부근, 여, 77세

청   중 : 12명

구연상황 : 왜둘기 경로당은 2월 19일과 3월 19일 두 차례에 걸쳐서 조사가 진행되었다. 2월 19일은 주로 민요 조사였고, 3월 19일은 설화 조사였다. 두 번째 조사에는 박부근, 이춘성 제보자가 이야기에 주로 참여하였다. 박부근 제보자의 경우는 미리 우리에게 이야기를 들려주려고 자신이 알고 있는 이야기들을 기억해왔다. 그리고서 차례차례로 구연해주었다.

줄 거 리 : 생활력이 없는 남편이 과거공부만을 하자, 부인이 참다 못해 집을 나왔다. 다시 결혼에 들었지만 남편이 죽고 만다. 이러저러한 고생을 하던 어느날, 논에서 일을 하고 있는데 장원급제해서 유가를 도는 행렬을 보았다. 문득 자신의 옛 남편 생각이 났다. 자신이 참고 견뎠으면 자신의 남편도 저렇게 되지

않았을까 하는 생각에. 그런데 실제로 그 사람은 옛날 남편이었다. 옛 남편은 그 아내를 알아보았고 불렀다. 여인에게 물 한동이를 가지고 오게 하였고, 물을 바닥에 쏟아버렸다. 그리고 만약 그 물을 다시 담으면 재혼해주겠다고 했다. 그러나 쏟은 물은 담지 못한다.

말은 한번 뱉으믄 줏어담질 못해. 나 이래도 속에 든게 많지. 왜 줏어 담지를 못하냐믄.

남편이 인저 그 저, 저기 뭐야, 장원급제 갈라고 노상 공불해.

그러니까 부인은 노상 그냥 논에 가서 갱피[14] 훑어서 말려서 그거 해가지고 그 책 한권이루 사줘.

게 한날은 오니까 장마가 지는데 멍석 여덟 멍석 갱피가 다 떠내려 갔어.

그래도 그걸 남편이 그걸 안 채 덮었어.

그래서 그냥 속상하다고 그냥 내가 행게치마 다 풀어 던지고 응 아들 하나도 놔두고 도망갔어.

내가 니까짓 놈을 몇 년을 살려야 소용없다. 너무 분허지. 요만큼하기도 힘든데 여덟 멍석을.

그래구선 인저 시집을 갔어. 그러니까 또 새로 시집을 갔어. 시집을 갔더니 남편이 죽었어.

그러니까 산 넘어가면 산, 물 건너가면 물이라고 팔자가 되 죽었어.

그래가지구, '에휴 내 팔자가 이러니 또 갱피나 훑어서 먹고 살자.' 그러구 논에 가서 갱피를 이렇게 훑으니까,

저기서 으성화를[15] 꼽고 나팔을 불고 그냥 말을 타고 오는 거야.

그래서, '으유 저런 사람은 팔자가 좋아서 저렇게 장원급제하고 가나? 나두 일 년만 참았으면 우리 신랑이 저렇게 장원급제를 헐텐데.'

---

14) 갱피. 벼논에 자라는 잡초.
15) 어사화(御賜花), 조선 시대에, 문무과에 급제한 사람에게 임금이 하사하던 종이꽃.

그리구 와서 이렇게 인저 자기 신랑 생각허고 절을 허니까

그 으성화 꽂고 장원급제헌 이 벌써 그걸 알어?

그래서 "이리 오너라. 고개를 들어라."

그러니까 인저 그 위를 치다보면 남편 얼굴을 알텐데 몰르구 인저,

자기가 헌 죄가 있으니, 옛날엔 시집가며는 큰 죄잖어, 절개가 최고
잖어.

옛날에 춘향이가 절개를 해서, 논개가 절개야.

논개는 박제상 부인이 일본 가서 활복헌 거 망부석이 됐잖어. 내가 역
사를 많이 읽었어.

그래가지구선 인저 이렇게 하면서,

"니가 가서 물을 한동이 떠오너라." 그랬어.

물을 인자 한동이 인자 찰 찰랑찰랑 해갖구 와서 내려놨어.

"그러믄 그 물을 땅바닥에 쏟아라." 원이. 그래 쏟았어.

"그 물 땅바닥에 쏟은 물을 찰락찰락하게 해노믄 내가 너를 다시 세 번
째 부인으루 섬기겄다."

그러니까 한번 엎지러진 물은 다시 못담으니까 말두 조심허구 내 행실
도 조심허구, 끝까지 여자는 절개를 지켜라. 끝.

며느리의 젖을 문 시아버지

자료코드 : 02_14_FOT_20110319_KHS_PBG_0004

조사장소 : 경기도 안산시 단원구 와동 왜둘기 경로당

조사일시 : 2011.3.19

조 사 자 : 김헌선, 김형근, 최자운, 김혜정, 변진섭

제 보 자 : 박부근, 여, 77세

청   중 : 12명

구연상황 : 왜둘기 경로당은 2월 19일과 3월 19일 두 차례에 걸쳐서 조사가 진행되었다.

2월 19일은 주로 민요 조사였고, 3월 19일은 설화 조사였다. 두 번째 조사에는 박부근, 이춘성 제보자가 이야기에 주로 참여하였다. 박부근 제보자의 경우는 미리 우리에게 이야기를 들려주려고 자신이 알고 있는 이야기들을 기억해왔다. 그리고서 차례차례로 구연해주었다.

줄 거 리 : 부부가 시아버지를 모시고 살았다. 며느리가 늘 아버지의 이발을 해주었다. 그날 따라 낮에 비가 와서 옷이 젖었고, 며느리의 속살이 비치게 되었다. 시아버지가 문득 색심이 들어서 며느리의 가슴을 깨물었다. 며느리가 이를 자신의 남편에게 말하였고, 화가 난 남편은 자신의 아버지에게 따졌다. 왜 자신의 아내 가슴을 깨물 수가 있는지. 그러자 아버지는 너도 내 아내의 가슴을 한 번도 아니고 몇 년동안 깨물었다며 반박하였다. 아들은 도리어 아버지에게 사과를 하고 돌아와 잘살았다.

아부지가 마누라 죽고 혼자 홀애비로 사는데, 저기 저 며느리가 노상 이발을 해줘.

그래서 인자 요렇게 책상이니까 요렇게 요렇게 머릴 깎어주잖아. 게 비가 마침 와서 드리치니까 고 적삼이 요렇게 달라붙었어.

시아부지가 고게 이쁘니까 요길 꽉 물었어 젖 있는 데를.

그러니까 이 며느리가 속이 상한거야.

가서 씻을라고 보니까 이거 저 시아버지 이빨 자죽이[16] 있어서.

그래서 저기 자기 남편이 오니까,

"여보 여보!" 그래서,

"왜?"

"저 아부지가 나 여기를 꽉 물어서 나 여기 안살구 간다!"구. 그러니까.

그 이튿날,

"아부지! 아부지! 저 뒷동산에 잠깐 가슈 나하구." 그래서,

"이눔아 왜 가?"

"내 아부지한테 헐 말이 있다."구.

---

16) 자국이.

"여기서 챙피스러서 말을 못한다."구. 갔어.

"아부지! 아부지! 그래 아부지는 주책없이 우리 마누라 여기 젖을 왜 깨물어서 상척이[17] 났어?" 그러니까,

"이눔아! 너 이 새끼는 우리 마누라를 구년 동안 빨아먹어서 젖꼭지가 없이 돌아갔어 이눔아!" 그러니까,

"아유 아부지 죄송합니다."

그리구 둘이 그 홀시아버지를 잘 거느렸대.

달래나고개의 유래

자료코드 : 02_14_FOT_20110319_KHS_PBG_0005
조사장소 : 경기도 안산시 단원구 와동 왜둘기 경로당
조사일시 : 2011.3.19.
조 사 자 : 김헌선, 김형근, 최자운, 김혜정, 변진섭
제 보 자 : 박부근, 여, 77세
청   중 : 12명
구연상황 : 왜둘기 경로당은 2월 19일과 3월 19일 두 차례에 걸쳐서 조사가 진행되었다. 2월 19일은 주로 민요 조사였고, 3월 19일은 설화 조사였다. 두 번째 조사에는 박부근, 이춘성 제보자가 이야기에 주로 참여하였다. 박부근 제보자의 경우는 미리 우리에게 이야기를 들려주려고 자신이 알고 있는 이야기들을 기억해왔다. 그리고서 차례차례로 구연해주었다. 소위 민망한 이야기, 야한 이야기, 욕설이 많이 담긴 이야기를 쉽게 대놓는 하는 구연자는 없다. 게다가 조사자가 도시에서, 대학에서 온 사람이라면 더더욱 알고 있어도 숨긴다. 어느 정도 이야기판이 달궈져서 조사자 또한 자신과 같은 사람이라는 편안함을 느껴야 가능해진다. 박부근 제보자는 조사자들이 편안해졌는지 '며느리의 젖을 문 시아버지 이야기'를 해주었다. 그래서 조사자는 전국적으로 퍼져있는 '달래고개'를 아는지 물어보자 잠시 머뭇거리더니 말해주었다.
줄 거 리 : 비가 몹시 오는 날 남매가 고개를 넘고 있었다. 비에 젖어 옷이 달라붙은 여

---

17) 상처가.

동생의 모습에 오빠가 색심이 동하였다. 그래서 오빠가 어딘가로 가더니 자
신의 거기를 돌로 내리 찧고 있었다. 해서는 안 될 생각을 품었기 때문에 양
심의 가책이 든 것이다. 그러고선 죽어갔다. 그러자 여동생이 울면서 하는 이
야기가 '그래도 달라고나 하지'였다. 그래서 그 고개 이름이 달래고개(달래나
고개)가 되었다.

비가 많이 오는데, 그 달래나고개를 남매가 걷다가[18] 비가 엄청 왔어.

그러니까 이냥 그 착 달라 붙었잖아 몸들이.

그러니까 오빠가 그냥 그 저기 저 동생을 보니까 이상스러와.

그래 저기 내려가다가 그 잠지를[19] 그 돌멩이에다 찟쳐버렸어.[20]

근데 그래서 짖진게 아니구 딴 것 땜에 그랬대. 근데 인제 전설이 그렇
게 났지.

그러니까 인저 "달래나 좀, 달래기나 허시지."

그 쌍스러운 소리를 붙이기가 어렵잖어.

"그러믄 오빠가 안 돌아갔지."했는데. 그래서 달래나 고개가 생겼대.

호랑이를 놀래킨 며느리

자료코드 : 02_14_FOT_20110110_KHS_LSY_0001
조사장소 : 경기도 안산시 단원구 대부남동 남3리 향낭골 경로당
조사일시 : 2011.1.10
조 사 자 : 김헌선, 김형근, 최자운, 김혜정, 변진섭
제 보 자 : 이순열, 여, 80세
청   중 : 15명
구연상황 : 향낭골 경로당은 남녀로 나뉘어져있다. 할아버지들 방에서는 화투에 바빠서
        조사 일행을 할머니 방 쪽으로 가도록 하였다. 약 15명 정도의 어르신들이

---

18) 걷다가.
19) 남성의 성기.
20) 찢어버렸어.

계셨다. 그들 중 네 명 정도는 화투를 하고 있었고, 다른 이들은 이야기를 하고 있었다. 처음에는 옛날이야기를 중심으로 조사를 하고, 민요를 조사하였다. 이야기로 흔한 소재중 하나인 호랑이를 들어 아는 지를 묻자 이 이야기를 구연해주었다.

줄 거 리 : 호랑이를 만난 며느리가 속곳(속옷)을 거꾸로 뒤집어서 도리어 호랑이를 놀래켜 죽였다.

옛날에 시집을 왔는디, 어떤 여자가 시집을 왔는디,

저기를, 인저 산 넘어가 호랭이가 이거 산잿백이에 있대.

그러니께 항상 이렇게 돌어서 가는디, 배를 타고 가는디,

친정에는 갈 수 없고, 그래서 가구 싶어서 거길 그냥 갔대.

가니께 호랭이가 "어흥" 그러면서는 "잡어 먹겠다!" 그러더래요.

그래서 이거를 돌어서도 잡어맥히겠구, 가도 잡어맥히겠구. 어트게 할 수가 없드래요.

그래서 그냥 속곳을 거꾸로 입구,

속곳을 거꾸로 입구서는 인제, 호랭이 있는 데로 버쓱 가므는,

"어이쿠 무서라!

시 찢어진 입은 봤어도 가로 찢어진 입은 첨 보겄다. 아이쿠 무서라!" 하구 도망가구.

또 쫓아가면 또 그리고.

그래서 쫓아가다 보니께 그냥 이놈의 호랭이가 그냥 뒹굴러서 그냥 떨어졌대. 드렁거지로.[21]

그래서 친정엘 가서, 친정 오빠들을 데리고서 가보니게는 죽었더래 잖어.

그래서 그 호랭이 껍데길 벗겨서 그것도 팔아서 부자되고 그랬대요.

"나보고 인제 더 허라고 그러지 말어."

---

21) '낭떠러지'의 의미인 듯.

집나갔다 돌아온 며느리

자료코드 : 02_14_FOT_20110110_KHS_LSY_0002
조사장소 : 경기도 안산시 단원구 대부남동 남3리 향낭골 경로당
조사일시 : 2011.1.10
조 사 자 : 김헌선, 김형근, 최자운, 김혜정, 변진섭
제 보 자 : 이순열, 여, 80세
청   중 : 15명
구연상황 : 앞서의 이야기가 며느리에 대한 것이어서, 연관되어 또 다른 며느리 이야기를
          해주었다.
줄 거 리 : 시아버지만 모시고 살던 며느리가 몰래 도망을 쳤으나, 어디선가 들려오는
          '너의 복, 너의 팔자'라는 소리가 계속 쫓아왔다. 할 수 없이 다시 돌아와 시
          아버지를 모시고 살았다.

(조사자 : 옛날에 며느리가 시아버지 모시고 살았어요?)

시아버지를 모시고 살았는디, 그 할아버지두 앞을 못보고 그리는 할아
버지를 모시고 살았는디,

그 이제 며느리가 '이럭허구 살 수가 있나!' 자식두 없구, 아무것두 없
구 그냥 할아버지허구 인제 둘이만 사는디

그래서 그냥 '도망이나 가야겠다!' 그냥 그리구서는 어시렁 달밤에 인제
가는디

그냥 가먼 그렇게 뒤에서 누가 쫓아오드래요 자꾸 그냥

그래서 인제. 서서 보면 아무것도 없고. 그냥 또 가며는 또 쫓아오구.

그래서 "누가 이렇게 나를 쫓아오냐? 나는 살기가 힘들어서 이럭허구서
는 사는디.

그래서 어디로 도망이나 갈까 그리고 가서 사는디,

왜 나를 이렇게 쫓아오냐?" 그러니께, 그랬대요 그리더래요.

"네 복인걸 어떡허냐, 네 팔자가 그런디 어떡허냐"구. "그래서 널 쫓아
가는 거라"구. 그래서.

그 뒤로 그냥 와가지구 그냥 그 시아버지 모시고 잘하고 살았대요. 응 팔자라 그래서.

효자와 호랑이

자료코드 : 02_14_FOT_20110319_KHS_LYN_0001
조사장소 : 경기도 안산시 단원구 와동 왜둘기 경로당
조사일시 : 2011.3.19
조 사 자 : 김헌선, 김형근, 최자운, 김혜정, 변진섭
제 보 자 : 이용녀, 여, 82세
청   중 : 12명
구연상황 : 왜둘기 경로당은 2월 19일과 3월 19일 두 차례에 걸쳐서 조사가 진행되었다. 2월 19일은 주로 민요 조사였고, 3월 19일은 설화 조사였다. 두 번째 조사에는 박부근, 이춘성 제보자가 이야기에 주로 참여하였다. 먼저 익숙한 소재인 호랑이, 도깨비 등을 들어 이야기를 유도하였다. 이때 이용녀 제보자가 해준 이야기다. 제보자는 전라남도 나주 출신이므로 구수한 남도의 말씨가 이야기 속에 짙게 남아있다.
줄 거 리 : 어느 효자가 살고 있었다. 이 효자의 부모가 무척 아팠는데 홍시를 먹고 싶다고 하였다. 그러나 홍시를 구할 수가 없었다. 효자는 울면서 아무것도 없는 감나무밑을 돌면서 "홍시 하나만 열리게 해주십시오"라고 빌었다. 이를 호랑이가 지켜보았다. 호랑이가 이 사람에게 자신의 등에 업히라고 하고, 이 사람을 어느 제사를 하는 집에 데려다 주었다. 예전에는 정이 있어서 이상한 사람이어도 집에 불러 대접을 하였다. 제사상에 홍시가 있었고, 그것을 얻어 홍시를 먹고 싶어 하던 부모를 봉양하였다.

부모한테 효도를 허는 사람인디 부모가 홍시를 잡수고 잡다게.[22] 많이 아파겠는디.

그렇게 홍시를 잡수고 잡닥한께 이 홍시를 구할 수가 없어 옛날에는. 감이 없응게.

---

22) 잡수고 싶다고 해.

그래 갖고는 하도 못 해보겄응게 뱅 뱅 감나무만 보듬고23) 돌고 홍시 한나를 열어도라고 막~ 뜀서 운게,

밤에 호랭이가, 호랭이가 와서 본게

'부모한테 효도를 헐라고 그런 사람이라 이 사람을 되주야 겄다.' 하고 호랭이가,

"나를 둘러 업어라." 그러고 "나를 둘러 업어라." 긍게 둘레 업했어.

그 집이다가, 제사 지내는 집에다 딱 내려놨어.

그래갖고 밤에 인자 엉뚱한 사람이 온게, 뭐 사람이라 오라고 그랬제, 들오라고 했제.

그래갖고 그 집이가 제상에가24) 홍시를 낳어.

그놈을 갖다가 부모를 공경을 했어.

그러니 잘했다고 효자라고 그러고 이름이 났어요.

구렁이 때문에 임신한 처녀

자료코드 : 02_14_FOT_20110319_KHS_LCS_0001
조사장소 : 경기도 안산시 단원구 와동 왜둘기 경로당
조사일시 : 2011.3.19
조 사 자 : 김헌선, 김형근, 최자운, 김혜정, 변진섭
제 보 자 : 이춘성, 여, 82세
청   중 : 12명
구연상황 : 왜둘기 경로당은 2월 19일과 3월 19일 두 차례에 걸쳐서 조사가 진행되었다. 2월 19일은 주로 민요 조사였고, 3월 19일은 설화 조사였다. 두 번째 조사에 는 박부근, 이춘성 제보자가 이야기에 주로 참여하였다. 차근차근 조사자가 익숙한 이야기들을 묻고 대답하기보다는, 제보자들이 우리의 조사를 알고 미 리 생각해두었던 것을 구연해주었다. 이춘성 제보자의 이 이야기는 전국적으

---

23) 안고.
24) 제사상에.

로 분포하는 '구렁덩덩신선비'의 짤막한 줄거리를 소개하고, 아는지를 묻자 해준 이야기다.

줄 거 리 : 한 총각이 양반집 아가씨를 연모하였으나 집안 차이가 있기에 상사병으로 죽고 만다. 시간이 흐르고 어느날 아가씨의 방에 구렁이 한마리가 들어왔다. 그런데 그 아가씨는 이상하게도 구렁이가 무섭지 않았다. 그래서 결국 구렁이와 아가씨는 사랑을 나누게 된다. 그 이후 아가씨는 임신을 하게 되고, 부모는 이 사실을 알고 대책을 세운다. 뜨거운 솥에 물을 끓이고 시루를 얹어 떡을 찌듯 아가씨를 그 위에 앉게 했다. 놀랍게도 뱀의 알들이 한가득 나왔다. 구렁이가 이를 알고 또다시 아가씨의 방으로 들어와서 사랑을 나누려하였다. 미리 아버지는 문 앞에 구덩을 파서 구렁이를 잡았다. 상사병으로 죽은 총각이 그 구렁으로 변한 것이었다.

옛날에 어떤 선비양반이요, 그 집에, 남의 옛날에 남의 집 아가씨 함부로 못보고 못 저기 했잖아요.

근데 인제 그 아가씨를 마음에 두구 두구 있었는데 도저히 그 집이 너무 억센 집이라 상, 상대가 안되드래요.

그래갖구서는 그 아가씨를 연모하다, 연모하다 그 총각이 죽었어요. 그래 죽었는데,

한 번은 아가씨가 방에 들어누어 잠잘 시간에 저녁에 밤에 자는데,

구랭이가 막 이만한 구랭이가 그냥 스르르 들오드래요. 우리 할아버지가 하신 말씀이신데.

스르르 들오드래요. 그래서 우리 그 아가씨가 보면서도 그게 무섭지가 않드래요.

그 아가씨가 보는데두 구랭이가 그렇게 들오는데 안무섭드래.

그래서 그냥 눈을 감고서 들어누니깐 환히 보이는데 눈을 감고 그냥 있었대요. 그랬더니 이불 속으로 쑤욱 들오드래요 그 구랭이가.

그래 들어와갔고 다 이 자기 꼬리를 갖다 그 여자의 정자에 갖다가 박었대요.

박구서 인제 구랭이하고 인제 그냥 이 여자가 그냥 잤대요.

자구서 인저 그 이튿날 일어나니까 차츰 차츰 이상하게 자꾸 배가 불러오드래요.

그래서 어머니 아부지한테 얘기도 못하고 혼자 맨날 그냥 고민고민 뒷방에 들어앉아서 나오지도 않고 고민을 하니까,

마을 총각이 중매가 들어왔대요. 중매가 들어와갔구서 중매를 할, 이 얘기를 할라고 그러니까 그 아가씨가 하는 말이,

"아부지 저는 아무 데도 시집을 못갑니다." 그랬대요.

그래서, "그게 무슨 말이냐? 너같이 착하고 이쁜 사람이 시집을 못간대니 그것이 무슨 말이냐?" 그러니까,

그 아가씨가, "아부지 그런 일이 있어요." 그 소리 해서,

"그게 무슨 일이냐? 나한테 얘기 못할 게 뭐 있냐? 얘기해라." 그러니까,

"저는 죽으면 죽어도 내가 이걸 다 내 가슴에 묻고 가야지 아부지한테 차마 이 얘기를 못하겠습니다." 그러드래.

그러니까 아부지가 하는 말이,

"얘기 할, 할 수 있는 얘기가 있구, 들을 수가 없는 사람이 있구 들을 수가 있는 사람이 있는데, 나는 니한테 그 소리를 들을 사람이니까 얘기를 해라."

그러니까 인제, "그럼 아부지 그러면 말씀 드리겠습니다." 그러면서 아부지한테 말씀하시기를,

"아부지 이러이러 해갔구, 내가 잠을 자는데 그런 구랭이가 큰 구랭이가 들어왔는데 내 눈이 확실히 들오는게 보이는데 그게 무섭지가 않았습니다.

그래서 그대로 드러눠서 잤는데, 이불 속에 스르르 들어와갔고 자기 정자에다가 꼬리를 박았습니다." 하고 얘기하드래요.

그러니까 아부지가, "이거 큰일 났구나! 너 그래서 어떻게 했냐?" 하니까

"그래서 어트께해요 아버지 구랭이하고 그냥 잤어요." 그랬대.

그러니까 아버지가 그 이튿날, 차츰차츰 그러다보니까 딸이 골방에서 나오지도 않고,

밥을 들여, 어매가 밥을 들이다 주면 거기서 먹고 바깥 구경하는 거 세상 없어도 안 나오드래요.

그래서 아버지가 안되겠다 싶어서 어디 가서 용한데 가서 한번 인제, 글씨 풀어서 하는데25) 가서 물어봤대요.

그랬더니, "그러면 내가 한 가지 방법을 가리켜 드릴게 이대로 가서 허쇼." 그러드래.

그래서 아부지가 와갔고 자기 마누라를 시키면서,

"큰 가마솥에다가 바깥에다 가마솥을 걸고, 큰 가마솥이어야 된다구.

큰 가마솥을 바깥에다 걸구 불을 때고 시루를 앉혀라. 시루 모냥 가마솥에다 시루, 저기 앉혀라." 그러드래.

그래서, "그거 뭐할라고"하니까, "글쎄 말하지 말고 내가 시키는 대로 해. 당신허고 나만 알아야 된다."고 그러시드래.

그래서 인제 어머니가 인제, 그니까 인제 앞에 마당이 있고 뒷마당이 있잖아요 옛날집은.

그 뒷마당에 큰 가마솥 걸구서 그렇게 했대요. 시루 다리, 다리를 놨대요.

딸을 데려다가 하얀 보재기를 자루를 지워갔고 씌워갔고 가마솥에다 시루 위에다 앉혔대요 딸을.

게 앉히고 밑에서 불을 계속 때니까 그게 뜨거울 거 아녜요.

그래서, "아부지 뜨거와요 뜨거와요!"

"쪼끄만 더 참어라 쪼끔만 더 참어라."

---

25) 문복(問卜)을 했다는 말. 즉, 점 같은 것을 쳐봤다는 말.

"아부지 뜨거와요 뜨거와요!"하니까,

"쪼끄만 더 참어라 쪼끔만 더 참어라. 얘 쪼끄만 더 참어라, 쪼끄만 더."

아버진 옆에 앉어서 계속.

그래서 나중에 '아부지 나 죽는다' 고 딸이 말하는 소리가 안 나드래요.

그래서 그 다음에 인제 아부지가 인제 그걸 인제 뜯구서 봤드니,

구랭이 알을 그냥 시루, 딸 드러내구서 그 구랭이, 솥 안에 그 시루 드러내니깐, 구랭이가 그냥 알을 그냥 잔뜩 쏟아놨드래. 옛날에.

그렇게해가꾸 자기 딸을 고쳤다구.

(조사자 : 살린 거예요?)

예. 그렇게 해갖고 딸 살리구, 그 구랭이 저기는. 그래갖구 그 구랭이를 어트게 했냐믄, 그리구 이 구랭이가 저녁이믄 오구 저녁이믄 오구 그랬대요.

그래갔구 나중에는 딸을 갖다 방에다 앉혀놓구. 그 알 지워버리구 앉혀놓구서.

그러니까 이 구랭이는, 우리 할아버지 말씀은, 알고 지워버렸으니까 또 새끼를 까길 위해서 왔드라 이거예요.

그러니까 인제 그 집에서는 구랭이가 그렇게 오니까.

그 다음에는 그 구, 애기 딸 방 앞에다가 이렇게 구댕이 파구선 큰 독에다가 술을 담갔대요, 막걸리루.

(조사자 : 땅 밑에다가요?)

예. 항아리 묻구서 술을 담갔대요. 딸 문 앞에다가.

그리구서 그 우에다 보재기를 이렇게 얇은 보재기를 슬쩍 덮어놨대요.

덮어놓구선 인제 아침에 인제 구랭이가 갈 시간되니깐 인제 문을 요렇게 문을 쪼끔 열어놨대요.

그니깐 인제 구랭이가 나오다가 그 보자기 우로 쑥 지나간다는게 구랭

이가, 항아리가 아가리가 넓구 보재기가 얇으니까 푹 빠져버렸대, 그 항아리루.

그렇게 해갔구 그 딸을 살렸대.

그 얘기를 (할아버지가) 사실은 옛날에 잘 해주셨어요.

그러면서 여자래는 거는 너무 남한테 너무 저기 해도 안 되고, 그런 청년이 있었으므는 지금 같으므는 그런 청년이 있으믄 보내줬을 텐데 옛날 어르신들으는 그게 아니잖아요.

그래 갖구 그렇게 해서 딸 살리구 그 구랭이는 그렇게 해서 죽구 그랬대.

고려장을 말린 손자

자료코드 : 02_14_FOT_20110319_KHS_LCS_0002
조사장소 : 경기도 안산시 단원구 와동 왜둘기 경로당
조사일시 : 2011.3.19
조 사 자 : 김헌선, 김형근, 최자운, 김혜정, 변진섭
제 보 자 : 이춘성, 여, 82세
청   중 : 12명
구연상황 : 왜둘기 경로당은 2월 19일과 3월 19일 두 차례에 걸쳐서 조사가 진행되었다. 2월 19일은 주로 민요 조사였고, 3월 19일은 설화 조사였다. 두 번째 조사에는 박부근, 이춘성 제보자가 이야기에 주로 참여하였다. 차근차근 조사자가 익숙한 이야기들을 묻고 대답하기보다는, 제보자들이 우리의 조사를 알고 미리 생각해두었던 것을 구연해주었다.
줄 거 리 : 너무나 가난한 집에서 참지 못하여 아버지를 고려장하려고 하였다. 지게에 아버지를 짊어지고 고려장을 가는데 그 아들이 따라갔다. 고려장터에 아버지를 놓고 돌아오는데, 그 아들이 다시 가더니 놓고 왔던 지게를 짊어지고 왔다. 아버지가 이제 지게는 필요없다고 하자, 아들은 장차 아버지가 연로하면 자기가 쓰려고 한다고 했다. 아버지는 뉘우치고 다시 늙은 아버지를 모시고 집으로 돌아왔다.

옛날에 뭐야 할머니 할, 할머니가 계시, 할아버지가 계시는데, 너무 너무 오래 사시니까 이 아들이 한번은 너무 오래사시고 저기 하니깐, 가난하기는 하고 아버지를 고양할²⁶⁾ 거는 없고 가난하니깐 고양은 못하고. 아부지 오래사시니까 인제, 아버지를 저다 인제 지게에다 짊어지고 아부지를 지게에다 짊어지고, 산으루 산으루 가는데 손주가 졸졸졸졸 졸 따러오드래. 그 자기 그 지구 가는 아버지 아들이,

"얘 이놈 집에 가 집에 가!" 하니까,

"아니에요 나도 아부지하고 같이 갈 꺼라고."

아 원 첨에는 아들 따라오는 거를 몰랐대요. 근데 산에 많이 올라가다 보니까 아들이 따라오드래요.

그래서 집이루 가라구 가라구 그런데 이 애가 안가니까, 아 자꾸 가라 해도 안가드래요. 그러니까,

"아 왜 안가." "아 아부지 나 나 아부지 혼자 갔다 오시는 길 저기하니까 나두 따라가는데 왜 그러냐?"니까,

그래서 산으루 산으루 가구 깊은 산에 갔다가 이렇게 위로 집 몬양 요렇게 해놓구선 할아버지를 거기다가 모셔 앉혀 놓구선,

며칠 잡수실 양식을 갖다가 인제 해서 거기다 갖다놓구 인제,

앞에 인제 문 같은 거 이렇게 내려놓구선 거적대기로 문 엮은 거 이렇게 내려놓구선 아들이 돌아섰대요.

게 돌아서니까 그 지게를 할아버지 있는 그 뒤에다가 놓구서 이 아들이, 자기 아들 손 쥐고내려왔대요.

그랬더니 자기 아들이 아부지 손 툭 빼드니 막 그 산속 뒤로 뛰어가드래요. 그래 뛰어가니.

"이리와 왜 그리 가냐?" 그러니까, 그게 아니라 지게를 가서 지가 걸머

---

26) 공양(供養). 웃어른을 모시어 음식 이바지를 하는 것.

지드래요.

그래서 "너 그거 뭐하러 그거 갖고 오냐? 그거 갖고 오는 거 아니다." 그러니까,

"그럼 이다음에 나도 아버지가 연세 많이 잡수면 나두 이렇게 해야 될 거 아니냐?"구 그러드래요.

그래 갖구 그 소리, 아들이 그 소리 하는 바람에 그 아버지를 도루 가서 그 지게에 도루 짊어지구 집에 오셔서 평상을 잘 모셨대.

귀신 본 이야기

자료코드 : 02_14_MPN_20110118_KHS_KOG_0001
조사장소 : 경기도 안산시 단원구 대부동동 동6리 영전 경로당
조사일시 : 2011.1.18
조 사 자 : 김헌선, 김형근, 최자운, 김혜정, 변진섭
제 보 자 : 김옥근, 여, 78세
청   중 : 16명
구연상황 : 영전경로당은 시설이 좋기로 이름 나 있는 곳이다. 1층에는 남녀 어르신들이
　　　　　사용하는 방이 따로 있었고, 2층에는 과거에 컴퓨터 교육을 했던 컴퓨터실이
　　　　　있었다. 사전 약속을 통해 김수길(남, 1941) 사무장과 연락이 되어 찾아뵈었
　　　　　다. 남자어르신들은 삼삼오오 화투판을 벌이고 있어서 2층 컴퓨터실에서 김
　　　　　수길과 마을에 관련한 일반적인 조사를 하였다. 할머니들이 모여 있는 방에서
　　　　　민요와 설화의 조사가 이어졌다. 여성들이 모인 자리이기 때문에 육아와 관련
　　　　　된 노래와 어렸을 적 불렀을 법한 동요를 중심으로 조사하게 되었다. 이야기
　　　　　가 끝나고는 아기장수, 도깨비, 호랑이 등 익숙한 이야기로부터 조사를 시작
　　　　　하였다. 조사자가 귀신을 봤거나, 귀신과 관련한 이야기가 없는지 묻자 이 이
　　　　　야기를 말해주었다.
줄 거 리 : 세상에 무서울 것이 없다고 그러던 자신의 남편이 어느 날 집에 오는 길에
　　　　　귀신을 보고 놀랐다. 그 이후 귀신이 없는 게 아니라고 했다.

　우리 할아버지는[27] 그전에, 저기 훈련, 훈련대장으로다가 훈련을 갈치
러 댕기는디,[28] 맨날 할아버지가 그러더래. 나는 무서워서 밤에 안 나가
거덩.

　근데 할아버지가 그려, "뭐가 무서냐고! 무선 게 뭐 있냐고 사람이 무
섭지 뭐가 무서냐!"구. 그려

---

27) 자신의 남편을 말함.
28) 제보자의 남편은 직업군인이었다고 함.

게 훈련을 갈치러 가서 비가 부실부실 오는데 이 할아버지가 안와. 한 열두시경이 다 됐는디.

글쎄 안 오니께 인제 안 오나 그러구, 처음 결혼을 했을 때니깐 그냥 오기만 바라고 있지.

그런디 이놈의 할아버지가 그냥 가서서 술을 잔뜩 잡숫고는, 저 여기 저 넘어 저, 거기 큰 산 있어 저기에.

큰 산 밑창이루 오니께 와서 담배를 한 대 필라고 앉으니께 깜깜 절벽이더래 길거리.

그냥 깜깜 하드래요.

아 그래서 깜깜해서 인제 '이걸 어특허나' 성냥불을 암만 키는데 비는 부실부실 오는데 성냥이 일어나나.

그러니께 그냥 앉아서 이렇게도 해보고 저렇게도 해보다 낭중에는 양 주먹을 쥐구,

"뭐가 이렇게 깜깜허냐!" 그러구 주먹을 쥐고 후둘르니께. 야 요놈이 저만큼 가드래. 상여집 있는데까정 가더래요.

아 그러니 거기서 살었나부다. 보니게 또 질거리가 시커먼 놈이 그게. 무슨 귀신이라 그러더라? 달걀귀신이래나 뭐가 하여튼 잔뜩 섰드래. 질거릴 막구.

그래서 그냥 무서워서 그냥 죽거다구 그걸 휘둘르구 오니께.

저, 그전에는 이렇게 저 뭐라 그러나 그거 보고 갔다 헝겊도 달아메고 뭐 가져가서, 서낭당.

거기쯤 오니께 그때서 환히 서낭당께로 오니께는 피더래.

그래 그때 오더니 할아버지가, "아! 무서운 게 헛깨비가 있다구!" 그때부턴 그려.

(조사자 : 할머니의 할아버지가?)

영감님, 영감님. 그래가지구 그때는 뭐가 있구나 그게. 맨날 오더니 뭐

무섭다 그러면,

"뭐가 무서! 사람이 무서운 거지!" 그러더니,

그때 그 달기도, 달걀독깝이래나[29] 하옇튼 뭐 장대갈보 같은 게 섰대.

근데 딱 왔는디 사지, 사지, 쓰봉[30] 저기 와이샤스를[31] 입고 갔다왔는
디 모자꺼정 흠뻑 젖었어요. 얼마나 무서웠으면.

그리구 나서 무서운 게 있다 그려. 그때부턴. 훈련 갈치러 댕길 때.

고기 고 지나무고개. 거기 생여집 있는디 못가가주고. 동철이, 동철이
묻은데 거기 와서 앉었는데 그랬대.

근데 지금은 그 뒤 없어졌어, 그런게 귀신이 벌써 없어졌어.

난 한 번도 못 봤어 그런걸. 그런 불을 못 봤어 그런걸.

용이 되지 못한 이무기

자료코드 : 02_14_MPN_20110118_KHS_KOG_0002
조사장소 : 경기도 안산시 단원구 대부동동 동6리 영전 경로당
조사일시 : 2011.1.18
조 사 자 : 김헌선, 김형근, 최자운, 김혜정, 변진섭
제 보 자 : 김옥근, 여, 78세
청   중 : 16명
구연상황 : 귀신에 대한 이야기를 묻자, 앞서 '귀신 본 이야기'를 해주었다. '용' 또한 많
         이 이야기되는 소재이기에 뱀이나 용에 대한 이야기나 경험을 묻자 이 이야
         기를 해주었다.
줄 거 리 : 대부국민학교(초등학교)를 질 때 터를 닦다가 용이 되지 못한 이무기를 발견
         하게 되었다. 용이 되지 못한 이무기의 조화로 대부국민학교 운동회 때마다
         비가 온다.

---

29) 달걀도깨비.
30) '바지'의 일본말.
31) 와이셔츠.

대부학교를, 학교를 질라고, 초등학교를 질라구 터를 닦는데,

그 이매기를[32] 아마 아마 짤랐거나 그렇게 됐나봐. 그게. 사람이 다 봤으니께.

그게 이매기, 하늘로 올라가는 용은 사람을 인간 ○○를 안 허고 가거든. 터 닦는데니까.

그랬는디 그걸 터 닦다가 그 이매길 발견한 거여.

그래가지구 그게 하늘로 못 올라갔잖아, 용이 되질 못했잖아.

그래서 그 학교에 운동만 하면 비가와. 거기가 터에서..

(조사자 : 누가 발견했다는 거예요?)

옛날 진 사람들이[33] 애기를 해 대대로 내려왔지.

도깨비 본 이야기

자료코드 : 02_14_MPN_20110110_KHS_LSY_0001
조사장소 : 경기도 안산시 단원구 대부남동 남3리 향낭골 경로당
조사일시 : 2011.1.10
조 사 자 : 김헌선, 김형근, 최자운, 김혜정, 변진섭
제 보 자 : 이순열, 여, 80세
청   중 : 15명
구연상황 : 향낭골 경로당에는 남녀로 나뉘어져있다. 할아버지들 방에서는 화투에 바뻐서 조사 일행을 할머니 방 쪽으로 가도록 하였다. 약 15명 정도의 어르신들이 계셨다. 그들 중 네 명 정도는 화투를 하고 있었고, 다른 이들은 이야기를 하고 있었다. 처음에는 옛날이야기를 중심으로 조사를 하고, 민요를 조사하였다. 이야기로 흔한 소재 중 하나인 도깨비를 보았거나, 그에 얽힌 이야기를 들어봤는지 묻자 이 이야기를 구연해주었다.

줄 거 리 : 어렸을 적 동생과 길을 걷다가 도깨비불을 본 적이 있었다. 하도 무서워서

---

32) 이무기를.
33) 학교 공사하던 사람들이.

딴 길로 돌아갔다.

(조사자 : 그 도깨비불 봐 가지구 불이 났다 이런 얘기는 안 들어보셨어요? 어떤 사람?)

불, 불났다고는 안 하는디 밤에 이렇게 가는디 논두렁 이렇게 논두렁이 큰 논두렁이 있어요. 그러는디,

인자 저 짝에서는 갈 적이는 도깨비불 요렇게 켜가지구 있는 것 보고 갔거든?

근데 가다말고 되돌어서서 오는디, 딴 질로 왔어 그래서.

딴질로 왔는디 어귀에다가 큰, 이 저기가 이럭허구 섰는디.

내 동생하고 둘이가 가는디 인제 내 동생은 나만 이렇게 붙잡고서는 그것도 못 본거여.

그러는디 나는 이렇게 보니께 여그 기어다니는 것까징 다 비어요. 그렇게 밝어.

그래서 인제 그렇게 가다보니께루, 그전에 거기 저기 영 큰 저수지 있잖이요.

거기서 그냥 뭐이 텀벙허구 텀벙허구 내려오구 그러는디도 그걸 무서운 줄을 몰르구 거길 갔어요.

그랬는디 그럭허구서는 인제 지나갔어. 근디.

철썩귀신 본 이야기

자료코드 : 02_14_MPN_20110110_KHS_LSY_0002
조사장소 : 경기도 안산시 단원구 대부남동 남3리 향낭골 경로당
조사일시 : 2011.1.10
조 사 자 : 김현선, 김형근, 최자운, 김혜정, 변진섭
제 보 자 : 이순열, 여, 80세

청　　중 : 15명
구연상황 : 향낭골 경로당에는 남녀로 나뉘어져있다. 할아버지들 방에서는 화투에 바뻐
　　　　　서 조사 일행을 할머니 방 쪽으로 가도록 하였다. 약 15명 정도의 어르신들
　　　　　이 계셨다. 그들 중 네 명 정도는 화투를 하고 있었고, 다른 이들은 이야기를
　　　　　하고 있었다. 처음에는 옛날이야기를 중심으로 조사를 하고, 민요를 조사하였
　　　　　다. 이야기로 흔한 소재 중 하나인 도깨비를 보았거나, 그에 얽힌 이야기를
　　　　　들어봤는지 묻자 이 이야기를 구연해주었다.
줄 거 리 : 조개를 채취하고 있으면 어디선가 '철썩 철썩' 하는 소리가 들린다. 그것이
　　　　　고기의 소리인줄 알고 따라가면 소리만 나지 아무것도 없었다. 그것을 '철썩
　　　　　귀신'이라고 불렀다.

　　그냥 여기서두 그냥 저 돌살34)이 댕기고 그럴러믄, 그 저 서구녁뿌리.

거그서 이렇게 혼저 그냥 캄캄하니 가다보며는.

　　하얀 놈의 이런 강아지새끼 같은 게 촐랑 촐랑 촐랑 촐랑 쫓어와.

　　그래서 섰으면은 안비여.35)

　　그러는디 가다보면은 또 쫓아와서 이렇게 보면은 쫓어와. 그런 건 봤

어요.

　　(조사자 : 도깨비가 계속 쫓아와요?)

　　그게 도깨빈지 뭔지 그냥 강아지새끼처럼 그런 게 이렇게 자박거리며

쫓아오고.

　　그 돌살 안이로 들어가면은 어떤 때는 물이 거기가 하나 찼어요.

　　그리므는 하얗게 입은 사람이 여태 날랑도 천린디 물 날라면 천리여

그러는디.

　　하얀 사람이 간데 없어 저버거리며 돌어댕겨. 그래서 인저 우리 할아버

지 보고,

　　"할아버지 할아버지 저기 누가 돌살 봐가요." 그러니께,

---

34) 돌살(石箭). 돌발, 석전, 석방림 등으로 불린다. 돌담을 V자로 쌓아 밀물 때 휩쓸려 들
　　어온 물고기가 썰물 때 빠져나가지 못하게 하는 전통 어로 방식.
35) 안보여.

"뭐라 그려?"

귀가 잡수니께 잘 못 알아 들으니께.

"할아버지 저기서 누가 고기잡어요!",

"아 그런 그 씰 데 없는 소리하지 말어!" 이러구 악을 쓴다구.

그러면 아무 소리 못 하구서는 그냥, 할아버지는 예 노다지³⁶⁾ 댕기니께 적었지. 그럼. 그렇지.

으떤 날은 가므는 돌살 안에서 타복 타복 타복 이려.

그래서 물이 잘잘잘잘 내려가잖아요?

그리므는 그 바깥에 가서 또 찰삭거려.

그리며는 인제 시어머니 보구 인제,

"어머니 저기 고기가 저리 나갔시요? 나갔는디 가보까?"그러고,

"가봐라."

인제 그저 나가. 한바닥 쫓어내려가면 저기 가서 찰삭거리고.

또 쫓어가면 저기 가서 찰삭 거리고.

"아니 고기가 자꾸 어디로 내려가지 비지는 않아요." 그러면,

"그냥 두구 들어와!" 그리구 악을 써.

그리구는 그냥 인제 들오지. 근디 그게 철썩이 구신이래 그게.

(조사자 : 철색이?)

철썩귀신.³⁷⁾

호랑이 보고 혼이 나가 죽은 사람 이야기

자료코드 : 02_14_MPN_20110110_KHS_LYH_0001
조사장소 : 경기도 안산시 단원구 대부남동 남3리 향낭골 경로당

---

36) 늘상.
37) '철썩 철썩'소리를 낸다고 붙여진 이름.

조사일시 : 2011.1.10

조 사 자 : 김헌선, 김형근, 최자운, 김혜정, 변진섭

제 보 자 : 임영희, 여, 77세

청   중 : 15명

구연상황 : 이야기로 흔한 소재 중 하나인 도깨비, 호랑이 등을 들어 이야기를 묻기 시
작했다. 이순열이 귀신, 이무기 등의 이야기를 해주자 이어 제보자가 호랑이
를 본 경험담을 이야기해주었다.

줄 거 리 : 시아버지의 시집이 괴로워서 며느리가 집을 나갔다. 고개를 넘다가 호랑이를
보고 말았다. 마치 호랑이가 어린 자식을 떼놓고 도망쳐오는 자신을 아는 것
같았다. 그래서 시집으로 되돌아오고 말았으나, 혼이 나가서 얼마 안 있어 죽
게 되었다.

째끔할땐데, 나 째끔할땐데, 우리 동네 그 시아버니가 너무 며느리를
시집을 살렸어.[38]

그러니께 시어머니, 며느리가 옛날에 우리들 물두멍 이렇게 이고 보릿
쌀 우물로 땊으러 가잖어.

그런데 인제 그 며느리가 배고프니께, 인제 우물이 가다 그 옆이 집이
가서 들어가 밥 훔쳐먹고 이냥 그렇게 하구 살림을 했어요. 신랑은 보급
대[39] 나가구.

그렇게 허다가 너무 배고프니께 못 살구 그니께, 애기 하난가 둘인가
고렇게 낳었어.

그런데 인저 산 넘고 산 넘고 이 친정이 그렇게 가나봐요 산골루.

그래 인제 "에이, 내가 이렇게 살 수가 없구나. 배고파 못 사니께", 이
리 죽으나 저리 죽으나 인저 친정이나 간다구 달밤에 나갔었대요.

나가는데 고개 넘고 두 고개채 넘으닌께, 산꼭대기서 "웅~" 허더래요.

그래서 보니게 불이 빨갛게 핀 게 그렇게 '으흥'소리를 낸다 질르드
래요.

---

38) 시집살이를 시켰어.

39) 일제 강점기 강제 징용 또는 징병.

그래서, '아 저 호랭이두 내가 자식을 떼놓고 가니께 저러나보다.' 그러구 되돌어왔데요.

잉 그러니께 그 어매 인저 그때 혼 나간 거여. 와가지고 쪼금 살다 죽었어요. 죽었어 그냥.

(조사자 : 그게 호랑이랍니까?)

그게 호랑이래유. 아유 그냥, 그냥. 그래가지구 죽었대요. 죽었어요 그 어매.

다리세기 / 한알대 두알대

자료코드 : 02_14_FOS_20110118_KHS_KUJ_0001
조사장소 : 경기도 안산시 단원구 선감동 선감1리 경로당
조사일시 : 2011.1.18
조 사 자 : 김헌선, 김형근, 최자운, 김혜정, 변진섭
제 보 자 : 강음전, 여, 77세
청   중 : 12명
구연상황 : 선감1리 경로당에는 남자 어르신 다섯 분 정도가 화투를 치고 있었다. 할아
버지들을 대상으로 한 조사에서는 마을에 관련한 일반적인 것 외에는 답변을
얻을 수 없었다. 옆방에서는 할머니들이 계셔서 조사를 하였다. 먼저 가장 일
반적인 다리세기를 물어보았다. 여러 지역에서 시집오거나 이사 온 할머니들
이 많아서 네 가지의 다리세기를 조사할 수 있었다.
다리세기는 전국적으로 행해졌던 아이들 놀이다. 두 사람이 마주보고 발을 펴
고 앉는다. 이때 다리를 엇갈려 끼우고서 이 노래를 부른다. 왼쪽부터든 오른
쪽부터 다리부터 한 음절에 하나씩 짚어나가고, 노래의 마지막 음절에 해당하
는 다리는 접는다. 그래서 마지막까지 남는 다리가 하나 생길 때까지 하게 된
다. 마치 오늘날 "어느 것을 고를까요 알아맞혀봅시다 딩동댕" 하는 것과 같
다. 이 노래는 꽤 다양한 모습을 보여준다. 동네마다 그 가사들이 제각각이어
서 다른 동네로부터 시집을 온 할머니들을 모아놓고 조사해보면 열이면 열
다 다른 노래가 이 노래이다. 어렸을 적이나 불렀기에 그들은 시집온 이후 같
이 이 노래를 불러본 적이 없고, 그래서 이 노래가 동네마다 다 다름을 새삼
스럽게 알고 신기해한다.
강음전은 황해도에서 나고 자랐기 때문에 거기서 불렀던 다리세기를 해주었다.

우리게 하는 데하고는 또 달르다고

　한알대 두알대 영낭 거리 팔자 장군 노루 사시미 고두래 땡

그래. 우리게 그러

한알대 두알대 영낭 거리 팔자 장군 노루 사시미 고두래 땡

다리세기 / 이가지 저가지

자료코드 : 02_14_FOS_20110118_KHS_KDB_0001
조사장소 : 경기도 안산시 단원구 선감동 선감1리 경로당
조사일시 : 2011.1.18
조 사 자 : 김헌선, 김형근, 최자운, 김혜정, 변진섭
제 보 자 : 김두분, 여, 78세
청   중 : 12명
구연상황 : 김두분은 대부도 남1리 중부흥에서 시집왔고, 그곳에서 배웠던 다리세기를 해주었다.

　　　　이가지 저가지 깡가지
　　　　천자만자 주먼지칼
　　　　똘똘말어 장두칼

　　다시 한번?

　　　　이가지 저가지 깡가지
　　　　천자만자 주먼지칼
　　　　똘똘말아 장두칼

　　　　이가지 저가지 깡가지
　　　　천자만자 주먼지칼
　　　　똘똘말어 장두칼

　　그전에 열한 살 요렇게 먹었을 때

고사반

자료코드 : 02_14_FOS_20110113_KHS_KBD_0001
조사장소 : 경기도 안산시 단원구 대부북동 북2리 종현 경로당
조사일시 : 2011.1.11
조 사 자 : 김헌선, 김형근, 최자운, 김혜정, 변진섭
제 보 자 : 김복동, 남, 78세
청   중 : 15명
구연상황 : 잘 지어진 경로당은 할아버지 방, 할머니 방으로 나뉘어져 있었다. 할아버지
방에는 15명 정도가 계셨다. 이미 김복동 제보자는 안산시에서 이름 나있는
소리꾼이었다. 안산시와 문화원뿐 아니라 여러 학자들과의 조사 경험이 많았
기에 조사는 쉽게 이루어질 수 있었다. 마을과 관련한 일반적인 조사 후에 노
래와 관련한 조사를 하였다. 그가 지금까지 주로 제보하여 불렀던 곡들은 의
식요와 유흥요이다. 의식요로 지신밟기 과정에서의 고사반, 상여소리와 회다
지소리가 있다. 노동요로서 집을 질 때 땅을 다지는 지경소리도 부른다. 그리
고 유흥요로서 창부타령과 노랫가락을 부른다. 그런데 문제는 상여소리, 회다
지소리, 지경소리는 그 뒷소리를 받아주어야 하는 메기고 받는 소리인데, 받
을 만한 인물들이 없었다. 조사 시에는 몸도 좋지 못하여 메기고 받는 소리는
추후에 녹음하기로 하였고, 이번에는 고사반, 창부타령, 노랫가락을 조사하였
다. 김복동은 갑자기 부르는 노래라며 중간 중간 기억이 나지 않아 힘들어했
다. 그럼에도 그의 고사반은 무척 짜임새가 있다. 치국을 잡아 고사를 하는
동네와 집을 아뢴 후에 <지경닫기>, <집짓기>, <세간치장>, <액맥이(살풀
이)>, <가족축원>로 구성되었다.

워나금일 하바시에 하동조선을 마련하고

경기하고도 삼십육관 한양터 생겨있고

이씨한양 등국시에 봉학이넘칫 생겼구나

학을눌러 대궐짓고 대궐앞에는 육조로다

오양문 하각산에 각도각읍을 마련헐

충청도 오십사관 공주감양을 마련을허고

전라도 오십사관 전주개명을 마련을허고

○○에는⁴⁰⁾ 일품이요 광주는 이품이요

수원은 삼품이라 이댁면례는 대면례
이댁동경은 대동경이라 견면천김씨댁에 당도하니
앞마당에 선진잡고 웃마당에 뒤주를잡어
선진후진을 가릴적에

아이고 그거 잊어버려서 잘 못허겄다.

처음이 우리 마을에 우리 인제 대부동 마을에 들어올 제 어디서부터 들어왔느냐 그걸 하는 거여. 그렇게 해서 그러니 인제 사방 인제 주마다 이렇게 생겼을 때 거기서부터 들어오는 거여.

마산포로 건너서더 대부도로 당도하니
이댁면례는 대면례 이댁동경은 대동경이냐
견면천김씨댁에 당도하니

당도해서 그 인저 여기 들어와서 집을 질 때. 인저 집을 여기 들어와서 터를 닦고 집을 질 때. 그러니까 인제

웃동네 선머슴네 아랫동네 선머슴네
막거리를 잔뜩먹고 고추상투를 흔들면서
어허리 지경이야 북방에 닿는지경
과쾅쇠는 묻어신지 학의머리를 다칠소냐
가만가만히 다어주게[41] 어혀리 지경이야

그 지경을 북 남 서 중앙까정 닫는 거야. 그렇게 돌아가매. 오방으로 딱 닫어놓고. 인제 집을 질 제 그거 인제 이 주춧돌을 놓아야잖아.

---

40) 잠시 가창자가 가사를 잊었다. 보통은 '강화'가 일품이라 표현된다.
41) 다져주게.

주추를 놓아보세 산호주추 금패주추

둥글둥글 호박주추를 여기저기 놓았으니

근들아니가 좋을소냐

재목을 내여보세 소산에올라 소목을내고

대산에올라 대목을내어

꽁쥐없는 댕강소며 불알없는 내시소며

우꺽불이냐 좌꺽불이냐 왼꺽시꺽 실어다가

와갈얻어다가 집을질제

무신지우가 들었느냐 이금채 안중박이

육성가지가 들었구나

근들아니가 좋을소냐

이렇게 하는거 집을 짓고

와갈얻어가 집을짓제

대충42)은 육칸이요 안방은 단간43)이요

건너방은 삼칸이요

대문한칸을 들여다보니 시시개문은 만복래요44)

일일성개는 황금출이라45) 역역히 그려있고

안방치장을 볼작시면 치어다보아라 소라반장

내려다보니 갑자장판

백노지 도배지에 황노지 급지에다

---

42) 대청(大廳). 한옥에서, 몸채의 방과 방 사이에 있는 큰 마루.
43) 단칸.
44) 시시개문 만복래(時時開門 萬福來). 축원을 하는 사설에 흔히 등장하며 '문을 열 때마다 많은 복들이 들어오라'라는 의미.
45) 일일소제 황금출(日日掃除 黃金出). 축원을 하는 사설에 흔히 등장하며 '청소를 할 때마다 돈이 나오라'라는 의미.

　　　　자개함농 반다지에 샛별같은 놋요강이
　　　　여기저기나 놓였구나 근들아니가 좋을소냐

　　이렇게 인저 치장을 허는거여

　　　　살풀이를 풀어보자
　　　　산이로오느라 산신살이냐 들로내려 들녘살
　　　　지붕문에는 용두살이냐 대문안에는 수문살
　　　　대청위로는 성주살 안방거너방 제석살이냐
　　　　근들아니가 좋을소냐

　　그 인저 그 살풀이가 또 있다구. 살풀이를 허고 나면. 또 애기를 낳야
되자나 자손을. 자손을 낳는데. 인저 그런게 있어. 자손 낳고 나면 공불
허는거고.

　　　　천자유학 동몽선습
　　　　시전서전 백가지를 무불통지를 허였으니
　　　　근들아니가 좋을소냐

　　그거 허구나면. 과거를 봐야 된다구. 인저. 과거를 볼작시면. 뭐냐. 그거
다 잊어버려서. 내가 그거 다 해논 게 있었는데

다리세기 / 한알대 두알대

자료코드 : 02_14_FOS_20110111_KHS_KSG_0001
조사장소 : 경기도 안산시 단원구 대부남동 남2리 말부흥 경로당
조사일시 : 2011.1.11
조 사 자 : 김헌선, 김형근, 최자운, 김혜정, 변진섭
제 보 자 : 김숙규, 여, 67세

청   중 : 15명
구연상황 : 말부흥경로당은 경로당이기보다는 가정집을 경로당으로 쓰고 있다. 그래서
         협소한 공간이어 마루같은 곳에서 남녀 구분 없이 사용하고 있었다. 눈이 하
         얗게 내리고 있는 날 찾아간 경로당에는 삼삼오오 모여서 화투판이 벌어져있
         었다. 할아버지들이 4분이었고, 그 외에는 할머니들이었다. 조사자 일행이 사
         전 연락을 통해 찾아가자 모두들 하던 놀이를 그만두고 조사에 집중해주었다.
         노인회장을 중심으로 마을 일반 사항을 조사한 가운데 구비문학과 관련한 질
         문을 했으나 모두들 묵묵부답이었다. 남녀가 한 공간을 사용할 때, 선뜻 여성
         들이 알고 있어도 못나서는 경우의 분위기처럼 느껴졌다. 그래서 누구나 다
         알만한 다리세기 또는 다리뽑기 노래를 물어보았다. "혹시 이거리 저거리 각
         거리 또는 한알대 두알대 이런거 다 해보셨죠?" 하자, 모두들 들릴듯 말듯 중
         얼중얼 자신들이 알고 있는 대로 해보는 모습들이 나타났다. 그러나 그 누구
         도 녹음기를 앞에 두고 하려는 의지는 없어 보였다. 그중에도 목소리가 다소
         컸던, 66세여서 이 노인회관에서는 거의 새댁에 해당되는 한 할머니를 몹시
         졸라서 이 노래를 녹음하였다. 활발한 성격처럼 보여서 이외에 다른 동요들도
         물어보았으나, 극구 자신은 이것만 겨우 알 뿐이라며 다른 노래들에 대해서는
         모른다고 답변하였다.

  아니 이게 이렇게 다리를 뻗고서

     한알대 두알대 삼사 나간다 은다지 꽃다지 바람쥐 쥐새끼 명낭
     거지 팔대 장군 고두래 뽕

  이렇게 하면, 이게(다리를 가리키며) 걸려서 접는 거야. 그렇게 해서 남
  은 다리까지 또 그렇게 하는 거야. 그런식으로

     한알대 두알대 삼사 나간다 은다지 꽃다지 바람쥐 쥐새끼 명낭
     거지 팔대 장군 고두래 뽕
     한알대 두알대 삼사 나간다 은다지 꽃다지 바람쥐 쥐새끼 명낭
     거지 팔대 장군 고두래 뽕

자장가

자료코드 : 02_14_FOS_20110118_KHS_KSR_0001
조사장소 : 경기도 안산시 단원구 대부동동 동6리 영전 경로당
조사일시 : 2011.1.18
조 사 자 : 김헌선, 김형근, 최자운, 김혜정, 변진섭
제 보 자 : 김순례, 여, 74세
청   중 : 16명
구연상황 : 할머니들은 다리세기나 몇 가지의 간단한 동요라면 그 누구라도 부를 수 있
기에, (할아버지들은 조금 겸연쩍어하며 알아도 하지 않으려는 경향이 있다.)
할머니 방에 가서 물어보기라도 하자는 심정으로 조사가 이루어졌다. 방이 무
척 컸고, 조사자들이 들어서자 큰 원을 그리며 앉게 되었다. 너무 큰 원이 되
기에 그 누군가 선뜻 나서서 노래를 하거나, 이야기를 하기가 어려울 수 있는
분위기였다. 조사 목적을 먼저 설명하였다. 만약 동네에 이름난 소리꾼이나
이야기꾼이 있다면 이구동성으로 그 사람을 지목하게 된다. 그러나 이 마을은
그렇지 않았다. 그래서 알만한 노래들로부터 확인 작업에 들어가야 했다. 확
인작업이라 함은 제목과 함께 짧게 앞소절 정도 불러주어 부를 수 있는 사람
을 찾는 것이다. 만약 그 노래를 아는 사람은 조사자와 눈이 마주치게 되며,
마치 "아, 걸렸군!"이라는 표정을 짓게 되고, 여지없이 조사자는 "할머니 이
노래를 아시는군요. 한번 해줘보세요"라고 부탁을 하게 된다. 선뜻 노래를 하
지 않을 경우에는 이 작업의 중요성에 대해 강조하며 설득에 나서게 된다. 이
자료들이 디지털로 구축되고, 특히 초등학교 학생들의 교육자료로 쓰이며, 옛
날 우리 할머니 할아버지들은 어떻게 살았는지 알려주는 우리의 역사와 문화
라는 점이다. 아무래도 여성들이 모인 자리이기 때문에 육아와 관련된 노래와
어렸을 적 불렀을 법한 동요를 중심으로 조사하게 되었다. 먼저 아이 재울 때
의 노래를 물어보았다.

자장 자장 자장

우리애기 잘도잔다

자장자장

어서자거라 젖맥여놓구

밭이가게 어서자거라

자장자장

앞집개도 엉엉엉짖고

뒷집개도 엉엉댄다

울지말고 자장자장

자거라 잘자거라

시집살이노래 / 성님 성님 사촌성님

자료코드 : 02_14_FOS_20110118_KHS_KSR_0002

조사장소 : 경기도 안산시 단원구 대부동동 동6리 영전 경로당

조사일시 : 2011.1.18

조 사 자 : 김헌선, 김형근, 최자운, 김혜정, 변진섭

제 보 자 : 김순례, 여, 74세

청　　중 : 16명

구연상황 : 자장가, 아이어르는 소리 등 육아요 등 이른바 부녀요 중 대표적인 것이 시
집살이노래이다. 다들 시집살이를 겪지 않았던 할머니들은 없었으나, 시집살
이가 심했기 때문에 오히려 노래를 부를 수 없었다고 한다. 그래서 오히려
'시집살이노래'를 채록하기는 힘들다. 가장 대표적인 사설이 '성님 성님 사촌
성님'이 전국적으로 조사된다. 그래서 "혹시 성님 성님 사촌성님" 하는 노래
아느냐고 묻자 김순례 제보자가 불러주었다.

성님성님 사촌성님

시집살이가 어떱디까

성님 그말씀마오

앞밭에 꼬추심어

뒷밭에 꼬추심어

당초꼬추가 맵대더니

시집살이가 더맵더라

아이 아픈 배 쓸어주는 소리

자료코드 : 02_14_FOS_20110118_KHS_KSR_0003

조사장소 : 경기도 안산시 단원구 대부동동 동6리 영전 경로당

조사일시 : 2011.1.18

조 사 자 : 김헌선, 김형근, 최자운, 김혜정, 변진섭

제 보 자 : 김순례, 여, 74세

청   중 : 16명

구연상황 : 자장가에 이어 '아이가 배 아플 때는 어떻게 해주었느냐?'는 질문에 따라 부른 노래이다. 가창자는 바로 한 조사자의 옆에 앉아있었고, 갑작스레 자신의 친손주로 생각하고 배를 문지르며 노래를 불러 좌중을 웃음바다로 만들었다. 실제 조사자의 생김새가 자신의 손주와 같아 더 친근해서 그랬다고 했다.

> 내손은 약손이다
>
> 내손은 약손이다
>
> 그저그저 쑥쑥내려가라
>
> 내손은 약손이다
>
> 우리애기는 먹고싸구
>
> 먹구싸구 그저소화잘시키구
>
> 싸지말아라 내손은약손이다

다리세기 / 한갈래 두갈래

자료코드 : 02_14_FOS_20110118_KHS_KOG_0001

조사장소 : 경기도 안산시 단원구 대부동동 동6리 영전 경로당

조사일시 : 2011.1.18

조 사 자 : 김헌선, 김형근, 최자운, 김혜정, 변진섭
제 보 자 : 김옥근, 여, 78세
청   중 : 16명
구연상황 : 다리세기는 전국적으로 행해졌던 아이들 놀이다. 두 사람이 마주보고 발을
펴고 앉는다. 이때 다리를 엇갈려 끼우고서 이 노래를 부른다. 왼쪽부터든 오
른쪽부터 다리부터 한 음절에 하나씩 짚어나가고, 노래의 마지막 음절에 해당
하는 다리는 접는다. 그래서 마지막까지 남는 다리가 하나 생길 때까지 하게
된다. 마치 오늘날 "어느 것을 고를까요 알아맞혀봅시다 딩동댕" 하는 것과
같다. 다리세기 또는 다리뽑기는 남녀를 불문하고 대부분이 알고 있는 동요이
다. 더 이상 부르지 않아 기억속에서 망각되어가던 소리 내지 기억들을 되살
리기 위한 실마리로 우리 조사팀에서는 자주 이 노래부터 확인한다. 또한 이
노래는 꽤 다양한 모습을 보여준다. 동네마다 그 가사들이 제각각이어서 다른
동네로부터 시집을 온 할머니들을 모아놓고 조사해보면 열이면 열 다 다른
노래가 이 노래이다. 어렸을 적이나 불렀기에 그들은 시집온 이후 같이 이 노
래를 불러본 적이 없고, 그래서 이 노래가 동네마다 다 다름을 새삼스럽게 알
고 신기해한다. 그러면서 서서히 마음의 문이 열려 조사에 적극적으로 참여하
게 된다. 이렇게 되면 조사이기보다는 옛날 살았던 시절 추억하기 시간이 되
고, 오히려 조사자들에게 감사함을 전하기도 한다. 먼저 이 마을에서 태어나
한동네 결혼을 한 김초옥 제보자가 다리세기를 불렀다. 이것과 다르게 부르는
경우를 묻자, 대부북3리 두우현에서 시집 온 김옥근 제보자가 "한갈래 두갈
래"로 시작되는 다리세기를 불러주었다.

한갈래 당갈래 대청갈래
만장만작 주먼지끈
똘똘말아 장구채
집이딱딱 노감주
해장구 허리띠

그렇게 했지. 우린 그렇게 했다구

한갈래 당갈래 대청갈래
만장만작 주먼지끈

똘똘말아 장구채

집이딱딱 노감주

해장구 허리띠

방망이점 놀이 노래

자료코드 : 02_14_FOS_20110118_KHS_KOG_0002
조사장소 : 경기도 안산시 단원구 대부동동 동6리 영전 경로당
조사일시 : 2011.1.18
조 사 자 : 김헌선, 김형근, 최자운, 김혜정, 변진섭
제 보 자 : 김옥근, 여, 78세
청 중 : 16명
구연상황 : 방망이점 놀이는 '춘향이신 내리는 놀이'와 함께 전국적으로 존재했던 아이들 놀이이다. 보통 방망이점은 아이들이 놀다가 무엇인가를 잃어버렸을 경우 "우리 방망이점 해서 찾아보자."는 식으로 부르게 된다. 한 아이가 다듬이 방망이 같은 방망이를 한손에 쥐고 수직으로 세워 한쪽을 땅에 닫게 한다. 그럼 다함께 주문과 같은 이 노래를 부른다. 이윽고 신이 내려서 방망이가 잃어버린 물건이 있는 곳으로 움직이게 된다. 제보자들은 한결같이 방망이를 잡고 있는 사람 마음대로 가는 것이 아니라, 방망이가 사람을 이끈다고 말한다. 이 놀이는 무당굿의 신대를 잡아 대내림 하는 것을 모방한 아이들의 놀이로 보인다.

장군장군 대장군

백마당에 백장군

오툴도툴 곤달이야

옥감태상 한태상

기밀공사 내리시기 후리설설 내려라

장군장군 대장군

백마당에 백장군

오툴도툴 곤달이야

옥감태상 한태상

기밀공사 내리시기 후리설설 내려라

다리세기 / 앵걸레 댕걸레

자료코드 : 02_14_FOS_20110125_KHS_KOB_0001
조사장소 : 경기도 안산시 단원구 대부북동 북2리 종현 경로당
조사일시 : 2011.1.25
조 사 자 : 김헌선, 김형근, 최자운, 김혜정, 변진섭
제 보 자 : 김옥분, 여, 73세
청　　중 : 12명
구연상황 : 종현마을은 이번 조사가 2차이다. 1차 조사 시에는 김복동 제보자의 민요를 중심으로 이루어진 바 있다. 1차 조사 때 조사하지 못한 여성 제보자들을 중심으로 2차 조사가 이루어졌다. 종현 경로당은 할아버지, 할머니, 부엌, 회의실 등으로 구성된 큰 규모의 경로당이었다. 2차 조사 시 우리가 찾아갔을 때 할머니 방에서는 할머니 5-6인이 앉아서 TV를 보고 있었고, 부엌에서는 10명 정도가 윷놀이를 하고 있었다. 방에 있는 이들은 다소 연로하신 분들이었고, 윷놀이를 하는 이들은 그보다는 젊은 축에 속하였다. 윷놀이에 열중하고 있어서, 무엇인가를 조사할 분위기가 되지 못하였다. 그래서 방 안에서 연로하신 할머니들을 대상으로 조사를 하였다. 그러나 귀도 어둡고, 모두들 잘 모르는 답변들을 하였다. 그래서 아무리 몰라도 이것만은 절대 모를 수 없는 '다리세기'를 물어보았고 여러 명이 불러주었다.

앵걸레 댕걸레 대청걸레 거리다리 시컨백컨 노대견네 불러셨다
고두래뽕

앵걸레 댕걸레 대청걸레 거리다리 시컨백컨 노대견네 불러셨다
고두래뽕

다리세기 / 한알대 두알대

자료코드 : 02_14_FOS_20110125_KHS_KJY_0001
조사장소 : 경기도 안산시 단원구 대부북동 북2리 종현 경로당
조사일시 : 2011.1.25
조 사 자 : 김헌선, 김형근, 최자운, 김혜정, 변진섭
제 보 자 : 김정예, 여, 73세
청   중 : 12명
구연상황 : 다리세기는 동네마다 틀려서, 한 가창자가 '이거리 저거리'를 하면, 또 한 사
         람이 우리랑은 다르다며 나서게 된다. 그런 상황에서 김정예 제보자가 불러주
         었다.

한알대 두알대 넉낭거지 팔대장군 고두래뿅
한알대 두알대 넉낭거지 팔대장군 고두래뿅
한알대 두알대 넉낭거지 팔대장군 고두래뿅

아이어르는 소리 / 시강달공

자료코드 : 02_14_FOS_20110118_KHS_KCO_0001
조사장소 : 경기도 안산시 단원구 대부동동 동6리 영전 경로당
조사일시 : 2011.1.18
조 사 자 : 김헌선, 김형근, 최자운, 김혜정, 변진섭
제 보 자 : 김초옥, 여, 77세
청   중 : 16명
구연상황 : 어머니들이 아이를 키우면서 많이 부르는 노래가 자장가, 아이어르는 소리로
         서 '알강 달강', '풀무소리'이다. 풀무소리는 아이를 세우고, 아이의 양 겨드랑
         이에 어른이 손을 넣고 몸을 기울여 오른발 왼발 차례로 딛게 하며 부른다.
         지역에 따라 '불아 불아', '불미딱딱', '풀매풀매', '불무(풀무)소리' 등으로 불린
         다. '풀무'는 쇠 도구를 만드는 '대장간'에서 썼던 도구이다. 불이 꺼지지 않게
         계속해서 불에 바람을 공급해주는 도구인데, 아주 옛날에는 손으로 밀었다 넣
         었다 하는 손풀무와 마치 어렸을 적 국민학교 풍금처럼 양쪽발로 한발 한발
         딛는 발풀무가 쓰였다. 이 풀무소리는 바로 발풀무를 딛는 모습을 흉내 낸 것

이다. 이 풀무소리는 아이의 다리 힘을 길러주는 것이며, 아이들이 점차 걸음마를 할 단계에서 부른다. '알강달강'은 다소 노래의 가사가 서사적 짜임이 있지만, 이 풀무소리는 그렇지 않다. 다만 많이 나오는 가사의 경우 문답으로 이루어진다. 이 풀무가 어디 풀무인지, 이 쇠가 어디 쇠인지, 쇠값이 얼마인지 그런 경우이다. 이에 대한 대답을 하면서 노래가 이루어진다.

시강달공
느이할아버지가 장이가서
밤한되를 사가지구
가마솥이다 삶아서
조래미로 꺼낼까
바구니로 꺼내까
알맹이는 우리애기먹구
껍디기는 내가먹구
시강달공 잘도논다

다리세기 / 이거리 저거리

자료코드 : 02_14_FOS_20110118_KHS_KCO_0002
조사장소 : 경기도 안산시 단원구 대부동동 동6리 영전 경로당
조사일시 : 2011.1.18
조 사 자 : 김헌선, 김형근, 최자운, 김혜정, 변진섭
제 보 자 : 김초옥, 여, 77세
청   중 : 16명
구연상황 : "이거리 저거리" 하는 노래를 아느냐 묻자 이 마을에서 태어나 한동네 결혼을 한 김초옥 제보자가 이 노래를 불렀다. 이것과 다르게 부르는 경우를 묻자, 대부북3리 두우현에서 시집 온 김옥근 제보자가 "한갈래 두갈래"로 시작되는 다리세기를 불러주었다.

이거리 저거리 깽가리

천세만세 주머니끈

끌끌말아 장두깐

소 라 김 주 사 내 육

이거리 저거리 깽가리

천세만세 주머니끈

끌끌말아 장두깐

소 라 김 주 사 내 육

이거리 저거리 깽가리

천세만세 주머니끈

끌끌말아 장두깐

소 라 김 주 사 내 육

춘향이신 내리는 놀이 노래

자료코드 : 02_14_FOS_20110118_KHS_KCO_0003
조사장소 : 경기도 안산시 단원구 대부동동 동6리 영전 경로당
조사일시 : 2011.1.18
조 사 자 : 김헌선, 김형근, 최자운, 김혜정, 변진섭
제 보 자 : 김초옥, 여, 77세
청   중 : 16명
구연상황 : 춘향이신(춘향이＋신(神)) 내리는 놀이는 전국적으로 존재했던 아이들 놀이이
         다. 한사람을 정하여 가운데 앉히고 다른 아이들은 그 아이를 둘러앉는다. 원
         안에 앉은 아이는 두 손을 모으고 있고, 그 안에는 은반지 하나를 넣어두었
         다. 원 안의 아이가 눈을 감고, 다함께 춘향이신이 내리도록 주문과 같은 노
         래를 한다. 지금 듣는 노래가 바로 그 노래이다. 계속해서 이 노래를 부르면
         원 안의 아이에게 춘향이신이 실리고, 점차 그 아이의 두 손이 벌어져 반지는
         바닥으로 떨어진다. 그리고 그 아이는 자기도 모르게 일어서서, 팔을 저으며

춤을 추게 된다고 했다. 정말 그런 것인지, 아니면 연기하는 것인지 물어보면 한결같이, 모든 응답자들은 희한하지만, 정말 그렇다며 증언한다.

춘향이 춘향이 나이는 십팔세
생일은 사월초파일
춘향아가씨가 오셨걸랑 썰썰이 내리라 그러고 놀았지

이렇게 똥그랗게 앉았으면 반지 끼고 여기다 은반지 너놓고 가운데 가 앉았어. 앉았으면 여럿이가

춘향이 춘향이 나이는 십팔세
생일은 사월초파일
춘향아가씨가 오셨걸랑 썰썰이 내리래면

이게 이렇게 이렇게 해가며 막 춤추고 놀았지

다리세기 / 이거리 저거리

자료코드 : 02_14_FOS_20110219_KHS_NDY_0001
조사장소 : 경기도 안산시 단원구 와동 왜둘기 경로당
조사일시 : 2011.2.19
조 사 자 : 김헌선, 김형근, 최자운, 김혜정, 변진섭
제 보 자 : 노동예, 여, 84세
청   중 : 12명
구연상황 : 다리세기 노래인 '이거리 저거리'를 아느냐고 묻자 노동예 제보자가 불러준 노래이다.

이다지 저다리 각거리
천사만사 주마니끈
집이딱지 양안돈

이다지 저다리 각거리

천사만사 주마니끈

집이딱지 양안돈

종지돌리기놀이 노래

자료코드 : 02_14_FOS_20110319_KHS_NDY_0001
조사장소 : 경기도 안산시 단원구 와동 왜둘기 경로당
조사일시 : 2011.3.19
조 사 자 : 김헌선, 김형근, 최자운, 김혜정, 변진섭
제 보 자 : 노동예, 여, 84세
청   중 : 12명
구연상황 : 춘향이신 내리는 놀이나, 방망이 신내리는 놀이, 종지돌리기 놀이를 하면서
        부르던 노래를 기억하느냐고 묻자 제보자가 불러준 노래이다.

돌아간다 돌아가 종자일석이 돌아가

찾았네 찾았네 종자일석을 찾았네

돌아간다 돌아가 종자일석이 돌아가

찾았네 찾았네 종자일석을 찾았네

별혜는 소리 / 별하나 나하나

자료코드 : 02_14_FOS_20110219_KHS_MYG_0001
조사장소 : 경기도 안산시 단원구 와동 왜둘기 경로당
조사일시 : 2011.2.19
조 사 자 : 김헌선, 김형근, 최자운, 김혜정, 변진섭
제 보 자 : 문연구, 여, 84세
청   중 : 12명

구연상황 : 어릴 적 하늘의 별을 헤아리며 부르던 노래 기억하는지를 묻자 문연구 제보
　　　　　자가 불러주었다. 여름철 마당에 멍석을 깔고 하늘을 바라보며 누워서 별을
　　　　　센다. 이때 나름의 놀이를 한다. 놀이의 보통은 누가 빨리 열 개의 별을 숨을
　　　　　안 쉬고서 세는 것이다. 어렸을 적에는 정말 숨도 안 쉬고 잘 세었지만, 이제
　　　　　이 노래를 기억하는 이들은 평상시의 말을 해도 숨이 차는 나이가 되어버렸
　　　　　다. 그래서 조사자가 이 노래를 불러달라고 하면, 숨이 차서 어떻게 세느냐고
　　　　　반문한다. 그러면 조사자는 숨을 쉬어가면서 불러도 좋으니깐, 어떻게 불렀는
　　　　　지 알려달라고 한다.

별하나 나하나
벌둘 내둘
별서이 내서이
별너이 내너이
별다섯 내다섯

별하나 나하나
벌둘 내둘
별서이 내서이
별너이 내너이
별다섯 내다섯

자장가

자료코드 : 02_14_FOS_20110219_KHS_MYG_0002
조사장소 : 경기도 안산시 단원구 와동 왜둘기 경로당
조사일시 : 2011.2.19
조 사 자 : 김헌선, 김형근, 최자운, 김혜정, 변진섭
제 보 자 : 문연구, 여, 84세
청　　중 : 12명
구연상황 : 아이를 키우며 불렀던 자장가나 아이어르는 소리를 기억하는지를 물었고, 문

연구 제보자가 불러준 자장가이다.

자장자장 우리아가
잘도잔다 멍멍개야 짖지마라
꼬꼬닭아 울지마라
우리아기 잘도잔다
자장자장

아이어르는 소리 / 풀무소리

자료코드 : 02_14_FOS_20110219_KHS_MYG_0003
조사장소 : 경기도 안산시 단원구 와동 왜둘기 경로당
조사일시 : 2011.2.19
조 사 자 : 김헌선, 김형근, 최자운, 김혜정, 변진섭
제 보 자 : 문연구, 여, 84세
청   중 : 12명
구연상황 : 아이를 키우며 불렀던 자장가나 아이어르는 소리를 기억하는지를 물었다. 아
         이어르는 소리는 보통 한 제보자가 '알강달강(달강달강)', '풀무소리', '둥게소
         리' 등을 모두 부를 줄 안다. 문연구 제보자는 이 중 '알강달강'과 '풀무소리'
         를 불러주었다.

풀 풀 풀매야
이풍구는 어데풍군고
풀어라 풀어라 풀어라
이풍구는 어데풍군겨

아이고 잊어부렀네

전라도행경도 풍구다
풀 풀 풀어라 풀어라

발로는 잘푼다

아이어르는 소리 / 알강달강

자료코드 : 02_14_FOS_20110219_KHS_MYG_0004
조사장소 : 경기도 안산시 단원구 와동 왜둘기 경로당
조사일시 : 2011.2.19
조 사 자 : 김헌선, 김형근, 최자운, 김혜정, 변진섭
제 보 자 : 문연구, 여, 84세
청   중 : 12명
구연상황 : 아이를 키우며 불렀던 자장가나 아이어르는 소리를 기억하는지를 물었다. 아
         이어르는 소리는 보통 한 제보자가 '알강달강(달강달강)', '풀무소리', '둥게소
         리' 등을 모두 부를 줄 안다. 문연구 제보자는 이 중 '알강달강'과 '풀무소리'
         를 불러주었다.
         아이어르는 소리 '달강달강'은 엄마가 아이와 마주 보고 앉아, 두 팔을 잡고서
         밀었다 당겼다 하는 행동과 함께 불려진다. 마치 흥보가의 박을 타는 대목처
         럼 행위를 한다. '달강달강'은 의성어로 쥐(새앙쥐)가 '들락날락'하는 것을 의
         미한다. 전국적으로 분포하는 소리로 '달강달강', '알강달강', '시상달강', '세상
         달공' 등등으로 다르게 불린다. 이 노래는 일정한 줄거리를 가지고 있다. 서울
         이든 장이든 가서 밤 한말을 사서 곱게 실강(옛날식 찬장) 밑에 넣어두어 보
         관했는데, 생쥐가 들락날락하며 다 까먹어버리고 한 톨 밖에 안 남게 된다.
         마지막 이 한 톨 남은걸 삶아서 그 알맹이는 아기, 너를 주겠다는 이야기이
         다. 보통 '달강달강'은 아이의 팔힘과 허리힘을 길러주기 위해서 해준다.

         세상달강 밤한톨 주언걸
         새앙쥐가 다파먹고 껍지만 냄긴걸
         살으는 발러서 할머니할아바이 드리고
         껍디기는 엄마아빠 드리고
         뺵따구는 너하고나하고 먹자

정선아라리

자료코드 : 02_14_FOS_20110219_KHS_MYG_0005
조사장소 : 경기도 안산시 단원구 와동 왜둘기 경로당
조사일시 : 2011.2.19
조 사 자 : 김헌선, 김형근, 최자운, 김혜정, 변진섭
제 보 자 : 문연구, 여, 84세
청   중 : 12명
구연상황 : 문연구 제보자는 강원도 정선에서 출생하였고, 영월에 살다가 이곳으로 이사
온 지 20년 정도 되었다. 그래서 정선아라리를 기억할 것이라 예상하고 물어
보았다. 안 부른지 오래되어서 술술 나오는 것은 아니었지만, 가사의 첫머리
만 던져주면 바로 기억해내어 불러주었다. 왜둘기 경로당에는 안산 토박이는
거의 없었다. 문연구 제보자가 20년 전 이곳에 이사 온 첫 주민이었다고 기
억한다. 그때 집들이 하나도 없었다고 한다. 그런 만큼 왜둘기 경로당은 현재
안산 도시 경로당의 모습을 잘 보여준다. 듣고 있던 다른 분들은 정선아라리
를 처음 들어봤다며, 신기한 노래가 있다는 반응이었다.

비가올라나 눈이올라나 억수장마가 질라나
만수산 꼭디기 실안개가돈다 아야

한치뒷산에 곤두래딱주기 너즈메맛만 걷어도
병자년 슴년46)에도야 봄 살아나네 아야

정선읍네 물레방아는 사시장창 물살을안고선 비비뱅뱅 도는데
우리집에 저멍텅구리는 날안고돌줄 모른다

저산에 딱따구리는 생구녕도47) 잘뚫는데
우리집에 낭군님으는 뚤버진구멍도 못파네

옛날에 초목꾼 노인 노인들 모여앉아 그런 노래해요

---

46) 흉년.
47) 생(生)구멍.

정선읍네야 뱃사군아 배좀 건너주게
싸리골 동박이 다쏟아진다

개고랑가에 검은오리는 무슨죄를 짓고
큰아기 손끝에 깔침을 맞느냐

봄이 되면 나물 칼로 가 떨어 먹는다 그래가지고 그러는기

오늘갈런지 내일갈런지 정주정막이 없는데
마당가에 줄봉숭아를 왜심어놨나 아야

자장가

자료코드 : 02_14_FOS_20110111_KHS_MJB_0001
조사장소 : 경기도 안산시 단원구 와동 왜둘기 경로당
조사일시 : 2011.1.11
조 사 자 : 김헌선, 김형근, 최자운, 김혜정, 변진섭
제 보 자 : 문정봉, 여, 86세
청   중 : 15명
구연상황 : 여러 할머니들이 한 할머니를 가리키며, "저 양반 노래 잘하니깐 한번 시켜
보라"고 하였다. 문정봉 제보자였다. 그러나 문정봉 제보자는 시치미를 뗐다.
그러나 제차 부탁하자 "가사를 잘 모르는데.." 하면서 불러준 노래가 노랫가
락 한 대목이었다. 젊었을 때는 흥이 있어 노래 꽤나 불렀었다고 한다. 그러
나 이젠 숨도 차고 가사도 기억이 나지 않아, 섣부르게 나서지 않았다고 한
다. 문정봉 제보자는 노랫가락과 창부타령을 불러주었다. 이런 노래들을 부르
는 가창자들은 다소 토속민요, 구전민요를 노래라기보다는 아마추어들이 읊
조리는 것으로 인식하는 경우가 많다. 그래서 조사자는 살살 구슬려 자장가를
들려달라고 부탁했다. 손자뻘이 되는 조사자들의 요청에 못 이겨 불러준 뒤,
제보자는 "됐우, 인저?" 한마디 내뱉었고, 경로당은 왁자지껄한 웃음소리가
내리는 눈발처럼 수북히 쌓였다.

자장 자장 자장

우리애기 잘도잔다

옥을주니 너를사랴

금을주니 너를사랴

우리애기 잘도잔다

됐우. 인저?

대추 떨어지라고 부르는 노래

자료코드 : 02_14_FOS_20110219_KHS_PBG_0001

조사장소 : 경기도 안산시 단원구 와동 왜둘기 경로당

조사일시 : 2011.2.19

조 사 자 : 김헌선, 김형근, 최자운, 김혜정, 변진섭

제 보 자 : 박부근, 여, 77세

청   중 : 12명

구연상황 : 왜둘기 경로당은 도시 안의 경로당이다. 아이들 놀이터 한켠에 경로당이 있다. 우리가 도착했을 때 열 두 분 정도의 어르신들이 계셨고, 할아버지 두 분 외에는 모두 할머니들이었다. 이곳 왜둘기 경로당의 노인회장은 박부근 할머니로, 무척 괄괄한 성격에 이러 저러한 사회일을 많이 해본 경험이 많다고 한다. 우리의 조사를 미리 어르신들에게 알려놓은 상태였다. 게다가 다소 리더십이 뛰어나서 우후죽순 격으로 이야기하지 못하게 통제하는 모습도 보였다. 그래서 보통 박부근 제보자가 주제보자처럼, 조사자의 질문을 먼저 받아 아는지 모르는지를 확인하게 된다. 본인이 아는 노래면 불러주었고, 모르면 "난 모르겠으니 아시는 분 좀 해주세요" 이런 식으로 본인이 유도를 하였다. 본인이 알고 있으면 적극적으로 참여하려는 의지가 있었다.

보통 할머니들 상대로의 조사에서는 육아요와 동요를 먼저 묻게 된다. '바람아 불어라' 하는 노래 아느냐고 묻자 박부근 제보자가 불러주었다. <대추 떨어지라고 부르는 노래>는 대추나무에 대추가 열렸을 때 그 밑에서 대추가 떨어지기를 바라며 부르는 아이들 노래이다. 대추 떨어지는 경우는 바람이기

때문에 바람에게 불어달라는 부탁을 한다. 대추는 제사상에 오르는 귀한 것이다. 그래서 아이들이 다 떨어 먹으면 안 되기 때문에 어른들은 이런 아이들을 혼내는 장면이 이 노래 가사에 포함되곤 한다. 박부근 제보자의 노래에는 어른이 혼내는 것으로 표현되지는 않았다.

바람아 불어라
대추야 떨어져라
아이야 줏어라
어른아 줏어잡숴라

바람아 불어라
대추야 떨어져라
아이야 줏어라
어른아 줏어잡숴라

별헤는 소리 / 별하나 나하나

자료코드 : 02_14_FOS_20110219_KHS_PBG_0002
조사장소 : 경기도 안산시 단원구 와동 왜둘기 경로당
조사일시 : 2011.2.19
조 사 자 : 김헌선, 김형근, 최자운, 김혜정, 변진섭
제 보 자 : 박부근, 여, 77세
청   중 : 12명
구연상황 : 하늘의 별을 헤아리며 놀면서 부르는 노래를 기억하느냐 묻자 불러준 노래이다. 박부근 제보자의 별헤는 소리의 특징은 별과 자신들의 가족들을 하나씩 헤아리는 점이다.

별하나 나하나
별둘 나둘
별셋 아버지

별넷 어머니

별다섯 오빠

별여섯 우리막내동생

그렇게 나는 그렇게 지어다 항상 그렇게 노랠 불렀지. 별 여섯 이모, 이모까지 했어 내가. 이모가 날 길렀어.

아이어르는 소리 / 시상 시상

자료코드 : 02_14_FOS_20110219_KHS_PBG_0003

조사장소 : 경기도 안산시 단원구 와동 왜둘기 경로당

조사일시 : 2011.2.19

조 사 자 : 김헌선, 김형근, 최자운, 김혜정, 변진섭

제 보 자 : 박부근, 여, 77세

청   중 : 12명

구연상황 : 아이어르는 소리 '달강달강'은 엄마가 아이와 마주 보고 앉아, 두 팔을 잡고서 밀었다 당겼다 하는 행동과 함께 불려진다. 마치 홍보가의 박을 타는 대목처럼 행위를 한다. '달강달강'은 의성어로 쥐(새앙쥐)가 '들락날락'하는 것을 의미한다. 전국적으로 분포하는 소리로 '달강달강', '알강달강', '시상달강', '세상달공' 등등으로 다르게 불린다. 이 노래는 일정한 줄거리를 가지고 있다. 서울이든 장이든 가서 밤 한말을 사서 곱게 실강(옛날식 찬장) 밑에 넣어두어 보관했는데, 생쥐가 들락날락하며 다 까먹어버리고 한톨밖에 안 남게 된다. 마지막 이 한톨 남은 걸 삶아서 그 알맹이는 아기, 너를 주겠다는 이야기이다. 그런데 박부근 제보자의 경우 이런 가사를 기억하지 못하였다.

시상 시상 우리애기 잘도자네

시상

아니 잘도 노네야

시상 시상

우리애기 잘도노네

시상 시상

아프지말고 수명장수하면서

잘도잘도 노네

시상 시상

우리손자 수명장수

잘도잘도 노네

아이어르는 소리 / 불아 불아

자료코드 : 02_14_FOS_20110219_KHS_PBG_0004
조사장소 : 경기도 안산시 단원구 와동 왜둘기 경로당
조사일시 : 2011.2.19
조 사 자 : 김헌선, 김형근, 최자운, 김혜정, 변진섭
제 보 자 : 박부근, 여, 77세
청   중 : 12명
구연상황 : 어머니들이 아이를 키우면서 많이 부르는 노래가 자장가, 아이어르는 소리로
서 '알강 달강', '풀무소리'이다. 풀무소리는 아이를 세우고, 아이의 양 겨드랑
이에 어른이 손을 넣고 몸을 기울여 오른발 왼발 차례로 딛게 하며 부른다.
지역에 따라 '불아 불아', '불미딱딱', '풀매풀매', '불무(풀무)소리' 등으로 불린
다. '풀무'는 쇠 도구를 만드는 '대장간'에서 썼던 도구이다. 불이 꺼지지 않게
계속해서 불에 바람을 공급해주는 도구인데, 아주 옛날에는 손으로 밀었다 넣
었다 하는 손풀무와 마치 어렸을 적 국민학교 풍금처럼 양쪽발로 한발 한발
딛는 발풀무가 쓰였다. 이 풀무소리는 바로 발풀무를 딛는 모습을 흉내 낸 것
이다. 이 풀무소리는 아이의 다리 힘을 길러주는 것이며, 아이들이 점차 걸음
마를 할 단계에서 부른다. '알강달강'은 다소 노래의 가사가 서사적 짜임이 있
지만, 이 풀무소리는 그렇지 않다. 다만 많이 나오는 가사의 경우 문답으로
이루어진다. 이 풀무가 어디 풀무인지, 이 쇠가 어디 쇠인지, 쇠값이 얼마인지
그런 경우이다. 이에 대한 대답을 하면서 노래가 이루어진다. 옛날 농촌에는
대장간이 시장에 있는 큰 곳만 있었던 것이 아니라 큰 마을에 농기구 정도를

다루는 작은 대장간도 있었다. 그래서 필요한 농기구를 가져다 쓰고 1년에 두 차례 정도 곡식으로 이 값을 치른다. 이것을 '석수', '쇠값' 등으로 부른다.

불아불아 불아불아

이쇠는[48] 어디쇤고[49]

강안도[50] 자룡쇠

갱피가 몇된가

겉피가 닷되라네

이제 생각이 나네. 머리가. 그렇게 했어

다리세기 / 이거리 저거리

자료코드 : 02_14_FOS_20110118_KHS_PYJ_0001
조사장소 : 경기도 안산시 단원구 선감동 선감1리 경로당
조사일시 : 2011.1.18
조 사 자 : 김헌선, 김형근, 최자운, 김혜정, 변진섭
제 보 자 : 박양자, 여, 74세
청   중 : 12명
구연상황 : 박양자는 경상남도 하동에서 이곳으로 이사온 지 25년이 되었다. 경상도 하동에서 배웠던 다리세기를 해주었다.

경사도거든요

이거리 저거리 각거리

진주맹게 또맹게

작발로 해양근

---

48) 농사 도구 등을 만드는 재료인 철(鐵).
49) 쇠인고?
50) 강원도.

육도육도 전라도

하늘에숨은 제비콩

돌돌몰아 장두칼청

이거리 저거리 각거리

진주맹게 또맹게

작발로 해양근

육도육도 전라도

하늘에숨은 제비콩

돌돌몰아 장두칼청

방망이점 놀이 노래

자료코드 : 02_14_FOS_20110118_KHS_SYS_0001
조사장소 : 경기도 안산시 단원구 선감동 선감1리 경로당
조사일시 : 2011.1.18
조 사 자 : 김헌선, 김형근, 최자운, 김혜정, 변진섭
제 보 자 : 신윤숙, 여, 72세
청   중 : 12명
구연상황 : 선감1리 경로당에는 남자 어르신 다섯 분 정도가 화투를 치고 있었다. 할아
        버지들을 대상으로 한 조사에서는 마을에 관련한 일반적인 것 외에는 답변을
        얻을 수 없었다. 옆방에서는 할머니들이 계셔서 조사를 하였다. 방망이점 놀
        이는 '춘향이신 내리는 놀이'와 함께 전국적으로 존재했던 아이들 놀이이다.
        보통 방망이점은 아이들이 놀다가 무엇인가를 잃어버렸을 경우 "우리 방망이
        점 해서 찾아보자."는 식으로 부르게 된다. 한 아이가 다듬이 방망이 같은 방
        망이를 한손에 쥐고 수직으로 세워 한쪽을 땅에 닫게 한다. 그럼 다함께 주문
        과 같은 이 노래를 부른다. 이윽고 신이 내려서 방망이가 잃어버린 물건이 있
        는 곳으로 움직이게 된다. 제보자들은 한결같이 방망이를 잡고 있는 사람 마
        음대로 가는 것이 아니라, 방망이가 사람을 이끈다고 말한다. 이 놀이는 무당

굿의 신대를 잡아 대내림 하는 것을 모방한 아이들의 놀이로 보인다. 제보자가 무척 활달하고 말하는 것도 시원시원하여 기대하고 여러 가지를 더 물어보았지만, 기억하지 못한다고 했다.

장군장군 대장군
어틀비틀 곤두라미
옥감태사 하운태사
기밀공사 하실적에
썰썰히 내리시라고

장군장군 대장군
어틀비틀 곤두라미
옥감태사 하운태사
기밀공사 하실적에
썰썰히 내리시라고

　방맹이다가 고깔을 해 씨우고. 인제 메주를 잃어버려 그렇게 했는데. 인저 아무개네 할아버지가 훔쳐갔다 인제 그랬어요. 혼자 사는 할아바이가. 그런데 나중에 고아원(선감학원) 있는 강당 밑에서 나온 거야.

시집살이 노래 / 우리 어머니는 왜 날 낳아서

자료코드 : 02_14_FOS_20110110_KHS_YWD_0001
조사장소 : 경기도 안산시 단원구 대부남동 남3리 향낭골 경로당
조사일시 : 2011.1.10
조 사 자 : 김헌선, 김형근, 최자운, 김혜정, 변진섭
제 보 자 : 유월득, 여, 85세
청　　중 : 15명
구연상황 : 향낭골 경로당에는 남녀로 나뉘어져있다. 할아버지들 방에서는 화투에 바뻐

서 조사 일행을 할머니 방 쪽으로 가도록 하였다. 약 15명 정도의 어르신들이 계셨다. 그들 중 네 명 정도는 화투를 하고 있었고, 다른 이들은 이야기를 하고 있었다. 처음에는 옛날이야기를 중심으로 조사를 하다가, 이윽고 민요를 조사하게 되었다. 누가 민요를 잘하시느냐 물으면 서로들 "한번 해봐" 하는 식으로 미루기 일쑤였다. 좌중에서 가장 연로한 측에 계신 한 할머니가 소리를 잘한다고 사람들이 시켜보라고 했다. 유월득 제보자였다. 그러나 본인은 모른다고 나서질 않았다. 조사자가 먼저 "옛날에는 시집살이가 참 엄하지 않았느냐며" 조심스레 기억의 시간을 옛날로 돌려놓았다. 시집살이를 겪지 않은 여성은 없었기에, 이 질문 하나만으로도 그 시절의 그 기억들로 이내 감정의 변화가 얼굴빛으로 표현이 될 정도였다. 전라도의 홍글소리를 예를 들어, "전라도 가면 할머니들이 신세타령하듯이 어매 어매 우리 어매.. 하고 노래하는데, 할머니는 어떤 노래 하셨나요?" 하고 묻자 이 노래를 불러주었다.

우려어머니는 왜나를 낳여서
무슨고생을 못시겨서 이고상시기나
청춘하늘에 별도나 많건만
요내가슴은 수심도나 많구나

시집살이 노래 / 성님 성님 사촌성님

자료코드 : 02_14_FOS_20110110_KHS_YWD_0002
조사장소 : 경기도 안산시 단원구 대부남동 남3리 향낭골 경로당
조사일시 : 2011.1.10
조 사 자 : 김헌선, 김형근, 최자운, 김혜정, 변진섭
제 보 자 : 유월득, 여, 85세
청　　중 : 15명
구연상황 : 전라도의 홍글소리를 예를 들어, "전라도 가면 할머니들이 신세타령하듯이 어매 어매 우리 어매.. 하고 노래하는데, 할머니는 어떤 노래 하셨나요?" 하고 묻자 제보자는 창부타령조로 "우리 어매는 왜 날 낳여서"라는 노래를 불러주었다. 전국적으로 두루 불려지는 여성 신세타령인 "성님 성님 사촌성님" 하는 노래는 모르느냐며 묻자, "그거 모르는 사람이 어디 있냐며" 불러주었다.

성님성님 사촌성님 시집살이가 어떻든고
시집살이는 말도말게 이런시집이 어디있나

자장가

자료코드 : 02_14_FOS_20110110_KHS_YWD_0003
조사장소 : 경기도 안산시 단원구 대부남동 남3리 향낭골 경로당
조사일시 : 2011.1.10
조 사 자 : 김헌선, 김형근, 최자운, 김혜정, 변진섭
제 보 자 : 유월득, 여, 85세
청   중 : 15명
구연상황 : 제보자는 시집살이 관련 노래 2곡을 불러주었다. 그 다음 어머니라면 누구나 불렀을 양육과 관련된 노래를 조사하였다. 양육과 관련된 대표적인 노래는 자장가, 아이어르는 소리로 '달강달강', '풀무소리' 등이 있다. 유월득 제보자는 자장가와 '달강달강'을 불러주었다.

자장자장 워리자장
우리아기는 잘도잔다
멍멍개야 짖지말고
꼬꼬닭아 우지마라
워리워리 잘도잔다
울애기는 잘도잔다
자장자장 워리자장
우리애기 잘도잔다

아이어르는 소리 / 실강 달강

자료코드 : 02_14_FOS_20110110_KHS_YWD_0004

조사장소 : 경기도 안산시 단원구 대부남동 남3리 향낭골 경로당

조사일시 : 2011.1.10

조 사 자 : 김헌선, 김형근, 최자운, 김혜정, 변진섭

제 보 자 : 유월득, 여, 85세

청　　중 : 15명

구연상황 : 조사자가 달강달강을 실제 부르는 듯 시늉을 하며 "달강 달강 서울 가서.." 하며 조금의 노래를 부르면서, 이 노래를 기억하시는지를 묻자 불러주었다.

　　실강달강 잘도잔다

　　우리애기는 잘도잔다

　　서울가서 밤한되를사다가

　　살랑밑에 넣었더니

　　새웅지가 다까먹구

　　껍데기만 남었구나

　그것도 잊어버렸어. 가마솥에다 삶으랴. 어떠가 삶냐고 그리면서

상여소리

자료코드 : 02_14_FOS_20110113_KHS_LGY_0001

조사장소 : 경기도 안산시 단원구 대부남동 남4리 흘곳 경로당

조사일시 : 2011.1.13

조 사 자 : 김헌선, 김형근, 최자운, 김혜정, 변진섭

제 보 자 : 이구영, 남, 71세

청　　중 : 16명

구연상황 : 구비문학 현장조사를 할 때 먼저 사전에 제보자의 여부를 묻기 위하여 마을 이장 또는 노인회장과 통화를 한다. 도움 될 만한 사람이 없을 것이라는 대답이 가장 많다. 통화하는 이가 잘 모를 수도 있고, 보통 여성 노래꾼이나 이야기꾼은 다른 이들에게 알려지지 않은 경우가 많으므로 일단 방문해도 좋은지를 묻는다. 세상이 많이 각박해졌는지 '올 것 없다'라고 일언지하에 거절하는

곳도 요즘은 참 많아졌다. 그나마 있는지 없는지 잘 모르겠으나 오면 아는 데까지 설명해 주겠다는 대답은 무척 조사자에게 힘을 주는 대답이 된다. 흘곳 마을의 이장은 자신 있게 조사를 수락하였다. 그 자신감은 바로 이 일대의 소리꾼인 이구영이 있었기 때문이었다. 조사자들이 경로당을 찾았을 때 한쪽에서 할아버지들은 두 패 정도 화투를 치고 있었고, 할머니들은 또 한쪽에서 이야기를 하고 있었다. 이장을 먼저 경로당 밖에서 만나 같이 들어갔고, 이장은 마치 사회자처럼 "일전에 말했던 경기대학교 조사팀께서 우리 마을을 방문해 주셨습니다." 하고 소개를 해주었다. 일시에 화투판은 정리가 되었다. 이때 주제보자인 이구영은 아직 경로당에 오지 않았기에 먼저 노인회장인 이상영(남, 1933)을 통해 마을 조사를 하였다. 이상영은 주제보자 이구영의 친형이 된다. 이구영은 이 마을뿐 아니라 인근에도 소문난 선소리꾼이었다. 그를 통해 회심곡, 창부타령, 상여소리, 회다지소리-달구소리, 화투뒤풀이, 달거리, 각설이타령을 녹음하였다. 상여를 들어 올리거나, 땅에 내릴 때 선소리꾼은 '남새'라고 말한다. 제보자에 따르면 그 의미는 무엇인지 모르나, '들어 올려라' 또는 '내려라'라는 신호로 관념하고 있다.

자, 벗님네. 남세[51]

어허리 넝차
   어허이 어야
어허리 어이야
   어허이 어야
가요가요 나는가요
   어허이 어야
이제가면은 언제나와요
   어허이 어야
명년춘삼월 또다시와요
   어허이 어야

---

51) '남세'는 상여를 들어 올리거나, 내리라는 구호이다.

세상천지를 싫다를받아

어허이 어야

먼먼곳을 떠난다해도

어허이 어야

골골마다 꽃은피고

어허이 어야

인생불쌍 찾어질때

어허이 어야

해설허고 축하이러

어허이 어야

망북의집 의론허고

어허이 어야

상탁상 질풍에

어허이 어야

봉학앉아 춤을추고

어허이 어야

한강수 깊은물에

어허이 어야

하두용마가 나단말가

어허이 어야

적은상이 바리시네

어허이 어야

높고낮은 저먼길을

어허이 어야

어느세월아 가잔말이냐

어허이 어야

간다간다 나는가요

　　어허이 어야

문전걸식 앞에다두고

　　어허이 어야

가자어리 어릴소

　　어허이 어야

구별없게 잡아주고

　　어허이 어야

어린자식을 등에지고

　　어허이 어야

먹을것을 손에다들고

　　어허이 어야

인생갈길이 바쁘구나

　　어허이 어야

어허라 어허어

　　어허이 어야

남세

회다지소리 / 달구소리

자료코드 : 02_14_FOS_20110113_KHS_LGY_0002

조사장소 : 경기도 안산시 단원구 대부남동 남4리 흘곳 경로당

조사일시 : 2011.1.13

조 사 자 : 김헌선, 김형근, 최자운, 김혜정, 변진섭

제 보 자 : 이구영, 남, 71세

청　중 : 16명

구연상황 : 이 마을에서는 '회다지소리'라는 명칭을 쓰지 않고 '방아 다는다', '방아 다을

때 하는 소리'로 불린다. 보통 3회를 다지는데 노래가 다르지는 않다. 마지막에 '에허라 쉬쉬' 하는 것이 끝내는 신호이다. 많은 경우 회다지소리의 끝에 새를 쫓는, 이른바 '새쫓는 소리'들이 많은 지역에 존재한다. 그래서 조사자 또한 '새쫓는 소리'라고 불리는, 또는 '우여~ 새 날리자' 같은 것들을 끝에 부르지 않느냐 묻자, 그런 것은 없었다 대답하였다.

자, 벗님네. 먼디 사람 듣기 좋게 가깐데 사람 보기 좋게 우리 잘 한번 다져봅시다

에허리 달고
　　에허리 달고
정월에 드는액은
　　에허리 달고
이월한식으로 막어내고
　　에허리 달고
이월에 드는액은
　　에허리 달고
삼월삼짓으로 막어내고
　　에허리 달고
삼월에 드는액은
　　에허리 달고
사월초파일로 막어내고
　　에허리 달고
사월에 드는액은
　　에허리 달고
오월단이로52) 막어내고

---

52) 오월 단오로.

에허리 달고

오월에 드는액은

에허리 달고

유월유두로다 막어내고

에허리 달고

유월에 드는액은

에허리 달고

칠월칠성으로[53] 막어내고

에허리 달고

칠월에 드는액은

에허리 달고

팔월한가위로 막어내고

에허리 달고

팔월에 드는액은

에허리 달고

구월구일로 막어내고

에허리 달고

구월이라 드는액은

에허리 달고

시월상달로다 막어내고

에허리 달고

시월이라 드는액은

에허리 달고

동주팥죽으로[54] 막어내고

---

53) 칠월 칠석으로.
54) 동지(冬至) 팥죽.

에허리 달고

동짓달에 드는액은

　　에허리 달고

섣달이라 막달이라

　　에허리 달고

방맹이로맞은북애대갈로[55] 막어내자

　　에허리 달고

어허리 달고

　　에허리 달고

어허라 쉬쉬

　　에허리 달고

화투뒤풀이

자료코드 : 02_14_FOS_20110113_KHS_LGY_0003
조사장소 : 경기도 안산시 단원구 대부남동 남4리 흘곳 경로당
조사일시 : 2011.1.13
조 사 자 : 김헌선, 김형근, 최자운, 김혜정, 변진섭
제 보 자 : 이구영, 남, 71세
청　　중 : 16명
구연상황 : 제보자 이구영은 조사자들이 보기에도 무척 흥이 많고, 스스로도 노래 부르는 것이 즐겁고, 안 해본 소리가 없었다고 할 정도였다. 그래서 부탁드린 소리가 '각설이타령', '화투뒤풀이' 등이었다. '튀전뒤풀이'를 문자, 숫자마다 소리들이 다 다른데, 하나 정도밖에 기억이 나질 않는다 하여 녹음할 수는 없었다.

일월이라 속사긴마음

---

55) 방망이로 맞은 북어 대가리(머리).

이월매조에 맺어놓고

삼월사구라 산란한마음

사월흑사리 홀로누워

오월난초 나던나비

유월목단에 춤을춘다

칠월홍돼지 홀로누워

팔월공산에 달을본다

구월국화 굳은나비

시월단풍에 맥떨어진다

오동속산에 공학이놀고

공학에속산에 백구가논다

백구불러 술을부어라

건너편건달이 술잔받네

달거리

자료코드 : 02_14_FOS_20110113_KHS_LGY_0004
조사장소 : 경기도 안산시 단원구 대부남동 남4리 흘곳 경로당
조사일시 : 2011.1.13
조 사 자 : 김헌선, 김형근, 최자운, 김혜정, 변진섭
제 보 자 : 이구영, 남, 71세
청   중 : 16명
구연상황 : 이구영은 이 마을뿐 아니라 인근에도 소문난 선소리꾼이었다. 그를 통해 회심
         곡, 창부타령, 상여소리, 회다지소리-달구소리, 화투뒤풀이, 달거리, 각설이타
         령을 녹음하였다. 회다지소리의 사설을 기본적으로 달거리로 구성하였기에,
         이것만 따로이 불러달라 부탁하였다.

정월이로구나 대보름에는 답교도허는 명절인데

청춘남녀 짝을짓구 양약에삼선이 떠다니는데
우리벗님은 어데를갔게 일거무소식이단 말이냐

이월이라 한식절은 추천하는 넘이로다
북망산천을 찾아가서 무덤을안고 통곡하니
무정하고 야속한임은 왔느냐 소리도없구나

삼월이로구나 삼짓날은 제비는 옛집을찾어오고
한번가면은 돌아올줄모르니 인불의짐승도 알건마는
우리임은 어데를갔기 일거무소식이란 말이냐

사월이라 초파일은 석가모니여 탄생이
집집마다 등을도달고 사선박전을 하건마는
하늘봐야 별을따지 임없는나야 소용있나

오월이라 단오일은 추천하는 몸이로다
녹의몽상 기상들은 오락가락이 추천하는데
우리벗님은 어데를갔게 일고무소식이란 말이냐

유월이라 십오일은 유두명절이 이아니냐
백분청류에 지진전병 쫄깃쫄깃이 맛도좋다
임없는빈방에 혼자먹기는 금창이막혀서 못먹겄네

칠월이라 칠석날은 견우직녀 만나는날
은하수작교 먼먼길에 일년에한번두 못만날까
우리님은 어데를갔게 십년에한번도 못만나랴

팔월이로구나 한가위날은 청춘남녀 짝을두짓구
양약에 삼선이 떠도리는데

우리님은 어데를갔기 추천하잔말이 어이없냐

구월이라 구일날은 국[56]

시월이라 상달이라 집집마다 고사치성
불사님전에 백설기요 터주전에는 무설기라
재주사망도 비려니와 우리임명복도 빌어보세

동짓달이라 자비트니 동주팥죽을 먹고나니
원수나이 한살더먹었는데 임은더하나 안생겼나

섣달이라 막달이라 해동자기 지내고보니
섣달그믐이 고대로다
얼씨구나 지화자좋네 얼씨구절씨구 절씨구나

각설이타령

자료코드 : 02_14_FOS_20110113_KHS_LGY_0005
조사장소 : 경기도 안산시 단원구 대부남동 남4리 흘곳 경로당
조사일시 : 2011.1.13
조 사 자 : 김헌선, 김형근, 최자운, 김혜정, 변진섭
제 보 자 : 이구영, 남, 71세
청   중 : 16명
구연상황 : 제보자 이구영은 노래부르기를 스스로 즐겨하고, 또 듣는 이에게 기쁨을 주
          는 것을 즐김을 느낄 수 있었다. 혹시 각설이타령도 아는지를 묻자 "못할게
          뭐 있느냐"며 해주었다.

어 드려다보니 가음이 움푹하고 울려다보니 우음이 가득헙니다

---

56) 갑작스레 뒤의 가사가 생각나지 않았다.

일자한자를들고봐 일월이송송매송송 밤중샛별높았구나 저리구저리구잘한다

이자한자를들고봐 이정성이요래도 정승감사마다고 이집저집을다닌다

삼자한자를들고봐 삼등허리는놋촛대 신랑신부첫날밤에 맹깽이[57] 씨름만고대한다

지리구지리구잘헌다

사자한자를들고봐 사시바쁜요대에 점심참이늦었구나 지리구지리구잘헌다

오자한자를들고봐 오또오또우는아기 젖달라고슬피우네 지리구지리구잘헌다

육자한자를들고봐 육십먹은노인네 구들장밑에똥싸고 이불밑에오줌싼다 지리구지리구잘헌다

칠자한자를들고봐 칠년대한가믄날에 난데없는비가와서 지리구지리구잘헌다

팔자한자를들고봐 우리형제팔형제 경주서울천서울 과거보러떠났소

구자한자나들고봐 구슬구슬이목에걸고 날이온다날이와 요걸목에뚝딱 저걸목에뚝딱 무슨동냥허러왔소 보리쌀동냥허러왔지

장자한자를들고봐 장숲에풍파남한일대포수들이 봉한마리잡으려고 이산저산다니며 봉한마리못잡았소 지리구지리구잘헌다

아이구 다했어 인저

---

57) 맹꽁이.

고사반

자료코드 : 02_14_FOS_20110121_KHS_LSH_0001
조사장소 : 경기도 안산시 단원구 풍도동 풍도 이상희 자택
조사일시 : 2011.1.21
조 사 자 : 김헌선, 김형근, 최자운, 김혜정, 변진섭
제 보 자 : 이상희, 남, 83세

구연상황 : 제보자 이상희 또한 안산문화원 등 다양한 곳에서 조사된 사례가 있는 인물이다. 이 제보자 조사를 위해 인천 연안여객터미널에서 하루에 한번 밖에 없는 배를 타고 2시간을 거쳐서 풍도에 도착했다. '섬'이라는 공간을 생각해보면 이상희 제보자 외에도 다른 제보자들도 있을 것이라 예상했지만 그렇지는 못했다. 풍도를 향하는 배 안에서 풍도에 사는 두 사람의 어르신들과 인터뷰를 하고, 도착하여 노인회장과 대화를 했지만 이상희 제보자 외에는 추천되는 인물이 없었다. 우리가 간 날은 굴을 채취하는 시기가 되어서 대부분의 여성들은 거기에 참여하였고, 경로당마저도 비어있는 상태였다. 오로지 이상희 제보자가 자택에 있어서 조사를 할 수 있었다. 그의 개인 생애 조사에 이어서 민요조사를 하게 되었다. 청중 없이 혼자 노래를 하기 때문에 사설 전체를 부르지 않았고, 본인이 부르다가 "그만해" 이런 식으로 소리를 마쳤다.

금일금일 금이로다

시화연풍 국태민언

연연이 돌아든다

이씨한양에 등극시

삼각산 기봉하에

기봉이년줄 생겼구나

기봉눌러 대궐짓고

대궐하에 육조로다

육조하에 오용문

오용문하에 하령소라

좌우성을 살펴보니

사대문이 분명쿠나

우리나라 단군님

천세천세 구천세

각도각을 마련할때

경기도 부천구 대부면

풍도리로 나려와

이댁가정 이룩헐때

조공위도덕으로 좋은터를골러잡어

집치레를 볼작시면

쳐다보니 소라반장

내다보니 각자장판

청룡아황룡아 사모번뜻

입구자로나 지었구나 ("쾌괭캥캥 쾡쾡")

정월이라 드는살

이월한식 막어내고

이월이라 드는살

삼월삼짓날 막어내고

삼월이라 드는살

사월초파일날 막어내고

사월이라 드는살은

오월단오로 막어내고

오월이라 드는살은

유월유두로 막어내고

유월이라 드는살은

칠월칠석날 막어내고

칠월이라 드는살

팔월한가위로 막어내고

팔월이라 드는살은

구월구일로 막어내고

구월이라 드는살

시월시제로 막어내고

시월이라 드는살

동짓달그믐날 막어내니

동짓달이라 드는살은

섣달그믐날 막어내고

원강이천리다 소지소멸허였으니

이댁가중 금년신수

어찌아니가 좋을소냐

깨갱캥캥 깽깽게

배치기

자료코드 : 02_14_FOS_20110121_KHS_LSH_0002
조사장소 : 경기도 안산시 단원구 풍도동 풍도 이상희 자택
조사일시 : 2011.1.21
조 사 자 : 김헌선, 김형근, 최자운, 김혜정, 변진섭
제 보 자 : 이상희, 남, 83세
구연상황 : 풍도는 전반적으로 어선보다는 운반선을 부렸다. 그래서 배치기 소리의 경우
　　　　　배를 잡고 돌아오면서 만선을 기대하는 소리로서의 배치기가 아니라, 농악대
　　　　　가 재수를 부르는 소리로서 배치기를 불렀다.

옌평칠선 다뒤져먹고 어양도바다로 돈실러간다

에엥어 어화 어화요

아래웃등을 다젖혀놓고 가운데등이서 도장원했다

저절 어화요 좋다

올라가는시선배 내려오는시선배 우리배꽁무니 다둘러쳤다

저절 에혜 어허 어화요

상여소리

자료코드 : 02_14_FOS_20110121_KHS_LSH_0003
조사장소 : 경기도 안산시 단원구 풍도동 풍도 이상희 자택
조사일시 : 2011.1.21
조 사 자 : 김헌선, 김형근, 최자운, 김혜정, 변진섭
제 보 자 : 이상희, 남, 83세
구연상황 : 상장례요로 상여소리와 회다지소리는 전국적으로 모두가 갖추고 있다. 그런
데 풍도의 경우 이상희 제보자가 아는 한 회다지소리는 없다고 하였다. 몇 명
이서 연초대를 쥐고 회를 다지데 소리를 주고 받는 것은 없었다고 한다. 상여
소리의 경우 상여를 들어 올리라는 신호로 "엉시 엉시"한다. 그리고 상여가
집을 떠나기 전 마지막 인사를 할 때, 상여의 앞머리를 낮추며 세 번 인사를
하는데 이때 '나무아미타불'을 부른다. 본격적인 상여가 나가기 전에 발을 맞
추거나, 하직인사를 할 때 '나무아미타불'을 이용하는 것은 여러 지역들에서
발견되는 현상이다. 와음이 심하게 진전되어 부르는 사람 또한 '나무아미타불'
이라는 의미를 인지하지 못하고 부르기도 한다. 상여소리에 불교의 '나무아미
타불'이 삽입되어 있는 것은 불교가 토착화되어있었던 전통이 오늘날까지 이
어져오고 있음을 보여준다. 정확히 '나무아미타불'이 어떤 뜻인지 불교적으로
이해하지 못해도, 그것을 통해 망자가 좋은 곳으로 가라는 염원을 담고 있다.
상여를 운상하면서 부르는 소리 후렴구는 넘차류에 해당된다.

　(상여 들어올릴 때)

　　엉시 엉시 엉시 엉시 엉시

딱 일어났단 말이야

(하직인사할 때)
　　나미 할밀 타불
　　나미 할밀 타불
　　나미 할밀 타불

(운상할 때)
　　어허 넘 너화호
　　가네가네 나는가네
　　이제가면 언제오나
　　　　에허 넘차 너화호
　　간다간다 나는가네
　　　　에호 너화호
　　어린상재를 앞에두고
　　　　에호 너화호
　　꽃은피어서 만발허고
　　잎은피어서 너울어졌네
　　　　에호 너화호
　　북망삼천이 멀다더니
　　문턱밑이 분명쿠나
　　　　에호 너화호

수심가

자료코드 : 02_14_FOS_20110121_KHS_LSH_0004

조사장소 : 경기도 안산시 단원구 풍도동 풍도 이상희 자택
조사일시 : 2011.1.21
조 사 자 : 김헌선, 김형근, 최자운, 김혜정, 변진섭
제 보 자 : 이상희, 남, 83세
구연상황 : 워낙 소리에 능한 제보자여서 혹시 수심가를 아는지 묻자 불러주었다.

　　　노세노세 노세노세 젊어서놀아
　　　늙구병들면 나는못노리라
　　　에헤 에헤헤 어기야아야 디어라 내사랑아

　　　임이죽고 내가살면 열녀가 된다더냐
　　　한강수 깊은물에 둥기둥실 빠져죽자

　　　난봉이났네 난봉이났네
　　　우리집삼동세 떼난봉이났네
　　　에헤 어그야 어야야디어라 몽땅 내사랑아

각설이타령

자료코드 : 02_14_FOS_20110121_KHS_LSH_0005
조사장소 : 경기도 안산시 단원구 풍도동 풍도 이상희 자택
조사일시 : 2011.1.21
조 사 자 : 김헌선, 김형근, 최자운, 김혜정, 변진섭
제 보 자 : 이상희, 남, 83세
구연상황 : 각설이타령도 부를 수 있는지를 묻자 불러주었다.

　　　작년이왔던 각설이 죽지도않고 또왔네
　　　품바허고도 잘이헌다 지리고지리고 잘이헌다
　　　너이선생이 누구신지 날보담더 잘이헌다

시전서전을 읽었나 유식허게도 잘이헌다
품바허고도 잘이헌다 지리고지리고 잘이헌다

뜨물통이나 먹었나 걸찍걸찍이 잘이헌다
냉수통이나 먹었나 시원시원이 잘이헌다
품바허고도 잘이헌다 지리고지리고 잘이헌다

앉은고리는 동고리 선고리는 분고리
뛰는고리는 개고리 입는고리는 저고리라
품바허고도 잘이헌다 지리고지리고 잘이헌다
너이선생이 누구신지 날보담더 잘이헌다

다리세기 / 한나 만나

자료코드 : 02_14_FOS_20110219_KHS_LYN_0001
조사장소 : 경기도 안산시 단원구 와동 왜둘기 경로당
조사일시 : 2011.2.19
조 사 자 : 김헌선, 김형근, 최자운, 김혜정, 변진섭
제 보 자 : 이용녀, 여, 82세
청   중 : 12명
구연상황 : 다리세기 놀이를 하면서 부르는 노래는 동네마다 그 가사들이 제각각이다.
다른 동네로부터 시집을 온 할머니들을 모아놓고 조사해보면 열이면 열 다
른 노래가 이 노래이다. 어렸을 적이나 불렀기에 그들은 시집온 이후 같이
이 노래를 불러본 적이 없고, 그래서 이 노래가 동네마다 다 다름을 새삼스럽
게 알고 신기해한다. 제보자 이용녀는 나주에서 살다가 이곳으로 이사 온 지
25년 정도 되었다.

한나 만나 정가 때까 오롱 조롱 구준개 총
한나 만나 정가 때까 오롱 조롱 구준개 총

자장가

자료코드 : 02_14_FOS_20110219_KHS_LYN_0002
조사장소 : 경기도 안산시 단원구 와동 왜둘기 경로당
조사일시 : 2011.2.19
조 사 자 : 김헌선, 김형근, 최자운, 김혜정, 변진섭
제 보 자 : 이용녀, 여, 82세
청   중 : 12명
구연상황 : 왜둘기 경로당은 도시 경로당이다. 다양한 출신의 어르신들이 모여있기에 서서히 이야기를 끌어내기 위하여 '다리세기'를 시작으로, 어렸을 적 불렀을 법한 동요와 이야기들을 조사하였다.

아가아가 잠도자라

잠만잘자면 너는 꽃밭에다 재와주고[58]

넘의애기 우는놈은 개똥밭에 재와준다

자장 자장 우리애기 잘도자네

베틀가

자료코드 : 02_14_FOS_20110219_KHS_LYN_0003
조사장소 : 경기도 안산시 단원구 와동 왜둘기 경로당
조사일시 : 2011.2.19
조 사 자 : 김헌선, 김형근, 최자운, 김혜정, 변진섭
제 보 자 : 이용녀, 여, 82세
청   중 : 12명
구연상황 : 제보자 이용녀는 전남 나주 출신이기에 동요나 육아요 외에 여성노동에 해당되는 민요들을 물어보았다. 보통 의복과 관련한 가사노동이 대표적인 여성노동이다. 베틀, 삼산기, 물레질 등이 이에 해당된다. 기억나지 않는다고 하여 기억나는 만큼만 불러달라고 하였다. 그러나 처음 앞대목만 기억하고 있는 정도였다. 아는 데까지만 부탁하여 채록하였다.

---

58) 재워주고.

하늘에다 베틀놓고

구름잡어 잉애걸고

대추나무 북에다가

얼렁절렁 짜더니라고

벨은 따

　나도 이제 거그 또 잊었네

춘향이신 내리는 놀이 노래

자료코드 : 02_14_FOS_20110219_KHS_LYN_0004
조사장소 : 경기도 안산시 단원구 와동 왜둘기 경로당
조사일시 : 2011.2.19
조 사 자 : 김헌선, 김형근, 최자운, 김혜정, 변진섭
제 보 자 : 이용녀, 여, 82세
청　　중 : 12명
구연상황 : 사람이 여럿 모였을 때 한사람에게 아는 소리를 모두 조사하면 다른 이들이
　　　　　소외되는 현상이 벌어지곤 한다. 소외된 사람이 나름대로 소리나, 이야기에
　　　　　자신 있다면 오히려 조사의 방해를 하는 경우도 있다. 그래서 보통 하나의 노
　　　　　래 제목을 말하고, "이런 노래 아세요?" 하고 한 번씩 살펴보면, 안다고 대답
　　　　　하는 사람이 있거나, 벌써 노래를 시작한 사람도 있고 하고, 자신이 없는 경
　　　　　우 우물우물하면서 고개를 숙이기도 한다. 이런 상황을 잘 봐두었다가 한 사
　　　　　람이 노래를 마치면, 다음 제보자들에게도 기회를 주어야 모두가 조사에 공동
　　　　　참여를 할 수 있게 된다. 그래서 여기에 이용녀 제보자가 네 개의 노래를 불
　　　　　러주었는데, 이것을 순서대로 쭉 부른 것은 아니다.
　　　　　춘향이신 내리는 놀이 노래는 노래보다 주문 외는 것에 가깝다. 실제 그 목적
　　　　　도 춘향이신(神)의 내림을 받아 이상한 행위를 기대한다. 여러 친구들이 원을
　　　　　만들어 앉고, 춘향이신 받을 친구가 그 원 안에 들어가 앉는다. 그리고 모두
　　　　　가 함께 이런 주문을 외운다. 신이 만약 그 원 안의 친구에게 내리면 그 친구
　　　　　는 자기도 모르게 춤을 춘다고 한다.

남안골[59] 은골 춘향아씨

성은 성가요 생은생시는[60] 사월초파일날이올시다

정정이 내리소서

으런들이[61] 요러고 뺑뺑 돌려 안거서[62]

남안골 은골 춘향아씨

성은 성가요 생은생시는 사월초파일날이올시다

정정이 내리시요

자장가

자료코드 : 02_14_FOS_20110219_KHS_LCS_0001
조사장소 : 경기도 안산시 단원구 와동 왜둘기 경로당
조사일시 : 2011.2.19
조 사 자 : 김헌선, 김형근, 최자운, 김혜정, 변진섭
제 보 자 : 이춘성, 여, 82세
청   중 : 12명
구연상황 : 도시의 경로당인 왜둘기 경로당은 다양한 지역 출신들이 모여 있는 곳이다. 같은 노래여도 지역마다의 다른 버전(version)들이 조사된다. 이 자장가는 이북 출신인 이춘성 제보자가 불러주었지만 크게 이남의 것과 다르지는 않다.

나는 고향이 함경도에요. 근데 우리 고향에서는 이렇게 해요. 자장. 할머니가 애기 안고 앉아서

자장자장 우리아가

---

59) 남원골. 전라북도 남원.
60) 생월 생시는.
61) 어른들이.
62) 앉아서.

우리아가 잘자야지

우리엄마 김밭맨다

길밭 길쌈맨다

아가아가 잘도잔다

멍멍개야 짖지마라

꼬꼬닭아 울지마라

그러면서 얘기하면서 이래 또

우리아기 울지않고

잘만자네 자장자장

아이어르는 소리-풀무소리

자료코드 : 02_14_FOS_20110219_KHS_LCS_0002

조사장소 : 경기도 안산시 단원구 와동 왜둘기 경로당

조사일시 : 2011.2.19

조 사 자 : 김헌선, 김형근, 최자운, 김혜정, 변진섭

제 보 자 : 이춘성, 여, 82세

청   중 : 12명

구연상황 : 자장가 다음으로 질문하는 것이 아이를 키우면서, 어르면서 부르는 노래이
다. '아이어르는 소리'에서 가장 대표적인 노래가 세 가지이다. '알강달강', '풀
무소리', '둥게둥게'가 그것이다. 이 세 가지 중 이춘성 제보자는 풀무소리에
해당하는 이 노래를 불러주었다.

불아 불아 불아 불아

우리손주다리는 영겅다리보다 더기네

불아 불아 불아 불아

다리만긴기아니라 허리도기네

우리 손주

　우리 할머니는 이렇게 하셨어요. 우리 할머니는 그렇게 하시면서 이래. 아이고 이 놈이 이 다음에 크면 뭐가 될까. 궁댕짝을 딱 때리고 저만치 가서 놀아라. 그러고서 우리 할머니는...

불아 불아 불아 불아

우리손주는 다리만긴게아니라

허리도기네

잘두커라 잘두

베틀가

자료코드 : 02_14_FOS_20110219_KHS_LCS_0003

조사장소 : 경기도 안산시 단원구 와동 왜둘기 경로당

조사일시 : 2011.2.19

조 사 자 : 김헌선, 김형근, 최자운, 김혜정, 변진섭

제 보 자 : 이춘성, 여, 82세

청　　중 : 12명

구연상황 : 여성들이 부르는 노래의 많은 부분은 '가사노동요'에 해당된다. 대표적으로 아이를 키우며 부르는 노래와 집안일을 하면서 부르는 노래이다. 집안일 중 노래가 가능한 것은 단순한 일을 지속적으로 해야 하는 경우인데, 옷을 만드는 과정 중의 노래가 그에 해당된다. 삼을 삼고, 물레를 돌리고, 베틀을 짜는 것인데 이 노래의 경우는 빠르게 그 전승이 단절되어서 쉽게 녹음되지는 않는다. 베틀가의 경우도 아주 옛날 구전을 통해 부르던 '하늘우에 노던선녀'로 시작되는 사설은 찾아보기가 힘들고, 근대에 민요 명창들이 부르는 '일광단 월광단'이 들어가는 베틀가이다. 제보자 이춘성이 부른 베틀가는 근대의 것은 아니지만 기억에서 잊혀져 온전한 사설이 드러나지는 않았다.

베틀노세 베틀노세 베를짜서 손이거칠도록짜서
거츤베는 사춘주고 고운베는 아버질드리고

돈돌날이

자료코드 : 02_14_FOS_20110219_KHS_LCS_0004
조사장소 : 경기도 안산시 단원구 와동 왜둘기 경로당
조사일시 : 2011.2.19
조 사 자 : 김헌선, 김형근, 최자운, 김혜정, 변진섭
제 보 자 : 이춘성, 여, 82세
청   중 : 12명
구연상황 : 이춘성 제보자는 고향이 함경도 북청이었다. 그래서 혹시나 하고 북청의 민
         요로 대표적인 돈돌날이를 물어보았다. 아주 어렸을 적 조금만 북청에서 자랐
         기에 다양한 가사는 모른다며 아는 대로만 조금 불러준다고 하였다.

옛날에 우리 그거 할 적에 이렇게 바가지 이렇게 물동이다가요. 물 담
아놓고 바가지를 엎어놓고 이렇게 치면서 인저 그 노래를 했는데. 나는
그전에 같이 놀면서 난 그 가운데서도 어렸어요. 그리고 다 우에 언니들
이고. 우리 올케들이 바가지 장단 쳐요.

돈돌날이 돈돌날이 돈돌날이야
모래청산에 돈돌날이야
모래청산에 돈돌날이야

그러고 했어요

돈돌날이 돈돌날이 돈돌날이야
모래청산에 돈돌날이야
돈돌날이 돈돌날이 돈돌날이야

모래청산에 돈돌날이야

다리세기 / 한알대 두알대

자료코드 : 02_14_FOS_20110118_KHS_JDS_0001
조사장소 : 경기도 안산시 단원구 선감동 선감1리 경로당
조사일시 : 2011.1.18
조 사 자 : 김헌선, 김형근, 최자운, 김혜정, 변진섭
제 보 자 : 장대선, 여, 73세
청   중 : 12명
구연상황 : 여러 할머니들이 모여있는 가운데 누구나 알만한 노래는 어렸을 적 '다리세
기(뽑기)' 놀이를 하면서 불렀던 노래이다. 자라던 지역에 따라 그 가사도 달
라 부르는 이들도 서로 신기해한다. 장대선은 황해도에서 나고 자랐고 이 마
을에 온 지가 50년이 넘었다. 황해도에서 어렸을 적 불렀던 다리세기이다.

이렇허구

한알대 두알대 천자 노자 가막 까치 김필이 잔치
얻어먹었냐 못얻어먹었다
아금 파금 파지리 땡

이거 황해도야. 그게 황해도 말이야.

한알대 두알대 천자 노자 가막 까치 김필이 잔치
얻어먹었냐 못얻어먹었다
아금 파금 파지리 땡

한알대 두알대 천자 노자 가막 까치 김필이 잔치
얻어먹었냐 못얻어먹었다
아금 파금 파지리 땡

논매는 소리 / 상사디야

자료코드 : 02_14_FOS_20110213_KHS_CBH_0001
조사장소 : 경기도 안산시 단원구 와동 방죽말 천병희 자택
조사일시 : 2011.2.13
조 사 자 : 김헌선, 김형근, 최자운, 김혜정, 변진섭
제 보 자 : 천병희, 남, 86세
구연상황 : 천병희 제보자는 안산의 가장 대표적인 소리꾼이자, 농악 상쇠이다. 안산 와리 농악, 안산 둔배미 놀이 등으로 한국민속예술축제에 참여하기도 하였다. 이제는 고령이어서 활발히 활동을 하지 못하고, 주로 집에서 시간을 보내고 있었다. 고령이시고, 최근에 풍을 맞아 많이 아파서 오랜 시간의 조사는 불가능했다. 그래서 1차 조사에는 논매는 소리 / 상사디야, 고사반, 배치기소리를 녹음하였고, 2차 조사에는 상어소리, 회다지소리, 바디질소리, 노랫가락을 녹음하였다. 와동에서의 논매기는 초벌과 두벌은 호미로, 세벌에서는 손으로 맸다. 논매는 소리는 호미로 논맬 때 불렀다. 논매는 소리의 긴소리가 있어 어떻게 불렀는지 한번 흉내만 내주었다. 뒷소리도 없고, 힘든 제보자의 상황을 비추어서 더 요청할 수 없어서 일반적인 논매는 소리인 '짧은소리'만 녹음하였다.

어럴럴럴 상사디야
　　　어럴럴럴 상사디야
상사부사는 동부살세
　　　어럴럴럴 상사디야
이논배미를 어서다매고
　　　어럴럴럴 상사디야
장구배미로 넘어나가세
　　　어럴럴럴 상사디야
일락서산에 해떨어지는데
　　　어럴럴럴 상사디야
일감으는 많기도허다
　　　어럴럴럴 상사디야

그렇게 하는 거야. 그렇게 했어. 그전에

고사반

자료코드 : 02_14_FOS_20110213_KHS_CBH_0002
조사장소 : 경기도 안산시 단원구 와동 방죽말 천병희 자택
조사일시 : 2011.2.13
조 사 자 : 김헌선, 김형근, 최자운, 김혜정, 변진섭
제 보 자 : 천병희, 남, 86세
구연상황 : 천병희는 안산 와리농악의 상쇠이기도 하였기 때문에 고사반을 부를 줄 알
았다. 천병희 고사반의 특징은 경기도도당굿의 영향이 보인다. 경기도 도당굿
의 손님굿의 가사(무가)를 차용하고 있는 것이다. 경기도 도당굿의 손님굿 가
사는 '손님노정기'라고 하는, 이른바 손님신이 조선으로 오는 과정(노정)을 읊
게 된다. 손님은 한국의 토착신이 아닌 외국에서 전래되었다고 관념되기 때문
이다. 고사반의 가사 첫 부분은 보통 나라, 고을, 동네, 집으로 영역을 좁혀
들어서 이 집의 위치를 설명하는데, 천병희의 고사반은 손님노정기와 이 부분
이 합쳐진 모습을 보여주고 있다.

강남은 홍씨손님 우리나라 이씨손님
열편은 도원수 나라찾던 손님이며
시위찾던 손님이며 쉬흔세분이 나오실제
앞녹강도 열두강 뒷녹강도 열두강
이십사강 건너실제 무신배를 타렸이나
돌배를 타려한들 돌배는 까라앉고
흑토선을 잡아탄들 흑토선은 무너지고
나무배를 타려한들 나무배는 썩어지고
이배저배 탈것없이 양버들을 주르륵훑어
둥기둥실 띄워놓고 허늘거리고 건너실제
평양개명을 바라보니 평양경치 장히좋다

대동강을 구경허고 용강정을 구경허고

만포대를 구경허고 모란봉을 잠깐보고 거개는 짓내달아

한양서울 바라보니 한양경치 장히좋다

이씨조선에 오백년 한양서울이 생겨나서

삼각산이 생겼구나 삼각산이 주춤어녕

남산이 생겼구나 남산은 천년산 한강은 만년수

왕십리 청룡이요 만리재 백호로다 동작강이 생겨있고

아랫대궐 웃대궐 경복궁은 새대궐

용강터가 생겨있고 억만장안에 팔만가구 빈틈없이 구경하고

해동은 조선국 경기왕도 삼십칠관 서른여덟 궐내시고

광해는 일품이요 광주는 이품이요 수원은 영삼품

내명은 최영장네 금같은 꽃대주라

이안산 군수신령

그래 이제 그거고. 집 짓는거....

배치기소리

자료코드 : 02_14_FOS_20110213_KHS_CBH_0003

조사장소 : 경기도 안산시 단원구 와동 방죽말 천병희 자택

조사일시 : 2011.2.13

조 사 자 : 김헌선, 김형근, 최자운, 김혜정, 변진섭

제 보 자 : 천병희, 남, 86세

구연상황 : 천병희는 농사만을 지었다. 그러기 때문에 어업과 관련된 배치기소리를 안다
는 것이 이색적이다. 천병희가 나고 자라온 동네가 와리이고, 건너편이 초지
동이다. 초지동은 둔배미라고 하는데, 이 마을 앞까지 바닷물이 들어왔고, 그
마을 사람들이 어업을 하였다. 그들이 항상 부르던 배치기 소리를 천병희는
들어왔다. 소리에 소질이 있던 그였기 때문에 한번 들으면 흉내 낼 수 있었

다. 1980년대에 발탈 연희자였던 고(故) 박해일과 같이 이 둔배미(놀이)소리를 복원하는데 적극 힘썼다.

그래도 장단이 있어야 제대로 되는데, 그냥 소리는

봉죽을받았소 봉죽을받아 도당할아버지전에서 봉죽을받았소
어허 에헤에에 어히여 어허아 에헤에 어화요

도당신령님 귀이보셔 우리배에다 도장원주신다
어허 에헤에에 어히여 어허아 에헤에 어화요

상국충신 임장군님63) 도선주불러서 도장원주셨다
어허 에헤에에 어히여 어허아 에헤에 어화요

오동추야64) 달밝은데 조기잡이가 자미가65) 난다
어허 에헤에에 어히여 어허아 에헤에 어화요

오동추야 만시춘허니 우리구지에 오색꽃피었소
어허 에헤에에 어히여 어허아 에헤에 어화요

배임자아주머니 인심좋아 막내딸길러서 화장을준단다
어허 에헤에에 어히여 어허아 에헤에 어화요

재산더미다 닻을주고 천량더미다 쟁기를주잔다
어허 에헤에에 어히여 어허아 에헤에 어화요

---

63) 임장군은 임경업장군을 의미한다. 임경업장군은 서해안, 특히 황해도에서 어업을 하는 이들에게는 풍어와 해상 안전을 관장하는 신격으로 관념되고 있다.
64) 오동추야(梧桐秋夜). 오동잎 떨어지는 가을밤
65) 재미가.

상여소리

자료코드 : 02_14_FOS_20110319_KHS_CBH_0001
조사장소 : 경기도 안산시 단원구 와동 방죽말 천병희 자택
조사일시 : 2011.3.19
조 사 자 : 김헌선, 김형근, 최자운, 김혜정, 변진섭
제 보 자 : 천병희, 남, 86세
구연상황 : 천병희 제보자의 경우는 두 차례 조사가 이루어졌다. 1차 조사에는 논매는
소리 / 상사디야, 고사반, 배치기소리를 녹음하였고, 2차 조사에는 상여소리,
회다지소리, 바디질소리, 노랫가락을 녹음하였다.
천병희의 고향인 방죽말에서는 출상 전날 '줄무지'라는 빈상여를 가지고 발을
맞추는 이른바 '빈상여놀음'도 하였다. 상여소리는 하직인사 시에 '아미타불'
세 마디를 불렀고, 운상을 할 때는 길게 부르는 긴소리와 짧게 부르는 짧은
소리로 구성되었다. 그의 나의 30대에 처음 상여소리를 메기게 되었다. 워낙
소리의 재능이 있어서 마을 어른이 한번 메겨보라고 했는데, 곧잘 메기게 되
어 그 이후로부터 줄곧 선소리를 주게 되었다고 한다.

(하직인사)

아미타불

아미 아미타불

아미타불

(긴소리)

황천길이 멀다고해도 대문밖이 황천이라

어허어허 어하넘차 너화

불쌍하고 가련허구나 우리인생이 가련허다

어허어허 어하넘차 너화

명사십리 해당화야 꽃이진다고 서러워마라

어허어허 어하넘차 너화

(짧은소리)

어서가세 바삐나가세

　　어허 어화

명사십리 해당화야

　　어허 어화

꽃이진다고 서러를마라

　　어허 어화

명년춘삼월 봄돌아오면

　　어허 어화

너는다시 피련마는

　　어허 어화

우리인생은 한번가면

　　어허 어화

다시못오는 길이로구나

　　어허 어화

회다지소리 / 달구소리

자료코드 : 02_14_FOS_20110319_KHS_CBH_0002
조사장소 : 경기도 안산시 단원구 와동 방죽말 천병희 자택
조사일시 : 2011.3.19
조 사 자 : 김헌선, 김형근, 최자운, 김혜정, 변진섭
제 보 자 : 천병희, 남, 86세
구연상황 : 방죽말의 회다지에는 연초대를 사용하지 않고 박수만 쳤다. 앞동네 성포리
　　　　　(성포동)에서는 연초대를 사용했다. 다른 곳들은 3회를 다졌으나, 방죽말은 4
　　　　　회를 다지는 것이 특징이었다. 그래서 첫회를 닫는 것을 '홍대걸이'라 불렀다.
　　　　　광중에 관을 묻고 그 위에 홍포(홍대)를 깔고 회다지를 하는 것이기에 이러한
　　　　　명칭이 생겼다고 한다.
　　　　　천병희 제보자가 불러주었던 소리는 긴소리와 짧은소리였다. 더 다양한 소리

는 없느냐는 조사자의 질문에 예전에는 여러 소리들이 있었다고 한다. 대표적으로 양산도와 방아타령이 그것이다. 방아타령을 한대목 정도 불러주었는데 그 소리는 흔히 양주, 일산, 고양 일대를 중심으로 왕성하게 불려지는 '회방아타령'이었다. 이 소리가 경기도 서남부인 안산까지도 내려온 흔적을 확인할 수 있다. 회방아타령은 천병희 어르신의 선배 정도 되는 연배에서들 불렀고, 자신 대에서는 긴소리와 짧은소리 정도로만 불렀다고 한다.

(긴소리)

에에이여 달궁

달구닫는 군방님네

에에이여 달궁

시경세경 시격을말고

에에이여 달궁

이소리끝에는 새소리가나오네

에에이여 달궁

(짧은소리)

에에여라 달고

달고닫는 군방님네

에에여라 달고

이내한말을 들어보소

에에여라 달고

천지천지 분한후에

에에여라 달고

세상천지 만물중에

에에여라 달고

사람밖에 또있느냐

에에여라 달고

그렇게 하는거야. 자꾸. 그전엔 또 끝에는 저. 뭐 양산도를 준대나. 방아타령을 준대나. 소리를 방아타령을 주면

(방아소리)
　　　　에헤에헤야 에 우겨라 방아로구나
　　　　　　에헤에헤야 에여라 달구

그렇게 받고 그래

바디질소리

자료코드 : 02_14_FOS_20110213_KHS_CBH_0003
조사장소 : 경기도 안산시 단원구 와동 방죽말 천병희 자택
조사일시 : 2011.2.13
조 사 자 : 김헌선, 김형근, 최자운, 김혜정, 변진섭
제 보 자 : 천병희, 남, 86세
구연상황 : 천병희 제보자는 고 박해일 선생과 함께 둔배미 놀이 노래를 복원한 공로자이다. 둔배미는 경기도 안산시 단원구 초지동에 있던 자연마을이다. 시화호 방조제가 생기기 전까지 바닷물이 이곳까지 들어왔던 어촌마을이었다. 그래서 어로요인 배치기 등이 존재했다. 천병희가 살던 방죽말이 바로 건너편이어서 늘 그런 소리들을 듣고 자랐다고 했고, 그래서 복원에 참여할 수 있었다고 했다. 1차 조사에 천병희 제보자가 배치기 소리를 들려주었고, 2차 조사 시에 "혹시 고기를 풀 때 소리도 기억하느냐?"는 질문에 이 노래를 불러주었다.

　　어야 바디야

그러면

　　　　어야 바디야

그러구

이바디가 뉘바디냐

　　어야 바디야

우리선주님 복바딜세

　　어야 바디야

그러구

　　어야 바디야

바디야 바디야

　　어야 바디야

한물에는 천동이요

두물에는 만동일세

그렇게 하고

　　어야 바디야

그렇게 하고

다리세기 / 이고리 저고리 각고리

자료코드 : 02_14_FOS_20110125_KHS_HSS_0001
조사장소 : 경기도 안산시 단원구 대부북동 북2리 종현 경로당
조사일시 : 2011.1.25
조 사 자 : 김헌선, 김형근, 최자운, 김혜정, 변진섭
제 보 자 : 홍성순, 여, 78세
청　　중 : 12명
구연상황 : 종현마을은 이번 조사가 2차이다. 1차 조사시에는 김복동 제보자의 민요를
　　　　　중심으로 이루어진 바 있다. 1차 조사 때 조사하지 못한 여성 제보자들을 중
　　　　　심으로 2차 조사가 이루어졌다. 종현경로당은 할아버지, 할머니, 부엌, 회의실

등으로 구성된 큰 규모의 경로당이었다. 2차 조사 시 우리가 찾아갔을 때 할머니 방에서는 할머니 5~6인이 앉아서 TV를 보고 있었고, 부엌에서는 10명 정도가 윷놀이를 하고 있었다. 방에 있는 이들은 다소 연로하신 분들이었고, 윷놀이를 하는 이들은 그보다는 젊은 축에 속하였다. 윷놀이에 열중하고 있어서, 무엇인가를 조사할 분위기가 되지 못하였다. 그래서 방 안에서 연로하신 할머니들을 대상으로 조사를 하였다. 그러나 귀도 어둡고, 모두들 잘 모르는 답변들을 하였다. 그래서 아무리 몰라도 이것만은 절대 모를 수 없는 '다리세기'를 물어보았고 여러 명이 불러주었다.

홍성순 제보자는 부엌에서 윷놀이를 하고 있었으나, 한 할머니에 의해 끌려오다 시피 와서 불러주었다. 어른들의 민요들은 전혀 몰랐지만 여러 동요들에 능하였다. 한번은 원래 놀던 식으로 빠르게 불렀고, 두 번째는 조사자의 요청에 의해서 천천히 불러주었다.

이고리 저고리 각고리
인사만사 주머니끈
앵경수 허리띠
똘똘말어 장구칼
고루쩌노쩌 줄노루미
몽 뚱 땡

이고리 저고리 각고리
인사만사 주머니끈
앵경수 허리띠
똘똘말어 장구칼
고루쩌노쩌 줄노루미
몽 뚱 땡

방아깨비 잡아 놀리는 노래 / 아침매기 콩콩

자료코드 : 02_14_FOS_20110125_KHS_HSS_0002
조사장소 : 경기도 안산시 단원구 대부북동 북2리 종현 경로당
조사일시 : 2011.1.25
조 사 자 : 김헌선, 김형근, 최자운, 김혜정, 변진섭
제 보 자 : 홍성순, 여, 78세
청   중 : 12명
구연상황 : 아이들이 놀 때 방아깨비를 잡고 길쭉한 뒷다리를 손으로 쥐면 방아깨비가
          달아나려고 움직이게 된다. 다리를 움직이어 뛰려고 하지만, 아이들의 손에
          쥐여져 있으므로 몸통 부분만 마치 방아를 찧는 모습처럼 까딱 까딱 하게 된
          다. 이 모습이 재미있어 이와 같은 노래를 불렀다. 제보자에게 "메뚜기 잡아
          서 갖고 놀며 뭐라고 그랬죠?"라는 질문을 하자 불러주었다.

그거 뭐 메뚜기더러

　　아침매기 콩콩
　　저녁매기 콩콩
　　아침매기 콩콩

그거여 그거
저기 메뚝아 아침매기 콩콩 그러면 이게 콩콩 찌거든 발을 가지고

　　메뚝아
　　아침매기 콩콩
　　저녁매기 콩콩

그렇게 하는 거에요

쇠비듬뿌리 가지고 노는 노래 / 각시방에 불써라

자료코드 : 02_14_FOS_20110125_KHS_HSS_0003
조사장소 : 경기도 안산시 단원구 대부북동 북2리 종현 경로당
조사일시 : 2011.1.25
조 사 자 : 김헌선, 김형근, 최자운, 김혜정, 변진섭
제 보 자 : 홍성순, 여, 78세
청   중 : 12명
구연상황 : 제보자에게 '쇠비듬 뿌리 비비면서 신랑방에 불켜라 하는 거 기억하세요?'묻
        자 불러주었다. '쇠비듬'이라는 식물의 뿌리 부분을 손으로 마찰 시키면 그 색
        이 빨갛게 변한다고 한다. 그것이 마치 방안을 비추는 불빛처럼 느껴져서 이
        렇게 노래 부른다.

  이렇기 쇠비듬뿌럭지 가지고 이렇기 훑으매

    각시방에 불켜라
    신랑방에 불켜라
    각시방에 불켜라

  그거여
  (조사자 : 그럼 빨개져요?)
  빨개져요. 뿌럭지가 새빨개져. 이거봐라 빨개졌다 그러지

잠자리 잡을 때 부르는 노래 / 짬자라 짬자라

자료코드 : 02_14_FOS_20110125_KHS_HSS_0004
조사장소 : 경기도 안산시 단원구 대부북동 북2리 종현 경로당
조사일시 : 2011.1.25
조 사 자 : 김헌선, 김형근, 최자운, 김혜정, 변진섭
제 보 자 : 홍성순, 여, 78세
청   중 : 12명

구연상황 : 잠자리를 손으로 잡을 때는 잠자리가 잠시 풀잎 등에 앉아 있을 때 잡는다.
슬금슬금 다가가 손으로 잠자리의 날개 부분을 잡게 된다. 따라서 슬금슬금
다가갈 때 이런 노래를 마치 주문처럼 부르면 잠자리가 날아가지 않고 잘 잡
힌다고 아이들은 생각했다.

　(조사자 : 할머니 잠자리 잡을 때는 어떻게 잡아요?)

　　짬마라[66] 짬마라 멀리가면 죽는다
　　고기[67]고기 앉어라
　　짬자라 짬자라 멀리가면 죽는다
　　고기고기 앉어라

　그러고

아이어르는 소리 / 실강 달강

자료코드 : 02_14_FOS_20110125_KHS_HSS_0005
조사장소 : 경기도 안산시 단원구 대부북동 북2리 종현 경로당
조사일시 : 2011.1.25
조 사 자 : 김헌선, 김형근, 최자운, 김혜정, 변진섭
제 보 자 : 홍성순, 여, 78세
청　　중 : 12명
구연상황 : 동요 다음에는 육아요에 대한 질문을 하였다. 자장가나 아이어르는 소리가
그 종류이다. 아이어르는 소리의 대표격인 '알강달강'을 불러주었다.

　그것도 다 잊어버렸지 뭐

　　실강달강
　　너이아버지가 마당씰다

---

66) 잠자리.
67) 거기.

돈한푼을 얻어서

밑쌀빠진 독에다넣었더니

뭐?

생주가[68] 들락날락 다까먹고 하나남걸

옹솥에다 삶을까

가마솥이다 삶을까

밥솥이다 삶아서

껍띠기는 너하고

할머니허고 먹고

알맹이는 아버지엄마주자

그렀지. 옛날에는 그렇게 했어

자장가

자료코드 : 02_14_FOS_20110125_KHS_HSS_0006

조사장소 : 경기도 안산시 단원구 대부북동 북2리 종현 경로당

조사일시 : 2011.1.25

조 사 자 : 김헌선, 김형근, 최자운, 김혜정, 변진섭

제 보 자 : 홍성순, 여, 78세

청   중 : 12명

구연상황 : 앞의 아이어르는 소리에 이어 자장가를 청하자 불러주었다.

옛날에는

자장자장 잘도잔다

---

68) 생쥐가.

은자동이냐 금자동이냐

금을주면 너를사랴

은을주면 너를사리

그러고

자장자장 잘도잔다

그렇기 해

부엉이소리 흉내 내는 노래

자료코드 : 02_14_FOS_20110125_KHS_HSS_0007

조사장소 : 경기도 안산시 단원구 대부북동 북2리 종현 경로당

조사일시 : 2011.1.25

조 사 자 : 김헌선, 김형근, 최자운, 김혜정, 변진섭

제 보 자 : 홍성순, 여, 78세

청   중 : 12명

구연상황 : 오늘날 구전 동요로 분류되는 소리 중에 새의 소리를 흉내내거나 새와 관련된 노래들이 있다. 부엉이, 산비둘기, 꿩, 황새 등이 그것이다. 이들 노래들을 아는지 물어보았으나 산비둘기 흉내 내는 소리만을 기억하고 있었다. 사실 이 노래 제목은 학자들이 부여한 이름이고, 제보자들은 제목을 모른다. 그래서 조사자가 먼저 앞부분을 불러서 기억을 이끌어내야 한다.

(조사자 : 아니요. 부엉이. 부엉.)

부엉 부엉은 이렇기 허는거여

부엉

암놈은.. 숯놈은

부엉

　그러면 암놈은

　　　양식없다 에험

　그러면 숯놈은

　　　떡해먹자 부엉

　그러면

　　　양식없다 에헴

　그런데요. 그전에 우리 동상할머니허고 나하고 드러눠 자면 아효 부엉
이가 부엉 그리고 울어 그러면 아이고 할머니 부엉 울어 무서 그러면 으
이 저 부엉이가 숯놈은 떡 해먹자 부엉 그리면 암놈은 양식 없다 에험 그
래서 떡을 못핸데요 그렇기 가르키주더라고

시집살이 노래 / 성님 성님

자료코드 : 02_14_FOS_20110125_KHS_HSS_0008
조사장소 : 경기도 안산시 단원구 대부북동 북2리 종현 경로당
조사일시 : 2011.1.25
조 사 자 : 김헌선, 김형근, 최자운, 김혜정, 변진섭
제 보 자 : 홍성순, 여, 78세
청　　중 : 12명
구연상황 : 홍성순 제보자의 경우 동요를 많이 기억하고 있었지만 그 외의 민요에 대해
　　　　　서는 잘 불러보지 않아서 모르겠다고 하였다. 자장가와 아이어르는 소리와 함
　　　　　께 시집살이 노래의 조금을 기억하고 있었다.

성님성님 시집살이가 어떻더라오
아우아우 그말말게 작은꼬추가 더매웁다

그러는거지 뭐

성님성님 시집살이가 어떻더라오
아우아우 그말말게 작은꼬추가 더매웁다

그러는거지 뭐

아이 아픈 배 쓸어주는 소리

자료코드 : 02_14_FOS_20110125_KHS_HSS_0009
조사장소 : 경기도 안산시 단원구 대부북동 북2리 종현 경로당
조사일시 : 2011.1.25
조 사 자 : 김헌선, 김형근, 최자운, 김혜정, 변진섭
제 보 자 : 홍성순, 여, 78세
청   중 : 12명
구연상황 : 아이가 배가 아프면 엄마나 할머니가 손바닥으로 배를 문질러주며 이렇게
          읊조렸다. 그러면 배가 정말 나았다고 말한다.

(조사자 : 그러며는 인제 배 쓰다듬으면서 뭐라고 뭐라고 합니까?)
그건 뭐 내 손은 약손이다 그거지 뭐 간단하지

배야 배야 내손은 약손이다
배야 배야 내손은 약손이다
어서 어서 쑥쑥내려가서 나아라

그러는거지 뭐

별헤는 소리 / 별 하나 콩콩

자료코드 : 02_14_FOS_20110125_KHS_HSS_0010

조사장소 : 경기도 안산시 단원구 대부북동 북2리 종현 경로당

조사일시 : 2011.1.25

조 사 자 : 김헌선, 김형근, 최자운, 김혜정, 변진섭

제 보 자 : 홍성순, 여, 78세

청　　중 : 12명

구연상황 : 여름철 마당에 멍석을 깔고 하늘을 바라보며 누워서 별을 센다. 이때 나름의 놀이를 한다. 놀이의 보통은 누가 빨리 열 개의 별을 숨을 안 쉬고서 세는 것이다. 어렸을 적에는 정말 숨도 안 쉬고 잘 세었지만, 이제 이 노래를 기억하는 이들은 평상시의 말을 해도 숨이 차는 나이가 되어버렸다. 그래서 조사자가 이 노래를 불러달라고 하면, 숨이 차서 어떻게 세느냐고 반문한다. 그러면 조사자는 숨을 쉬어가면서 불러도 좋으니깐, 어떻게 불렀는지 알려달라고 한다.

그거 그전인 숨 안 쉬고 헌다고 해서 숨 안 쉬고도 해봤는데 지금 완전 못해

(조사자 : 지금은 안 되니깐 그냥 숨 쉬면서 한번 10번만 세어보세요.)

별하나 콩콩 나하나 콩콩

별둘 콩콩 나둘 콩콩

별셋 콩콩 나셋 콩콩

별넷 콩콩 나넷 콩콩

별다섯 콩콩 나다섯 콩콩

별여섯 콩콩 나여섯 콩콩

별일곱 콩콩 나일곱 콩콩

별여덟 콩콩 나여덟 콩콩

별아홉 콩콩 나아홉 콩콩

별열 콩콩 나열 콩콩

그렇기 허는 거여. 그거 숨 안 쉬고 그전이 드러누서 했어

(조사자 : 그래서 누가 빨리 세느냐가 이기는 거죠?)

그렇죠. 숨 안 쉬고. 그냥 얼른 틀리지 않고 허면

새야 새야 파랑새야

자료코드 : 02_14_FOS_20110125_KHS_HSS_0011
조사장소 : 경기도 안산시 단원구 대부북동 북2리 종현 경로당
조사일시 : 2011.1.25
조 사 자 : 김헌선, 김형근, 최자운, 김혜정, 변진섭
제 보 자 : 홍성순, 여, 78세
청   중 : 12명
구연상황 : "새야 새야 파랑새야" 노래를 기억하느냐 묻자 불러주었다.

새야새야 파랑새야

녹두밭에 앉지마라

녹두꽃이 떨어지면

청포장사 울고간다

방망이신 내리는 노래

자료코드 : 02_14_FOS_20110125_KHS_HSS_0012
조사장소 : 경기도 안산시 단원구 대부북동 북2리 종현 경로당
조사일시 : 2011.1.25
조 사 자 : 김헌선, 김형근, 최자운, 김혜정, 변진섭
제 보 자 : 홍성순, 여, 78세
청   중 : 12명
구연상황 : 방망이점 놀이는 '춘향이신 내리는 놀이'와 함께 전국적으로 존재했던 아이
들 놀이이다. 보통 방망이점은 아이들이 놀다가 무엇인가를 잃어버렸을 경우

"우리 방망이점 해서 찾아보자."는 식으로 부르게 된다. 한 아이가 다듬이 방망이 같은 방망이를 한손에 쥐고 수직으로 세워 한쪽을 땅에 닫게 한다. 그럼 다함께 주문과 같은 이 노래를 부른다. 이윽고 신이 내려서 방망이가 잃어버린 물건이 있는 곳으로 움직이게 된다. 제보자들은 한결같이 방망이를 잡고 있는 사람 마음대로 가는 것이 아니라, 방망이가 사람을 이끈다고 말한다. 이 놀이는 무당굿의 신대를 잡아 대내림 하는 것을 모방한 아이들의 놀이로 보인다.

장군장군 대장군
백마당에 백장군
어털비털 건덜이요
옥감태사 한태상
기밀공사 내립소사
썰썰히 내립소사

창부타령

자료코드 : 02_14_MFS_20110113_KHS_KBD_0001
조사장소 : 경기도 안산시 단원구 대부북동 북2리 종현 경로당
조사일시 : 2011.1.11
조 사 자 : 김헌선, 김형근, 최자운, 김혜정, 변진섭
제 보 자 : 김복동, 남, 76세
청　　중 : 15명
구연상황 : 김복동 제보자는 안산시에서 이름 나있는 소리꾼이었다. 안산시와 문화원뿐
　　　　　아니라 여러 학자들과의 조사 경험이 많았기에 조사는 쉽게 이루어질 수 있
　　　　　었다. 마을과 관련한 일반적인 조사 후에 노래와 관련한 조사를 하였다. 그가
　　　　　지금까지 주로 제보하여 불렀던 곡들은 의식요와 유흥요이다. 조사 시에는 몸
　　　　　도 좋지 못하여 메기고 받는 소리는 추후에 녹음하기로 하였고, 이번에는 고
　　　　　사반, 창부타령, 노랫가락을 조사하였다.

아니 아니 노지는 못허리라
추강월색 달밝은밤에 덧없는 이내몸이
어둠침침 빈방안에 외로이도 홀로누어
문적적 야심토록 진불안석에 잠못자고
몸부림에 시달리어 꼬끼오닭은 울었으니
오날도 뜬눈으로 새벽맞이를 허였구나
얼씨구나 지화자좋네 아니노지는 못허리로구나

띠리리 띠리리 덩기덩덩덩 아니노지는 못허리라
창문을 박차고 따라드는 달빛
마음을 달래도 파고드는 사랑
사랑이 달빛이냐 달빛이 사랑이냐

텅빈 내가슴에는 사랑만 가득히 차버렸네

아. 이거 안되여. 그냥 할래니깐. 안되겠네 안되

노랫가락

자료코드 : 02_14_MFS_20110113_KHS_KBD_0002
조사장소 : 경기도 안산시 단원구 대부북동 북2리 종현 경로당
조사일시 : 2011.1.11
조 사 자 : 김헌선, 김형근, 최자운, 김혜정, 변진섭
제 보 자 : 김복동, 남, 76세
청   중 : 15명
구연상황 : 창부타령에 이어 노랫가락도 조금 불러달라고 부탁하자 불러주었다.

　　　　노자 젊어서놀아 늙어지며는 못노나니
　　　　화무는 십일홍이요 저달둥글면 못노나니
　　　　인생도 일장춘몽에 아니노지는 못허리로다

　　이게 노랫가락이여

노랫가락

자료코드 : 02_14_MFS_20110113_KHS_MJB_0001
조사장소 : 경기도 안산시 단원구 대부남동 남2리 말부흥 경로당
조사일시 : 2011.1.11
조 사 자 : 김헌선, 김형근, 최자운, 김혜정, 변진섭
제 보 자 : 문정봉, 여, 86세
청   중 : 15명
구연상황 : 말부흥경로당은 경로당이기보다는 가정집을 경로당으로 쓰고 있다. 그래서
　　　　　협소한 공간이어 마루같은 곳에서 남녀 구분 없이 사용하고 있었다. 눈이 하

얕게 내리고 있는날 찾아간 경로당에는 삼삼오오 모여서 화투판이 벌어져있었다. 할아버지들이 4분이었고, 그 외에는 할머니들이었다. 조사자 일행이 사전 연락을 통해 찾아가자 모두들 하던 놀이를 그만두고 조사에 집중해주었다. 노인회장을 중심으로 마을 일반 사항을 조사한 가운데 구비문학과 관련한 질문을 했으나 모두들 묵묵부답이었다. 남녀가 한 공간을 사용할 때, 선뜻 여성들이 알고 있어도 못나서는 경우의 분위기처럼 느껴졌다. 그래서 누구나 다 알만한 다리세기 또는 다리뽑기 노래를 물어본 후에 또다시 어르신들의 눈치를 살폈다. 그런 조사자들이 안쓰러웠는지 여러 할머니들이 한 할머니를 가리키며, "저 양반 노래 잘하니깐 한번 시켜보라"고 하였다. 문정봉 제보자였다. 그러나 문정봉 제보자는 시치미를 뗐다. 그러나 제차 부탁하자 "가사를 잘 모르는데.." 하면서 불러준 노래가 노랫가락 한 대목이었다. 젊었을 때는 흥이 있어 노래 꽤나 불렀었다고 한다. 그러나 이젠 숨도 차고 가사도 기억이 안나서 나서지 않았다고 한다. 문정봉 제보자는 노랫가락과 창부타령을 불러주었다.

나비야 청산가자 호롱나비야[69] 나도가자
가다가 날저물면 꽃에가서나 자구나가지
꽃에서 푸대접하면은 잎이서라도 자구가자

창부타령

자료코드 : 02_14_MFS_20110113_KHS_MJB_0002
조사장소 : 경기도 안산시 단원구 대부남동 남2리 말부홍 경로당
조사일시 : 2011.1.11
조 사 자 : 김헌선, 김형근, 최자운, 김혜정, 변진섭
제 보 자 : 문정봉, 여, 86세
청   중 : 15명
구연상황 : 노랫가락에 이어서 창부타령을 아느냐고 묻자 불러주었다.

아니 아니 노지는 못하리라

---

69) 호랑나비야.

하늘과같이 높은사랑 하해나같이 깊은사랑

일년삼백 육십오일에 하루만못봐도 못살겠네

얼씨구나 지화좋구랴 아니노지는 못하리라

사랑이란게 무엇인지 알다가도 모를사랑

있다가도 댕긴사랑 이사랑저사랑 다젖혀놓고

아무도몰래 조용히만나 소근소굿이 애탠사랑

회심곡

자료코드 : 02_14_MFS_20110113_KHS_LGY_0001

조사장소 : 경기도 안산시 단원구 대부남동 남4리 흘곶 경로당

조사일시 : 2011.1.13

조 사 자 : 김헌선, 김형근, 최자운, 김혜정, 변진섭

제 보 자 : 이구영, 남, 71세

청   중 : 16명

구연상황 : 이구영은 이 마을뿐 아니라 인근에도 소문난 선소리꾼이었다. 그를 통해 상여
소리, 회다지소리-달구소리, 화투뒤풀이, 달거리, 각설이타령을 녹음하였다.
이외에 회심곡과 창부타령의 근현대 민요도 불러주었다.

혜에나내 나무아미타불

세상천지 만물중에 사람밖에 또있느냐

여보시요 세주님네 이내말씀을 들어보소

이세상에 나온사람은 뉘덕으로 나와

서가여래 은덕으로 아버님전 뼈를받고

어머님전 살을빌어 칠성님께 명을빌구

제석님전에 복을빌어

한두살에 철을몰라 부모은덕 모를소냐 이

삼십이 당허여도 부모은공 못다갚어

할수없다 할수없어 홍헌백발 늙어가니

인간의 이공보를 뉘가능히 막을소냐

춘천은 연록이라 왕손은 귀불귀라

우리인생 늙어지면 다시젊기 어려워라

인간백년 다지내도 병든날과 잠든날과

걱정근심 다제하면 단사십을 못살인생

어제오늘 성튼몸이 저녁나절에 병이들어

부르나니 어머니요 찾느나 냉수로다

인삼녹야 약을쓰며 약효인들 입을소냐

약효인들 입을소냐 인간이별 만사춘허니

덧없이 가는구나

아이고 힘들어 못허겄다

창부타령

자료코드 : 02_14_MFS_20110113_KHS_LGY_0002

조사장소 : 경기도 안산시 단원구 대부남동 남4리 흘곶 경로당

조사일시 : 2011.1.13

조 사 자 : 김헌선, 김형근, 최자운, 김혜정, 변진섭

제 보 자 : 이구영, 남, 71세

청   중 : 16명

구연상황 : 이구영은 이 마을뿐 아니라 인근에도 소문난 선소리꾼이었다. 그를 통해 상여
소리, 회다지소리-달구소리, 화투뒤풀이, 달거리, 각설이타령을 녹음하였다.
이외에 회심곡과 창부타령의 근현대 민요도 불러주었다.

디리리리리 리리 아니놀지는 못허리라

명사십리 해당화야 꽃이진다고 서러마라

명년다시 돌아오면 너는다시 피련마는

우리인생 늙어지면 다시젊기가 어려워라

인간백년을 다지내도 병든날과 잠드는날과

걱정근심을 다제허며는 단사십을 못살인생

어제오늘 성튼몸이 저녁나절에 병이들어

부르나니 어머니요 찾느나니 냉수로다

인삼녹야 약을쓴들 약험인들 있을소냐

무녀불러서 굿을헌들 굿덕인들 입을소냐

무녀불러서 굿을한들 굿덕인들 입을소냐

제미쌀을 쓸고쓸어 명산대천을 찾아가서

상탕에다 메70)를짓고 중탕에다 수저씻구

하탕에다가 목욕을하고 촛대한쌍을 버려놓고

향로향합 불갖추고 하나님전에다 비나니다

신장님전에다 공양한들 어느성영 알음있소

얼씨구좋다 지화자좋다 요렇게좋을지 난몰랐네

창부타령

자료코드 : 02_14_MFS_20110121_KHS_LSH_0001

조사장소 : 경기도 안산시 단원구 풍도동 풍도 이상희 자택

조사일시 : 2011.1.21

조 사 자 : 김헌선, 김형근, 최자운, 김혜정, 변진섭

제 보 자 : 이상희, 남, 83세

구연상황 : 기능과 관련된 노래 조사 이후 창부타령을 요청하자 불러주었다.

---

70) 밥.

아니 아니 노진 못하리라

임은가고서 봄은오니 꽃만피어도 님으생각

강촌이 한수색헌데 강물만풀려도 님으생각

앉어생각 누어생각 생각서루 임뿐이라

얼씨구나좋구 지화자좋네 요렇게좋다는 딸팔아먹어

청춘가

자료코드 : 02_14_MFS_20110121_KHS_LSH_0002
조사장소 : 경기도 안산시 단원구 풍도동 풍도 이상희 자택
조사일시 : 2011.1.21
조 사 자 : 김헌선, 김형근, 최자운, 김혜정, 변진섭
제 보 자 : 이상희, 남, 83세
구연상황 : 창부타령 이후 청춘가도 한마디 하시겠다며 불러주었다.

이팔청춘에 소년몸되어서 문맹의학문에 좋다 닦어나봅시다

너두팔나두팔 이팔은청춘인데 문맹의학문에 좋구나 닦어나봅시다

노랫가락

자료코드 : 02_14_MFS_20110319_KHS_CBH_0001
조사장소 : 경기도 안산시 단원구 와동 방죽말 천병희자택
조사일시 : 2011.3.19
조 사 자 : 김헌선, 김형근, 최자운, 김혜정, 변진섭
제 보 자 : 천병희, 남, 86세
구연상황 : 천병희는 젊어서 경기 남부 세습무들인 화랭이들과의 교유가 있었다. 안산의
유명한 화랭이었던 이영만(이영수)과 친하였으며, 그 인연으로 여러 사람들과
도 친했다고 한다. 그들이 술을 마시며 놀 때 함께 노래를 불렀다고 했다. 노
랫가락을 유난히 잘 불렀던 화랭이 전태용과도 함께 술을 마시며 노래를 불

렀었다고 했다. 천병희 제보자는 노랫가락을 조금 불러주었고, 전태용 노랫가락의 특징을 설명하듯 한구절 불러주었다.

충신은 만조정이요 효자열녀는 가가재라
화형제 낙처자하니 붕우유신하오리다
우리도 성주모시고 태평성대를 누리리다

무량수가 집을짓고 만수무강 현판달어
삼신산 불로초를 여기저기 심어놓고
북당의 학발양친을 모시어다가 연연익수

나비야 청산가자 호랑나비야 너도가자
가다가 날저물며는 꽃에서라도 자고가자
꽃에서 푸대접허거든 잎이서라도 자고가자

그 노랫가락 그렇게 했지. 그리고 또 노랫가락을 전태용이는[71] 어떻게 허는고 허니

충신은 만조정이요 효자열녀는 가가재라
화형제 낙처자하니 붕우유신하오리다
우리도 성주모시고 태평성대를 누리리라

---

71) 전태용(1920-1990)은 이름난 경기소리 명창이었다. 같은 경기소리라도 전태용만의 특징이 있는데, 그 특징을 천병희 제보자가 흉내내서 불러주었다. 그만큼 천병희는 소리를 가지고 놀 줄 아는 토박이 소리꾼이다.

객귀물리는 소리

자료코드 : 02_14_ETC_20110319_KHS_PBG_0001
조사장소 : 경기도 안산시 단원구 와동 왜둘기 경로당
조사일시 : 2011.2.19
조 사 자 : 김헌선, 김형근, 최자운, 김혜정, 변진섭
제 보 자 : 박부근, 여, 77세
청   중 : 12명
구연상황 : 객귀물리기는 객귀(客鬼)를 물리치는 주술적인 행위이다. 집에 아이나 누가
아프거나 탈이 나면, 이것이 '객귀'에 의한 것이라 관념하고 객귀를 물린다.
이것은 전문적으로 무당같은 존재가 하는 것이 아니라 대부분의 어머니들은
할 줄 알았다. 고리바가지에 밥을 한 그릇 넣고, 나물 같은 찬을 조금 넣고
아픈 사람의 머리카락을 칼로 몇 가닥 베어 넣은 뒤에 식칼로 그 바가지를
탁! 탁! 치면서, 마치 귀신을 협박하듯이 객귀물리는 소리를 하였다. 이것을
다하고 난 뒤에는 그 식칼을 앞으로 던지고 칼끝이 어디로 향했는지 본다. 보
통 이 소리는 대문이 가까운 마당에서 대문을 바라보며 하는데, 칼끝이 바깥
을 향하면 객귀가 물려졌다고 관념하고, 칼끝이 안쪽을 향하면 바깥을 향할
때까지 다시 던진다.

미련한 인간이 뭘 압니까
동녘이 번하니 새술로 밥이나 먹고
과녁은 열두달 일년 열두달 그저 그냥
무쇠두먹으로 엄내 발톱으로 꽉 꽉 밟아서
동서남북에다 훨 훨 잡귀야 물렀거라
훨 훨 잡귀야 물렀거라
열 두 달 동안 그냥 오는 손님 다 오고 잡귀야 물렀거라
뭘 압니까 동녘이 번하고 새술로 밥이나 먹고

잡귀야 물렀거라
무쇠두먹으로 엄나무 콱 콱 해서 그냥
동서사방으로 물렀거라

칼을 이렇게 던지면 그냥. 이렇게 나가면 되고. 이렇게 오면 또 저거하고 박아지에다 해서 인저. 삭 밟고. 밥 퍼. 머리카락 긁고 또 밥 몇 숟갈 담고 인저. 일곱가지 밥해서. 된장 뭐 이렇게 다해서. 머리카락 머리카락이랑 손톱 발톱이랑 다 깎아서 넣고 그냥

잡귀야 물렀거라
그저 미련한 인간이 뭘 압니까 그냥
동녘이 번하니 새술로 밥이나 먹고
과녁은 열두달 일년 열두달 그냥
무쇠엄나무 발톱으로 콱 밟아서 그냥
복숭아가지를 콱 콱 꺾어가지고
이놈들 저 물렀거라 저놈들 물렀거라
동서남북으로 헤어져라
우리 업둥이 그냥 손자들 무럭무럭
장수만세하고 무럭무럭해라

2. 상록구

▌조사마을

경기도 안산시 상록구 건건동 아랫삼천이

조사일시 : 2011.1.29
조 사 자 : 김헌선, 김형근, 최자운, 김혜정, 변진섭

조선시대에는 광주 북방면 건건리라 했다가 1906년 안산군 북방면 건건리가 되었다. 1914년에는 수원군 반월면 건건리, 1949년에는 화성군 반월면 건건리, 1994년에 비로소 안산시 건건동이 되었다. 건건동은 이곳에 터를 잡은 한응룡이라는 인물과 관련하여 지명유래가 존재한다. 한응룡이 광주로 이사하던 날 하루 종일 날씨가 건건(乾乾)했다는 설, 그리고 한응룡이 터를 잡았을 때 이 지역에서 물이 나오지 않은 마른 땅이어서 건건리라 했다는 설 등이 존재한다.

삼천리(이)는 막골, 텃골, 메골의 세 골짜기가 있고, 그 모습이 내 천(川)의 형상이라 붙여진 이름이라는 설과 우물이 세 군에 있어 샘 천(泉)를 사용하는 삼천리라는 설도 있다. 아랫삼천이는 삼천리의 아래쪽에 있는 마을로 일명 장촌(張村)이라 불렸는데 안동 장씨 집성촌이었다.

경기도 안산시 상록구 사동 시곡

조사일시 : 2011.2.12
조 사 자 : 김헌선, 김형근, 최자운, 김혜정, 변진섭

조선시대 이 지역에 다섯 마을이 있었는데 광주 읍치(邑治)에서 멀리 떨어져 있어 행정 편의상 일리·이리·삼리·사리·오리 등으로 부른 데서 유래한 이름으로 여겨진다. 광주군을 거쳐, 화성군 반월면 사리였다가 1986년 마침내 안산시 사동이 되었다. 화성군 사동 시절에는 그 면적이

제일 커서 '화성군 양감면 면장보다 사리 이장을 하겠다'라는 옛말이 있을 정도였다고 한다. 조선시대 사동은 남양과 안산 지방에서 '주다리(珠橋里)'라 불렀고, 양주 최씨의 집성촌이기도 하였다. 그래서 여기에 거주한 양주 최씨들을 별칭 '주다리 최씨'라 불렀다고 한다. 사동은 도시화가 되면서 대부분 주택, 아파트 단지, 학교 부지 등으로 변하였다.

경기도 안산시 상록구 사사동 안골(밝기울)

조사일시 : 2011.1.29
조 사 자 : 김헌선, 김형근, 최자운, 김혜정, 변진섭

사사동(沙士洞)은 조선 말기(1860년경) 형성된 마을이라고 하며, 반짝이는 모래가 많고, 선비들이 많이 살았다고 붙여진 이름이라 한다. 수원군 발월면이었다 1949년 화성군, 1994년 마침내 안산시 사사동이 되었다.

안말은 다른 말로 밝기울이라고 불리며, 큰말에서 바라다보면 마을이 골 안 깊숙한 곳에 있다고 하여 붙여진 이름이다.

경기도 안산시 상록구 사사동 양촌(양지말)

조사일시 : 2011.1.29
조 사 자 : 김헌선, 김형근, 최자운, 김혜정, 변진섭

양지마을 또는 상촌이라 부른다. 햇볕이 잘 드는 양지에 위치한 마을이 라 붙여진 이름이다. 또한 마을 가장 위쪽에 있고 양반들이 많이 살았다 하여 윗상(上)자를 써서 상촌이라 했다는 말도 한다. 현대는 아파트와 주 거단지로 조성되어 있다.

경기도 안산시 상록구 양상동 아랫버대

조사일시 : 2011.1.29

조 사 자 : 김헌선, 김형근, 최자운, 김혜정, 변진섭

양상동은 조선시대에 안산군 군내면 양등대리였고, 후기에 양상리와 양하리로 분리되었다, 1912년 양상리로 통합되었다. 시흥군 수암면 양상리였다 1986년에 안산시 양상동이 되었다. 양상동은 아랫버대와 웃버대 2개의 자연마을로 구성되어 있는데, 안산 전체가 도시화가 되었지만 여전히 이 마을은 개발이 되지 않은 지역이다. 마을 하천 둑에 버드나무가 많아 '버들촌'이라 칭하기도 하였다.

아랫버대는 아래쪽에 위치한 '버대'라는 이름이다. 옛날 이곳이 양등대리(楊等垈里, 버대)라 한데서 유래한 것으로 보인다. 윗(웃)버대에 진주 강씨 후손들이 이곳으로 분가하면서 형성되었다고 한다. 아직도 이 마을에서는 음력 7월 1일이면 우물제를 지내고 있다.

경기도 안산시 상록구 양상동 윗버대

조사일시 : 2011.1.29, 2011.2.12
조 사 자 : 김헌선, 김형근, 최자운, 김혜정, 변진섭

　윗쪽에 있는 버대마을이라는 의미로 윗(웃)버대라 부른다. 해주 최씨가
터를 잡고, 김해 김씨, 진주 강씨, 사천 목씨, 나주 정씨 등이 들어왔다.
이중 목씨, 정씨, 강씨가 크게 번성하여 현재 40여 호가 살고 있다. 이 마
을 또한 음력 7월 1일 우물제사(井祭)를 지내고 있다. 산 아래 묻혀 있는
막다른 곳에 마을이 있으며, 버스의 종착점이기도 하여 현재는 안산에서
가장 도시화 속도가 느린 곳이다.

경기도 안산시 상록구 장상동 동막골

조사일시 : 2011.1.15, 2011.2.23

조 사 자 : 김헌선, 김형근, 최자운, 김혜정, 변진섭

　조선시대에는 안산군 군내면 장곡리였다가 조선 말기 장상리와 장하리
로 나뉘었다. 1912년 장상리와 동곡리(동막골)을 통합하여 장상리가 되었
다. 시흥군 수암면 장상리였다가 1995년 안산시 장상동이 되었다. 장상동
은 노리울(獐谷)에서 유래하는데, 마을의 입지 형상이 노루의 입처럼 생겨
서 붙여졌다는 설과 노루와는 관계없이 순한글로 경사가 완만하고 넓은
골짜기라는 의미라는 설 등이 있다.

　동막골은 노리울 남쪽에 있으며, 조선시대에는 동곡리였다. 동쪽 끝에 자
리 잡았다는 의미에서 동막골(東幕谷)이라 불렀다. 안산 김씨가 처음 세거하
였으며, 여전히 안산 김씨가 대성을 이룬다. 동막골에는 웃말, 아랫말, 양달
말 등의 자연마을이 존재한다. 음력 10월 1일 마을제사인 산신제를 지낸다.

▌제보자

고익순, 여, 1935년생

주 소 지 : 경기도 안산시 상록구 장상동 동막골
제보일시 : 2011.1.15
조 사 자 : 김헌선, 김형근, 최자운, 김혜정, 변진섭

경기도 양평 지평면에서 20세에 이 마을
로 시집왔다. 남편이 소위 한량이어서, 집안
일과 살림을 도맡아 하느라 고생이 많았다.
경로당에 있던 마을 할머니들은 고익순 제
보자를 고생시켰다면서, 그 남편을 좋아하
지 않는다고 말했다. 크게 나서지 않고 조
용한 성격이어서 이야기를 할 때도 조심조
심히 하였다.

제공 자료 목록

02_14_FOT_20110115_KHS_GIS_0001 호랑이와 오누이
02_14_FOT_20110115_KHS_GIS_0002 도깨비를 속여 부자된 이야기
02_14_FOT_20110115_KHS_GIS_0003 선녀와 나무꾼
02_14_FOT_20110115_KHS_GIS_0004 콩쥐 팥쥐

김동원, 남, 1934년생

주 소 지 : 경기도 안산시 상록구 양상동 윗버대
제보일시 : 2011.1.29, 2011.2.12
조 사 자 : 김헌선, 김형근, 최자운, 김혜정, 변진섭

이 마을 토박이다. 젊었을 때부터 조병철 제보자와 함께 이 마을의 선

소리꾼 역할을 했다. 소박하며, 선량한 성격이 말씨에서 묻어나는 제보자였다. 뒤늦게 조병철 제보자에 의해 마을회관에 불려왔다. 다소 발음의 부정확함은 있었으나 신명이 있고, 문서가 좋아 이 마을의 소리꾼으로 인정받고 있다.

제공 자료 목록
02_14_FOS_20110129_KHS_KDW_0001 회다지소리 / 달고소리
02_14_FOS_20110129_KHS_KDW_0002 상여소리
02_14_FOS_20110212_KHS_KDW_0001 상여소리 1
02_14_FOS_20110212_KHS_KDW_0002 상여소리 2
02_14_FOS_20110212_KHS_KDW_0003 회다지소리 / 달고소리

김순옥, 여, 1937년생

주 소 지 : 경기도 안산시 상록구 장상동 동막골
제보일시 : 2011.1.15
조 사 자 : 김헌선, 김형근, 최자운, 김혜정, 변진섭

동막골은 두 차례 조사가 진행되었다. 김순옥 제보자는 1차 조사에는 참여하지 않고 2차 조사에만 참여했다. 김순옥 제보자는 옹진 강령에서 출생하여 살다가 1950년 겨울에 이곳으로 피난 와서 살게 되었다. 말씨가 고운 것만큼이나 쉽게 나서서 이야기나 노래를 해주는 성격은 아니었다. 하지만 다른 제보자의 이야기들에 집중하고, 적극

적으로 반응하는 등 좋은 청중이 되어주었다. 그러다 귀한 이야기 몇 편을 해주었다.

제공 자료 목록
02_14_FOT_20110115_KHS_KSO_0001 원수를 갚는 벌레
02_14_FOT_20110115_KHS_KSO_0002 수수깡이 빨개진 이유
02_14_FOT_20110115_KHS_KSO_0003 힘은 없지만 꾀가 있는 장사

목숙자, 여, 1941년생

주 소 지 : 경기도 안산시 상록구 장상동 동막골
제보일시 : 2011.1.23
조 사 자 : 김헌선, 김형근, 최자운, 김혜정, 변진섭

이 마을로 이사 온 지 40년 정도 되었다. 노래와 이야기들을 온전히 기억해내지 못했지만 그나마 지금까지 기억하는 간단한 동요와 이야기 한 편을 구연해주었다.

제공 자료 목록
02_14_FOS_20110123_KHS_MSJ_0001 개비듬뿌리 가지고 노는 노래 / 신랑방에 불켜라
02_14_FOT_20110123_KHS_MSJ_0001 은혜 갚은 까치

배호순, 남, 1938년생

주 소 지 : 경기도 안산시 상록구 사사동 양촌(양지말)
　　　　　 마을
제보일시 : 2011.1.29
조 사 자 : 김헌선, 김형근, 최자운, 김혜정, 변진섭

사사동 양촌마을에 태어나 계속 살다가 그쪽이 계발되면서 현재는 건건동에서 거주

하고 있다. 서울에서 중고등학교를 나왔고, 예비관 중대장 등을 거치고, 노년에는 부동산과 지관(地官)을 하고 있다. 그런 만큼 역사적인 이야기나 지명 등에 얽힌 이야기를 선호하였다. 또한 자신의 경험에서 우러난 '지관'과 관련한 이야기를 주로 구연해주었다.

제공 자료 목록

02_14_FOT_20110129_KHS_BHS_0001 칠보산과 가즌바위

02_14_FOT_20110129_KHS_BHS_0002 칠보산 황금닭 이야기

02_14_FOT_20110129_KHS_BHS_0003 칠보사 돌부처

02_14_FOT_20110129_KHS_BHS_0004 율곡 선생 묘에 얽힌 이야기

02_14_FOT_20110129_KHS_BHS_0005 악한 집안을 망하게 한 지관(풍수)

02_14_FOT_20110129_KHS_BHS_0006 복수에 실패한 지관(풍수)

심분이, 여, 1920년생

주 소 지 : 경기도 안산시 상록구 사사동 안골(발기울)마을

제보일시 : 2011.1.29

조 사 자 : 김헌선, 김형근, 최자운, 김혜정, 변진섭

화성 송산에서 이곳으로 18세에 시집왔다. 농사를 지으며 1남 2녀를 길렀다. 나이가 연로하여 서울에 사는 아들이 모시고 살려고 하였으나 답답하여 이곳에서 혼자 살고 있다. 연세가 많지만 거동하는 것이 조금 불편할 뿐, 기억력은 또렷하다. 안골경로당에서는 마땅히 제보해줄 만한 이가 없자, 마을 이장이 심분이 제보자가 많이 알 것이라며 조사자들을 안내했다. 집에 홀로 있었던 제보자는 스스로 즐기며 많은 노래들을 불러주었다.

제공 자료 목록

02_14_FOS_20110129_KHS_SBE_0001 시집살이 노래 / 산도 싫고 물도 싫은 데를
02_14_FOS_20110129_KHS_SBE_0002 아이어르는 소리 / 불아 불아
02_14_FOS_20110129_KHS_SBE_0003 심청이 노래
02_14_FOS_20110129_KHS_SBE_0004 신세타령 / 옛날에 어려워서 안팎머심 갔더니
02_14_FOS_20110129_KHS_SBE_0005 회심곡
02_14_FOS_20110129_KHS_SBE_0006 물레질소리
02_14_FOS_20110129_KHS_SBE_0007 아이어르는 소리 / 세상천지 만물중에
02_14_FOS_20110129_KHS_SBE_0008 동그랑땡 / 제비 한놈은 머리가 고와
02_14_FOS_20110129_KHS_SBE_0009 산비둘기소리 흉내 내는 소리 / 구국국
02_14_FOS_20110129_KHS_SBE_0010 부엉이소리 흉내 내는 노래 / 양식 없다 부엉
02_14_MFS_20110129_KHS_SBE_0001 노랫가락 / 한산섬 달밝은밤에

안연금, 여, 1932년생

주 소 지 : 경기도 안산시 상록구 사동 시곡
제보일시 : 2011.2.12
조 사 자 : 김헌선, 김형근, 최자운, 김혜정, 변진섭

전남 목포 출생으로 19세에 전남 무안으
로 시집을 갔다. 안산으로 이사 온 지는 2
년 되었다. 13년 전에 풍을 맞아서 입이 돌
아갔다. 현재는 조금 호전되어 불편은 하지
만, 조사자가 듣고 이해하기에 무리는 없었
다. 불편한 몸과 비교적 최근에 안산으로 이
주해와 아직까지 경로당의 어른들과 가깝게
섞이지는 못하였다.

제공 자료 목록

02_14_FOT_20110212_KHS_AYG_0001 나무꾼의 신기한 부채
02_14_FOT_20110212_KHS_AYG_0002 아들을 묻으려다 금을 캔 부부

02_14_FOT_20110212_KHS_AYG_0003 호랑이와 오누이
02_14_FOS_20110212_KHS_AYG_0001 다리세기 / 이거리 저거리
02_14_FOS_20110212_KHS_AYG_0002 춘향이신 내리는 놀이 노래
02_14_FOS_20110212_KHS_AYG_0003 자장가
02_14_FOS_20110212_KHS_AYG_0004 아이어르는 소리 / 방애야 방애야
02_14_FOS_20110212_KHS_AYG_0005 대추 떨어지라고 부르는 노래
02_14_FOS_20110212_KHS_AYG_0006 둥당애타령

양필녀, 여, 1940년생

주 소 지 : 경기도 안산시 상록구 장상동 동막골마을
제보일시 : 2011.1.23
조 사 자 : 김헌선, 김형근, 최자운, 김혜정, 변진섭

　강원도 홍천 서석면에서 이곳으로 이사 온 지는 20년 정도 되었다. 무척 수줍음을 잘 타는 성격이었다. 마을 사람들은 강원도 할머니라고 부른다. 강원도 할머니가 어떤 노래를 알고 있는데 그거 한번 시켜보라며 2차 조사 때 특별히 참석시켰다. 그런데 자신은 잘 모른다며 부르기를 꺼려했다. 힘들게 다른 사람들이 이야기하고, 노래하는 가운데 노래를 불러주게 되었고, 그 음성에서 떨리고 있음을 느낄 수 있었다.

제공 자료 목록
02_14_FOS_20110123_KHS_YPR_0001 산비둘기 흉내 내는 소리
02_14_FOS_20110123_KHS_YPR_0002 영감아 꽃감아
02_14_FOS_20110123_KHS_YPR_0003 방아깨비 가지고 노는 노래 / 아침 방아 쩌라

윤갑춘, 남, 1936년생

주 소 지 : 경기도 안산시 상록구 양상동 아랫버대마을
제보일시 : 2011.1.29
조 사 자 : 김헌선, 김형근, 최자운, 김혜정, 변진섭

이 마을 토박이다. 마산으로 군복무를 갔
다 온 것을 빼놓고서는 한결같이 이곳에서
살아왔다. 이 마을에서는 5대째 살고 있다.
마을 소개에 대해서는 차근차근히 해주었으
나 이야기나, 노래를 해본 경험이 별로 없어
많은 자료를 제공해주지는 못하였다.

제공 자료 목록
02_14_FOS_20110129_KHS_YGC_0001 물푸는 소
리 / 타래박

윤경희, 여, 1943년생

주 소 지 : 경기도 안산시 상록구 사사동 안골(발기울)
　　　　　마을
제보일시 : 2011.1.29
조 사 자 : 김헌선, 김형근, 최자운, 김혜정, 변진섭

　안산 수암에서 이곳으로 시집왔다. 인상
만큼이나 수더분한 성격이 말씨에서 느껴지
던 제보자였다.

제공 자료 목록
02_14_FOS_20110129_KHS_YGH_0001 아이 아픈 배 쓸어주는 소리
02_14_FOS_20110129_KHS_YGH_0002 자장가
02_14_FOS_20110129_KHS_YGH_0003 다리세기 / 한알대 두알대

이준기, 여, 1932년생

주 소 지 : 경기도 안산시 상록구 사동 시곡
제보일시 : 2011.2.12

조 사 자 : 김헌선, 김형근, 최자운, 김혜정, 변진섭

경북 예천 금당실에서 살고 있다 이곳으로 온 지는 5년째이다. 예천이라는 고장의 분위기답게 점잖은 성격을 가졌다.

제공 자료 목록
02_14_FOS_20110212_KHS_LJG_0001 다리세기 /
자래야 자래야 금자래야

장동호, 남, 1946년생

주 소 지 : 경기도 안산시 상록구 건건동 아랫삼천이
제보일시 : 2011.1.29
조 사 자 : 김헌선, 김형근, 최자운, 김혜정, 변진섭

건건동 아랫삼천이 마을 토박이다. 웃삼천이는 창령 조씨 집성촌이었고, 아랫삼천이는 안동 장씨 집성촌이었다. 옛이야기나 노래를 하기에는 젊은 축에 속하여 제보해 준 자료는 많지 않다. 다만 본인이 살았던 동네에 이름난 바위에 대한 이야기를 해주었다.

제공 자료 목록
02_14_FOT_20110129_KHS_JDH_0001 건건동 턱걸이바위의 유래

정옥순, 여, 1932년생

주 소 지 : 경기도 안산시 상록구 장상동 동막골
제보일시 : 2011.1.15, 2011.1.23

조 사 자 : 김헌선, 김형근, 최자운, 김혜정, 변진섭

충북 제천 태생이었고, 9살에 강원 평창서 살았다. 이 마을에 시집와서 지금까지 살고 있다. 성격이 무척 활발하고 머리가 총명하여 기억력이 좋았다. 다소 청력이 약해지긴 하였으나 눈치도 빠르고 기억력이 좋아 많은 자료를 제공해주었다. 조사를 귀찮아하는 척을 하였지만, 본인이 아는 노래와 이야기를 만나면 아는 한 최선을 다해주었다.

제공 자료 목록

02_14_FOT_20110115_KHS_JOS_0001 달매각시
02_14_FOT_20110123_KHS_JOS_0001 선비바위 유래
02_14_FOT_20110123_KHS_JOS_0002 능오리고개 유래
02_14_FOT_20110123_KHS_JOS_0003 이도령과 달내각시
02_14_FOS_20110115_KHS_JOS_0001 자장가
02_14_FOS_20110115_KHS_JOS_0002 아이어르는 소리 / 불아 불아
02_14_FOS_20110115_KHS_JOS_0003 아이 아픈 배 쓸어주는 소리
02_14_FOS_20110115_KHS_JOS_0004 시집살이노래 / 성님 성님 사촌성님
02_14_FOS_20110115_KHS_JOS_0005 다리세기 / 한알대 두알대
02_14_FOS_20110115_KHS_JOS_0006 별헤는 소리
02_14_FOS_20110115_KHS_JOS_0007 새야 새야 파랑새야
02_14_FOS_20110115_KHS_JOS_0008 모래집 짓으면서 부르는 노래
02_14_FOS_20110123_KHS_JOS_0001 산비둘기 흉내 내는 소리
02_14_FOS_20110123_KHS_JOS_0002 베틀가
02_14_FOS_20110123_KHS_JOS_0003 아이어르는 소리 / 불아 불아
02_14_FOS_20110123_KHS_JOS_0004 상여소리
02_14_MFS_20110123_KHS_JOS_0001 가위 바위 보 노래
02_14_MFS_20110123_KHS_JOS_0002 창부타령

02_14_ETC_20110123_KHS_JOS_0001 객귀 물리는 소리
02_14_ETC_20110123_KHS_JOS_0002 성주 비는 소리
02_14_ETC_20110123_KHS_JOS_0003 삼신 비는 소리

조돈욱, 남, 1941년생

주 소 지 : 경기도 안산시 상록구 사사동 안골(발기울)마을
제보일시 : 2011.1.29
조 사 자 : 김헌선, 김형근, 최자운, 김혜정, 변진섭

이 마을 토박이로 4대째 살아오고 있다.
크게 옛 노래와 이야기를 남들 앞에서 해보
지 않았다. 다만 마을에서 오랫동안 살아왔
으므로 단편적이나마 마을 지명 등과 관련
한 이야기를 해주었다.

제공 자료 목록
02_14_FOT_20110129_KHS_JDW_0001 칠보산 바위 이야기
02_14_MPN_20110129_KHS_JDW_0002 사사리 고목과 오씨 집안이 망한 이야기

조병철, 남, 1931년생

주 소 지 : 경기도 안산시 상록구 양상동 윗버대마을
제보일시 : 2011.1.29, 2011.2.12
조 사 자 : 김헌선, 김형근, 최자운, 김혜정, 변진섭

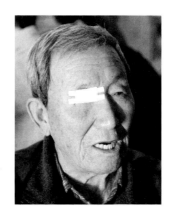

이 마을 토박이로 마을의 선소리꾼이다.
여러 소리들에 능하나, 구비문학 등의 조사
에는 한 차례도 응한 적이 없었다. 노래를
듣기 위해 간곡히 수차례 부탁을 해서야 간
신히 들을 수 있었다. 본인도 자신의 소리

는 '비싼 소리'라고 할 만큼 소리에 대한 자부심이 강하였고, 실제 그럴만
한 실력을 갖추었다. 창부타령이나 노랫가락의 경우 아마추어 소리치고는
꽤 잘하였다.

제공 자료 목록
02_14_FOS_20110129_KHS_JBC_0001 지경소리
02_14_FOS_20110129_KHS_JBC_0002 회다지소리 / 달고소리
02_14_FOS_20110212_KHS_JBC_0001 회다지소리 / 달고소리 1
02_14_FOS_20110212_KHS_JBC_0002 회다지소리 / 달고소리 2
02_14_MFS_20110129_KHS_JBC_0001 노랫가락
02_14_MFS_20110212_KHS_JBC_0001 노랫가락
02_14_MFS_20110212_KHS_JBC_0002 창부타령

호랑이와 오누이

자료코드 : 02_14_FOT_20110115_KHS_GIS_0001
조사장소 : 경기도 안산시 상록구 장상동 동막골 경로당
조사일시 : 2011.1.15
조 사 자 : 김헌선, 김형근, 최자운, 김혜정, 변진섭
제 보 자 : 고익순, 여, 78세
청   중 : 3명
구연상황 : 동막골은 노인회장님과 사전에 통화를 하고 찾아갔다. 오전 10시 이전에 도 착한 경로당은 문이 닫혀있었다. 보통 아침을 먹고 10시쯤 한두 사람이 오기 시작하여, 점심은 경로당에서 같이 먹고, 저녁 무렵에 헤어진다고 한다. 잠시 기다리자 한 할머니가 문을 열고 들어갔다. 동막골의 주제보자인 정옥순 할머 니였다. 겨울이어서 우리도 안으로 들어가서 사람들을 기다리기 위하여 들어 갔다. 노인회장님은 그 누구에게도 우리의 방문을 말하지 않았던 듯 우리의 등장이 의외라는 반응을 보였다. 우리는 옛날이야기와 노래를 조사하는 사람 이라고 말하고, 혹시 그거 하실만한 분들이 있는지 물어보았다. "글쎄 모르겠 으니 좀 기다려보라"는 답변을 하였다. 귀가 어두워서 몇 가지 물어보지 못하 고, 그냥 말없이 한 켠에서는 그 할머니가, 또 한 켠에서는 우리가 앉아있었 다. 서로 아무 말 없이 앉아있기에는 사람들이 모이질 않아, 그저 말동무나 되어주자는 심산으로 이 질문, 저 질문 던져본다. 정옥순 제보자와 이야기를 나누고 있을 때 한두 명의 할머니가 더 참석하였다. 호랑이 이야기는 누구도 쉽게 알고, 기억할 수 있기에 먼저 물어보았다.
줄 거 리 : 묵장사를 떠난 어머니를 잡아먹은 호랑이가 남매마저도 잡아먹으러 왔으나, 남매의 기지로 호랑이를 피했다. 동아줄을 타고 하늘로 올라가 엄마와 잘 살 았다.

엄마가 인제 묵을 쒀가지고 인제 갔어요.

가는데 호랭이가 "너, 너 그 묵 하나 주면 안잡아 먹지!" 그래서 인제 묵 한뎅이 푹 던져줬대.

던져주구나서 인제 또 한 고갤 넘어가니깐 또 호랭이가 있드래.

"너 그걸 주면 안 잡아먹지." 그래서, 안 잡아먹는다 그러면서 또 던져 줬대.

그, 그게 한두 개가 다 없어졌대.

그래 또 한 고개 넘으니까 또, "팔 하나 띠어주면 안 잡아먹지!" 그러 드래.

그래서 자꾸 또 띠어줬대 이거를 안 잡아먹는다 그래서.

아 또 넘어가니까 그 하날 잡어 먹, "그 하날 마저 띠어주면 안 잡아먹 지!" 또 그러드래.

그래 마저 띠어줬대. 아 또 저 가는데, "또 그 다리 하나만 띠어주면 안 잡아먹지!"

그래 또 띠어줬대. 그래 또 넘어가니까, 다리 하나, 다 띠어주니깐 난중 엔 데굴데굴 굴러갔어.

굴러가지구선 그 집을 인제 찾아갔어 호랭이가.

찾아가지구 저기, "아가 아가 문 열어다오 엄마 응 왔다."

그 애가, "어디 손 좀 내밀어봐."이래서

그래서 손을 이렇게 내미니까, "손이 왜 껄쭉껄쭉 해?" 그래서,

"엄마가 지금 뭐 해다가 와서 이렇게 껄쭉껄쭉 해다." 그래.

그래서 그러면 저기 인제 문을 열어줬대나봐.

열어줬어, 열어주니까 그걸 잡어먹어, 잡어먹질 못해구 그 애가 얼른 얼른 낭구 꼭대기 가서 올라앉어서,

"너 나 잡어봐라!" 그래서, 올라갈 수가 없잖아 호랭이가. 올라갈 수 가 없으니까,

"하느님 하느님 저기 썪은 동아줄을 내려주지 말고 은동아줄을 좀 내려 주소사!" 그렇게 해니까, 해니까,

그 아주 존 동아줄을 내렸대.

그래가지구 그걸 타구선 그냥 하늘에 올라가서 그 애는 아주 잘 엄마하고 만나서 잘 살았다는 얘기. 옛날에.

도깨비를 속여 부자 된 이야기

자료코드 : 02_14_FOT_20110115_KHS_GIS_0002
조사장소 : 경기도 안산시 상록구 장상동 동막골 경로당
조사일시 : 2011.1.15
조 사 자 : 김헌선, 김형근, 최자운, 김혜정, 변진섭
제 보 자 : 고익순, 여, 78세
청   중 : 3명
구연상황 : 호랑이 이야기 이후 또 익숙한 이야기 소재인 '도깨비'를 들어 이야기를 부탁하였다.
줄 거 리 : 한 논에 도깨비가 자갈을 갖다 놓았다. 논의 주인이 '차라리 똥을 갖다 놓았으면 더 농사를 망쳤을 텐데' 하며 도깨비가 들을 것을 염두에 두고 반대로 말하였다. 그러자 도깨비가 정말 똥을 갖다 부었고, 오히려 농사는 더 잘되었다.

도깨비가 그냥 저기 논에를 가니깐 그냥,

아주 도깨비가 모래하구 자갈하구 하나 갖다났대.

"이놈의 도깨비들이 똥을 갖다 노면 논을 못해 먹을 텐데 자갈을 갖다났나?" 그러니까,

도깨비가 자갈을 다 갖다 내빌고서 똥을 갖다 퍼벘대.[72]

그러니까 그 논이 얼마나 잘 됐는지 부자가 됐는데.

그래가지구 인제 저기 그 어떤 다락에 가서 숨어있었대. 인제 숨어있어서.

"은방맹이 뚝딱! 금방맹이 뚝딱!"하구 오드래 도깨비들이.

---

72) 퍼붓었다.

그래서, "아 저길 갔더니 글쎄, 뭐 저 그 자갈을 노면 못한다 그래서 뭐를 그 저 똥을 짠뜩 너줬다구" 그러구 얘길 허드래.

"그래서 그 집이 인제 못해 먹을 거라구." 인제 그랬었는데.

이 도깨비들이 그냥 그러구선 한바탕 놀드래.

그래서, '아 인제 부자됐다.'

그러구선 인저 그 도깨비들이, 옛날에 그런 얘기.

선녀와 나무꾼

자료코드 : 02_14_FOT_20110115_KHS_GIS_0003
조사장소 : 경기도 안산시 상록구 장상동 동막골 경로당
조사일시 : 2011.1.15
조 사 자 : 김헌선, 김형근, 최자운, 김혜정, 변진섭
제 보 자 : 고익순, 여, 78세
청   중 : 3명
구연상황 : 익히 잘 알만한 이야기 중 하나인 '선녀와 나무꾼'이야기를 아느냐 물었을
          때 해주었던 이야기이다.
줄 거 리 : 나무꾼이 목욕하러 지상에 내려온 선녀의 옷을 숨기고 부부가 되어 아이를
          낳는다. 약속대로 선녀의 옷을 돌려주자 하늘로 올라가버렸다. 나무꾼 또한
          동아줄을 타고 하늘로 올라오도록 하여 함께 잘 살았다.

산에서 인제 그 낭구를73) 인제 하는데 저기 장개를74) 못갔대나봐 그 남자가.

그래서 인제 아주, 그, 선녀가 아주 물, 물루 인제 와서 인제. 옷을 다 벗구, 응, 벗구. 인제. 셋이 내려와서 인제 거기서 씻는데.

그 나무 옷을 다 벗어놓고 이렇게 해는데. 나무꾼이 그걸 가주와 가지

---

73) 나무를.
74) 장가를.

구 인제 저걸 했대.

그래 가지구선. 한 사람만 저거해구는, 그 사람은 그냥 갔대, 두 사람
은.

그런데 그 한 사람이 인제 어린 애를 낳애 그 옷을 준대.

그리구 어린애를 안 나면 옷을 안준다. 그래서 그 선녀가 그냥 어린애
낳으니까 인제 달라고 그 옷을.

그래서 낳는데, 저기 줬는데 그 나무꾼이 또 나무 해러 간 새에 그 옷
을 입구 애들을 끼구 하늘로 올라가가지구.

그 남자가 저기 막 착한 일을 했는지 그 남자를 불러다가 같이 그 하늘
에서 잘 살았대는 소리 들었어 나.

(조사자 : 어 그럼 하늘에서 그 남자를 불러 불쌍하니까?)

응 불쌍하니까 그냥 해가지고 올러오게 해가지구 동아줄을 타구서 올
라갔대.

그래 그 옛날에 그 얘기를 해더라구 그 사람들이.

콩쥐 팥쥐

자료코드 : 02_14_FOT_20110115_KHS_GIS_0004
조사장소 : 경기도 안산시 상록구 장상동 동막골 경로당
조사일시 : 2011.1.15
조 사 자 : 김헌선, 김형근, 최자운, 김혜정, 변진섭
제 보 자 : 고익순, 여, 78세
청   중 : 3명
구연상황 : 콩쥐 팥쥐 이야기도 누구나 알법한 이야기이다. 이야기 구연을 잘 하는 사람
        이 없거나, 아직 이야기판이 활발해지기 전에는 쉬운 이야기로부터 조사를 시
        작하게 된다.
줄 거 리 : 계모가 콩쥐에게 밑 빠진 항아리에 물을 붓게 하였다. 하늘이 도와서 이를
        해결하였으나 여전히 계모는 콩쥐를 박대하였다.

계모가 인제 딸 하나 가지구 들어오구. 영감의 또 딸 하나가 있어요.

그런데 인제 만날 둘이 자는데요, 쥐를 베껴가지구, 그 계모가 쥐를 베껴가지구 만날 거기다 넣구서 "저년이 애를 뗐다!"구.

그리구선 저이 아버지 보구 막 그러니까 그냥 만날 매만 맞잖아요.

그리구선 매만 맞아서, 그 데리고 온 자식만 옷도 잘해 입히고요

그 애는 그냥 구박덩어린데, 인제 저 일가집에,75) 잔치에 갈라고 그러는데

인제 "너는 열 번을 물을 갖다가 부어라. 이 두멍76)에다."

그런데 두멍이 그냥 이 새는 거 아녜요? 자구 갖다 부어두 열 번을 부어두 물이 다 해져나간 거에요.

그 제 계모의 딸은 데려가구 잔치에. 이 애는 안 데려가구 물만 길어다 부라 그래서.

그래서 그냥, "하느님 하느님 이렇게 물을 부어두 안된다." 그러니까,

소가 하늘에서 내려오면서 그 물을 그냥 안 새는 데를 통을 하나 갖다주면서,

"여기다 물을 길어부어라." 그랬대요.

그래서 인제 거기다 길어 붓구서 인제 까뜩 있는데, 그냥 거길 가구 싶을 거 아녜요 잔치에 이 애두.

그런데 그냥 부지런히 가니까, 저기

"너 왜왔니? 물 안퍼붓구." 그러니까,

"물 다 퍼붓구 오는 거예요." 인제 그 딸이 그랬대.

그러더니, "뭘 퍼부었냐?"고 그러면서 막 때려주더래요 그 계모가.

그러면서, "가라고 얼른! 가지 못하고 왜 여까지 따라왔냐?"고.

그래 인제 집이 와서 인제 밥을 이렇게 좀 해서 먹으라고 그러니까 그

---

75) 일가 친척집에.
76) 물을 많이 담아 두고 쓰는 큰 가마나 독.

와서 왔더래요 또 거기에서, 잔치에서.

그저 무슨 밥을 먹냐고 그러면서 그냥 내쫓으면서 그냥 그렇게 계모가,

그냥 그전에 콩쥐팥쥐라고 그렇게 저거 한 거 있는데, 그렇게 해서 그 기집애가 그냥 아주 계모땜에 그냥.

못살게 했다구 그러고서 그런 참 옛날얘기가 있는 거에요.

(조사자 : 콩쥐팥쥐 이야기네요?)

네, 콩쥐팥쥐.

원수를 갚는 벌레

자료코드 : 02_14_FOT_20110115_KHS_KSO_0001
조사장소 : 경기도 안산시 상록구 장상동 동막골 경로당
조사일시 : 2011.1.15
조 사 자 : 김헌선, 김형근, 최자운, 김혜정, 변진섭
제 보 자 : 김순옥, 여, 76세
청   중 : 3명
구연상황 : 동물 등이 사람을 해코지하는 이야기를 묻자 해주었다.
줄 거 리 : 밭을 매는데 팥망아지라는 벌레가 보기 싫어 죽였다. 팥망이지가 복수하여 이 아이를 죽였다. 미물이라도 자신을 해코지하면 원수를 갚는 법이므로, 불 필요한 살생을 자제하여야 한다.

그 저기 왜 있죠? 이만한 벌레. 퍼러고 징그럽게 생겼어요 맹채이. 그게 있는데.

아니 이놈의 게 콩밭에 가니까 그게 있어서 그냥, 그게 이냥 싫어가지 구 그놈을 잡아서.

요놈을 그냥 뽀족한 놈의 가시로다가 콕 콕 찔르니까 파란물이, 파란물 이 쪽쪽 나오니까 거 퍼런 거니까.

아 그러니까는 이놈이 죽었단 말이야. 그냥 전부 찔러가지구 물이 나와

가지구.

글쎄 애는 인제 밭에다 뉘여놓고 밭을 매는데 이놈을. 애가 그냥 종일 밭을 매두 우는 소리가 안나요.

그래서 이놈의 애가 쥥일 자나. 그리구 가보니까,

그 팔망아지라는 벌레가 애 이, 애한테 홈빡 드리 댐벼가지구 애가 죽은 거예요.

그러니까 원수를 갚었대는 거야.

그러니까 벌러지두 쪼그만 벌러지는 그냥 모기 같은 건 그냥 잡아 해치구.

저 밭에 있는 거새미같은 건 정말 곡식을 해치니까. 이거는 곡식을 안 해쳐요.

벌러지 나서 이파린 좀 뜯어먹어두. (청중 : 누에 같은 거 있잖어. 누에 같은거.)

그거는 해코자를[77] 안하는데. 그 원수를 갚은 거야, 그 벌레가. 너무 이거 큰 벌레 아주 징그러워요 이만한 게.

그러니까 살생을 좀 자제해라 그런 뜻이야 그게.

수수깡이 빨개진 이유

자료코드 : 02_14_FOT_20110115_KHS_KSO_0002
조사장소 : 경기도 안산시 상록구 장상동 동막골 경로당
조사일시 : 2011.1.15
조 사 자 : 김헌선, 김형근, 최자운, 김혜정, 변진섭
제 보 자 : 김순옥, 여, 76세
청   중 : 3명

---

77) 해코지.

구연상황 : 호랑이와 오누이 이야기를 고익순 제보자가 해주었다. 그 결말이 오누이가 동아줄을 타고서 하늘에 올라가는 것으로 끝났다. 그러자 김순옥 제보자가 이 이야기를 해서 보충해주었다.

줄 거 리 : 호랑이에 쫓겨 나무에 오른 오누이가 동아줄을 타고 하늘에 올라간다. 이를 보고 호랑이 또한 하늘에 빌어 동아줄을 얻었지만 그것이 썩은 것이었다. 줄 은 끊어지고, 호랑이는 수수밭 수숫대에 찔려 죽고 만다. 그 때문에 수숫대가 빨갛게 되었다.

이제 영 인제 호랭이한테 잡혀먹게 됐으니까,

"하느님 하나님 저를 살리실래며는 새동아줄을 내리시구, 저를 죽이실래믄 썩은 동아를 내리십시오." 그랬더니.

동아줄이 내려왔어. 하나가 내려왔는데 그걸 타고 올라갔어 애는.

올라갔는데 이 호랭이두 같이 여기서,

"하나님 하나님 저를 살릴래믄 새동아를 내리고 저를 죽일래믄 썩은 동 아를 내리주세요." 그랬더니,

썩은 동아를 내려서 그걸 올라가다가 떨어져서 죽었는데 수수깡에 찔 려가지구,

인제 수수깡이 뻘건 이유는 거 그 호랭이 피가 묻어서 뻘갛다.

그런 전설이 있었어요. 그게 그 이야기야. 아까

(조사자 : 아까 호랑이 뒷이야기네요?)

떡 하나만 주면 안 잡아먹지 그 이야기가 그 이야기에 달린 거에요.

힘은 없지만 꾀가 있는 장사

자료코드 : 02_14_FOT_20110115_KHS_KSO_0003
조사장소 : 경기도 안산시 상록구 장상동 동막골 경로당
조사일시 : 2011.1.15
조 사 자 : 김헌선, 김형근, 최자운, 김혜정, 변진섭

제 보 자 : 김순옥, 여, 76세
청　　중 : 3명
구연상황 : 힘 쎈 장수의 이야기를 알고 있는지를 묻자 이 이야기를 말해주었다.
줄 거 리 : 힘은 없지만 몸집이 큰 사람이 살았다. 한 마을에 힘 쎈 장사가 사람들을 해
　　　　코지한다는 소식을 듣는다. 장사가 잠든 사이에 망치로 그 사람의 머리를 때
　　　　리고선, 마치 손으로 한 것처럼 장사를 속여 형님 대접을 받는다. 힘 쎈 장사
　　　　가 호랑이를 잡자는 내기를 한다. 동네 사람들과 다함께 호랑이가 있는 곳으
　　　　로 갔고, 이 사내는 모든 사람을 다 내려보낸다. 호랑이가 홀로 있는 이 사내
　　　　를 보자, 너무나 좋아하여 날뛰다가 나무에 코가 꿰여 죽게 된다. 사람들에게
　　　　자신이 호랑이를 잡아 그 나무에 꿰였다고 알리고서 상금을 받는다. 장사가
　　　　또 분하여 절벽에서 뛰어내리자는 제안을 한다. 그러나 장사는 미끌어져 죽
　　　　고 이 사내는 살아나 행복하게 산다.

　어떤 사람이 아주 몸땡이가 너무 뚱뚱해가지고요. 너무 뚱뚱해서 밥만
많이 먹어.

　밥도 한동이 먹고 국두 한동이 먹고 밥만. 그렇게 많이 먹는데.

　힘은 하나투 없어요 그 사람이. 힘은 하나도 없는데,

　이렇게 많이 먹다 보니께 뭐이 먹을 게 없어요 인제는. 벌어야 먹는데.

　그래 떠났어요 얼루. 떠나서 인제 어디 만큼 가니까 어떤 주막에서 하
는 소리가,

　"어유 여기는 장사가 있는데, 장사, 사람들을 그래 해코지 한대요." 그
렇게 해코지 한다고,

　"그 사람을 어트게 잡아죽여야 편하게 사나." 그리구 얘기를 하드래. 그
래서,

　"그 집이 어디냐?"구 그랬더니,

　"저기 있다."구,

　"그러면 갈켜달라구." 그래서 갔어요.

　가니까 인제 코를 더렁더렁 골고 자드래요. 대낮에 코를 골고 자는데.

　아 이놈이 얼마나 기운이 많은지 그냥 저,

코를 들이 마시믄 문이 홀딱 닫히구, '후-' 하믄 홀딱 열리구 그러드래요.

그냥 문이 홀딱 열리는 바람에 가만히 들어와 가지구 자는 걸 그냥 이놈의 걸 그냥.

냅다 그냥 망치를 갔다가 그냥 (이마를 가리키며) 여기를 냅다 깠대. 망치를.

얼른 까구서 주머니, 주머닐 넣구 이제. 이마에다 대구서 (딱밤을 때리는 시늉을 하며) 요력하구 있었대.

그랬더니 눈을 번쩍 떠보더니,

"어떤 놈이, 나를 흠쳐 갔겠냐구?" 그래서,

"이놈아 내가 (검지를 들어보이며) 요 걸로 너를 했으니까[78] 그렇지, (엄지를 들어보이며) 이걸루만 했으면 금방 죽었어."

그랬더니, "그렇습니까? 그럼 형님으로 모시겠습니다." 인제 그리구 거기서.

엄청나게 쌀과 여러 가지를 잔뜩 줬대요. 그런데,

"그러면 형님 나하구 내기를 하나 하자구."

"그래 무슨 내기를 하느냐?" 그랬더니,

"여기 저, 동네 사람이 호랭이가 나와서 호랭이들이 사람들을 날마다 잡아먹는다구." 그러니까,

"아 그거는 내가 다 할 수 있다구."

이제 뭐 장사를 이겼으니 그 체면에 못 이긴다구 할 수는 없으니까,

"내가 할꺼라구."

"그럼 나를 따라오라구."

그래서 산골짝으루 인제 갔어요. 산골짝으루 갔는데,

---

78) 때렸으니.

동네 사람들두 인제 가는 거를 인제 전부 '거기라구' 가리켜주러 인제 쫓아가구 그랬어. 다 사람들두 많이 갔는데,

아이 큰 나무 밑에 앉어가지구 그냥 가라 그랬어. '내가 혼자 잡을 테니까 다들 가라'구.

거 못잡으믄 챙피하지 뭐유.

'나는 그냥 죽을 각오를 하고 내가 잡을 테니까 어여들 가라구.'

그래서 인제 사람들은 다 내려가구 인제 혼자 인저 나무 밑에 이러구 우두커니 앉었으니까.

그냥 집채만한 놈의 호랭이가 보더니 이따만한 사람이 와서 앉었으니까 얼마나 좋아 그냥 실컷 먹거니까.

아 그냥 이리 뛰구 저리 뛰구 훨훨 넘어다니다가.

그 큰 나무 옹치에 이게 코가 껴가지구,

코가 껴가지구 그냥 다리매[79] 있는 거예요.

그래서 종일 다리맸으니까, 아유 훌훌 넘어댕기던 호랭이가 그냥 쥐 죽은 듯이 아무소리가 없으니까,

'이게 어트게 된 건가?' 그리구 보니깐 그 나무에 달리 매여있어요. 그래서,

'옳다 됐다! 인제' 그리구는.

동네루 내려와가지구 사람들을 불러가지구,

"내가 호랭이를 잡아서 저 나무 위에 큰 옹말지다가 이렇게, 옹지에다 코를 끼어놨으니까 그걸 가보라!"구.

그래 인제 그 담날들 인제 거길 가봤어.

그랬더니 큰 놈의 호랭이가 그냥 큰 낭구에 그냥 탁 매달려 있어요.

그러니까 사람들이 뭐 그냥 우리 장사났다구 그냥, 그냥 그냥 쌀이구

---

79) 걸려.

뭐이구 그냥 잔뜩 줬대요. 잔뜩 줬는데,

아 요놈의 장사가 암만 봐도 그게 샘이 나요.

샘이 나서, "형님 나하구 저기 좀 가자구." 그래서,

"어디냐?"니까 그랬더니,

"나하구 내기를 하자구!" 그래서,

"그럼 무슨 내기냐?" 그랬더니,

어떤 산에 그냥 저 높은 그냥 아주 삐알[80]같이 높은 바위에 올라가서,

"여기를 누가 먼첨 떨어져서 사는 놈은 이기구 죽는 놈은 죽는다." 그랬더니,

"그럼 가보자!" 그래서.

가보자 그래구 인저 쫓아가니까 그렇게 삐알인데,

아 이놈 도대체 저걸 떨어지믄 그냥 죽지, 저걸 살 수가 없어요.

그래서 그러면 그 장사보고,

"내가 하나, 둘, 셋 하며는 떨어, 동시에 떨어지자!" 그랬어, 그랬더니,

"그러, 그러자구!"

그래서 이 사람은 여기 그냥 큰 바위가 이렇게 있는데,

이걸 잔뜩허구 다리를 먼첨,

"보라구, 나는 다리를 먼첨 낭뚜라지로 내리, 떨어질라구 준비하고 있다." 그러니까,

"아 그럼 나두 그렇게 한다!"구 장사가 아 이렇게하다 홀떡 미끄러져서 걸 떨어졌대요.

그래서 그 장사 죽구 그 동넨 아주 평화롭게 잘 살았대요.

그거야, 그것뿐이 없어.

---

80) 절벽 또는 벼랑.

은혜 갚은 까치

자료코드 : 02_14_FOT_20110123_KHS_MSJ_0001
조사장소 : 경기도 안산시 상록구 장상동 동막골 경로당
조사일시 : 2011.1.23
조 사 자 : 김헌선, 김형근, 최자운, 김혜정, 변진섭
제 보 자 : 목숙자, 여, 71세
청   중 : 4명
구연상황 : 정옥순 제보자의 이야기를 다 하고 나서, 옆에서 듣고 있던 목숙자 제보자가
         자신이 알고 있는 이야기를 하나 해준다면서 구연하였다.
줄 거 리 : 한 선비가 길을 가다 구렁이에게 잡아먹힐 위기에 있는 까치를 구해주었다.
         날이 저물고 한 곳에서 잠을 자고 있을 때 구렁이가 선비의 몸을 감아 잡아
         먹으려는 위기에 처했다. 이때 까치가 선비를 도와 살렸다.

선비가 서울루 저기 과거보러 가다가, 가는데 도중에 까치가 나무에서
하두 울어서,

'왜 저렇게 우나?' 하구 그러는데.

그래서 그 총을 쐈더니 구랭이가 떨어졌댐에.

그래서 가다가 가다가 가다가 또 쪼그만 오막살이가 있어서 들어가서
잤대.

재[81] 달라고 인저 해서 했더니.

그 구랭이가 하나가 죽었으니까 또 있을 꺼 아니야.

그게 몸을 감어서 죽을라고 그러는데 까치가 와서 살려줬대 또.

그 소리만 들었어 나도.

나도 그 들은 얘긴데, 까치를 살려주니까 이거이 가다가 가는데 어느
집이 비드래 산속에서.

거기 가서 잤는데 그 구랭이가 한 마리 살아서

그 구랭이가 이 남자의 몸을 감었대나 어트게 했는데.

---

81) 재워.

까치가 와서 살려줬대. 아 감었는데 그 종이 종을 몇 시까지 울리며는 이 남자가 사는데.

이 종 칠 사람이 있어 그러니까 아주 저길하구 있는데 까치가 와서 종을 쳐주드래.

(청중 : 쳐줘서, 까치 대가리가 홀랑 까졌데.)

잉 홀랑 까지구, 까치 대가리가 까지구.

이 선비는 살아서 구랭이는 몸을 풀구 스르르 어디로 갔버리구

선비는 몸을 풀구 가서 서울 가서 과거봤다고 그러드라구.

할머니들이 그렇게 하시드라고

칠보산과 가즌바위

자료코드 : 02_14_FOT_20110129_KHS_BHS_0001
조사장소 : 경기도 안산시 상록구 사사동 양촌(양지말)
조사일시 : 2011.1.29
조 사 자 : 김헌선, 김형근, 최자운, 김혜정, 변진섭
제 보 자 : 배호순, 남, 74세
청   중 : 1명
구연상황 : 아파트 건설 등으로 사사동은 완전히 변모되었다. 사사동에는 경로당이 여럿 있었는데 사사3 경로당을 찾아갔다. 경로당에는 어르신 몇 분이 화투를 치고 있었고, 모두다 토박이는 아니었다. 오히려 토박이인 배호순 제보자를 만나는 것이 좋을 것이라며 연락처를 주었다. 배호순 제보자는 사사동 양촌 출신이고, 현재는 건건동에서 부동산 중개소를 하고 있었다. 그곳에서 양촌마을과 관련한 지명 유래 등을 조사하였다. 배호순 제보자는 지관[82]도 하고 있어서 풍수와 관련한 이야기에 대해서도 조사할 수 있었다. 우리가 잠시 이야기를 하는 동안 건건동 토박이인 장동호 제보자가 참여하였다. 건건동, 사사동 일대는 이전에 반월면 지역이었고, 칠보산을 중심으로 생활하던 곳이어서 칠보산과 관련한 이야기를 이끌어내려고 했다.

---

82) 지관(地官). 풍수설에 따라 집터나 묏자리 따위의 좋고 나쁨을 가려내는 사람

줄 거 리 : 칠보산은 보물이 일곱 가지가 있다고 해서 붙여진 이름이다. 그러나 원래는 팔보산이었다. 그 하나가 황금닭이었다. 또 칠보산에는 가즌바위가 있다. 가즌바위는 연자돌을 만들기 위해서인지 그것을 정으로 친 자국들이 있다. 어느 아버지와 아들이 가즌바위를 자르려고 정을 치다 천둥을 맞다 죽었고, 바위가 되었다는 전설도 전해온다.

(조사자 : 칠보산 이야기. 칠보산의 그 황금닭이야기나 가믄바위이야기?)

응, 가 가즌바위.

응, 가즌바위. 게 인저 그 우리가 아, 예전 노인들한테 듣기에는 그게 원 팔보산이었었다 하는 거야, 팔보(八寶). 보물이, 보물이 여덟가지.

(조사자 : 원래는 칠보산이 아니고 팔보산이었다?)

팔보산. 근데 인제 하나가, 아아 없어진 게 뭐냐하면 저 황금닭이라, 황금닭.

그리고 그 가즌바위에 얽힌 얘기는 그 당시 그 현장에 가보믄 옛날 큰 정으로 해서 어 뭐라 할까.

이 벼 같은 거 수확을 하면은 연자매[83]라고 있거든. 소가 이렇게 해가지구?

그 연자매 만드는 데는 이 돌을 가지구 만들어야 되거덩.

거 엄청 규모가 큰 거. 이런 바탕돌, 또 위에 도는 돌.

그거를 만들기 위해서 인제 겸사해서, 저기 그 바위를 헤치며는,

일거양득으로 그것도 만들고 보물이 뭐 있을 꺼다.

아, 그게 인제, 갖, 그게 갖, 갖춘 바위야, 갖. 여덟 가지 보물을 갖춘 바위라고 했거든.

그러니까 이 거기 보면은 정 자국이 아주 뚜렷허게 나와 있지요.

그리고 인저 한쪽에는 바위가 피 흔적 모냥 붉으스름허지.

게 별안간 천둥번개를 허면서 그 벼락을 맞았대는 거야. 그.

---

83) 연자방아.

(조사자 : 정 치던 사람이?)

그렇지. 부자가[84] 하다가.

게 고 앞에는, 가즌바위 그 한쪽에는 또 유별나게 그 부자바위, 아들과 아버지바위.

게 그걸로 변했다 하는데, 그게 한낱 전설이겠지.

칠보산 황금닭 이야기

자료코드 : 02_14_FOT_20110129_KHS_BHS_0002
조사장소 : 경기도 안산시 상록구 사사동 양촌(양지말)
조사일시 : 2011.1.29
조 사 자 : 김헌선, 김형근, 최자운, 김혜정, 변진섭
제 보 자 : 배호순, 남, 74세
청   중 : 1명
구연상황 : 앞의 가즌바위 이야기에 이어서 계속 이 이야기를 들려주었다.
줄 거 리 : 한 사람이 길을 가다 죽어가는 닭을 발견하였다. 집에 데리고 와 닭을 살리자 닭이 황금으로 변하였다.

그 인저 황금닭, 그거 인저 얽힌 얘기는.

그 어느 날 그 뭐야, 양심 가진 그 젊은 사람이 있었는데,

그 닭이, 그 지나다보니까 닭이 그 뭐야 시름허구 죽을라구.

그런 걸 집에 갔다 놨더니 황금으로 변하더라는 얘기야.

우리는 납득이 안가는 얘기에요.

그래서 그 거기에 저 보물이 아마 그걸 또 쟁취헐라구 뺏을라구 허는 사람들이 있겠지.

그래 인저 황금닭에 얽힌 얘기가 뭐 한가지로 나오는 게 아니구 여러 가지로 나와요.

---

84) 아버지와 아들이.

뭐 여러 가지로 나오는데.

칠보사 돌부처

자료코드 : 02_14_FOT_20110129_KHS_BHS_0003
조사장소 : 경기도 안산시 상록구 사사동 양촌(양지말)
조사일시 : 2011.1.29
조 사 자 : 김헌선, 김형근, 최자운, 김혜정, 변진섭
제 보 자 : 배호순, 남, 74세
청   중 : 1명
구연상황 : 이 이야기 또한 계속해서 칠보산과 관련된 이야기이다.
줄 거 리 : 칠보사 절을 닦을 때 동자석이 나왔다. 목 부분이 고정되지 않아서 마치 '도
리도리'하듯 고개가 흔들거렸다. 사람들은 그것이 복을 준다고 믿었고, 그 부
처를 '도리부처'라고 불렀다.

이게 그 절을 처음에 그 절터를 닦을 적에, 그 부처가 나왔다는 거 아
녜요, 동자석(童子石).

그리구 인저 하난 목이 없는 동자석인데,

목, 아 목만 있는, 거 머리만 있는 그 동자석을 발췌했는데,

그것만 그냥 모실 수가 없어서 밑창에는85) 양으로 세멘86)으로 만든
거야.

그러니까 도리부처라고 해가지구, 그 절에 오는 사람들이 소원성취
허구,

그거 고개를 자꾸 흔들며는 그 자기네 복을 받구, 무슨 뭐 애 못 낳는
사람들 애 낳구.

그래서 인저 그 어느 지주가 그게 보기 싫어서 고정을 시켜놨다는

---

85) 밑에는.
86) 시멘트.

거지.

그거 보믄 고정시켜놨어요, 세멘이루.

그전엔 그냥 올려놨던 건데.

그 도리부처라 그러죠, 도리부처. 그거 자꾸 흔들어서.

율곡 선생 묘에 얽힌 이야기

자료코드 : 02_14_FOT_20110129_KHS_BHS_0004
조사장소 : 경기도 안산시 상록구 사사동 양촌(양지말)
조사일시 : 2011.1.29
조 사 자 : 김헌선, 김형근, 최자운, 김혜정, 변진섭
제 보 자 : 배호순, 남, 74세
청   중 : 1명
구연상황 : 건건동, 사사동 일대는 이전에 반월면 지역이었고, 칠보산을 중심으로 생활
하던 곳이어서 칠보산과 관련한 이야기를 이끌어내려고 했다. 제보자가 전설
이나 민담에 대해서는 아는 것이 없다고 하였다. 조사자는 지관으로 활동하고
있어 풍수와 관련한 이야기를 물어보았다.
줄 거 리 : 집안 묘를 쓸 때 가장 웃어른 묘가 가장 위에 자리를 잡고, 차례대로 내려쓰
는 것이 원칙이지만, 반대의 경우도 있다. 대표적으로 율곡선생의 묘가 그것
이다. 반대로 쓰는 경우 묘지가 칼모양의 검도혈일 때 그러하다. 칼끝에 해당
하는 부분을 먼저 가장 웃어른이 눌러주어야 자손에게 좋다라고 한다.

율곡선생? 아. 그 인저 풍수적으루 보면 왜 이렇게 도장을[87] 했느냐?
그걸 도장이라하거든.

위루 올리는 걸, 후손이 위로 올라가는 걸 도장이라고 해요.

그래서 지금 우리 보통 서민들은 그걸 아주 그 예의에 벗어난 일이다.

어트게 후손이 그 선조묘 우이루[88] 올라가느냐?

---

87) 도장(逆葬). 거꾸로 묘를 쓰는 것. 어른의 묘를 위에서부터 차례로 써야 하는데 후손
의 묘를 조상의 위에 쓰는 경우를 말한다.

근데 지금 다녀 보며는 여러 군데 있어요. 윤보선씨도 자기 선영 우에
가 있는 거야.

그리구 저 여기 보며는 어 동래 정씨 정난정.89)

요기 군포시에 들어가요 그전 반월면이었는데.

전, 정난정묘가 맨 아래 있어. 그리구 후손들이 계속 올라가는 거야.

그 거 왜 그러냐?

그걸 검도 우리가 체계적으로 그 책에 나온 건 없는데, 그 전에 그 뭐
야 풍수사들 얘길 들어보면,

'그 혈이 그 산줄기가 단칼같다' 이거야. 검도 검도 검도 검도 검도라
그러죠 그 긴 칼을? 검도혈(劍道穴)이다.

그래 칼끝을, 어 먼저 조상이 먼저 눌러놓고 눌러놔야 역적이 안 나
온다.

그 옛날엔 역적을, 젤 무서운 게 역적이거덩.

게 후손들이 그러니까 먼저 할아버지가 눌러놓은 다음에 계속 올라가
는 거야.

근데 인제 그런데 가 보면은, 게 율곡선생에 관한 거는.

거긴 좀 내가 공부하러두 두어 차례 갔지마는 동네 사람들 관광차도
이렇게 갔어 내가.

거기에 가며는 그 묘지 안내판에 구체허게 설명이 나와요. 또 책자에두
나오구.

그걸 인용허며는 어 바로 그 뭐야. 아버지 어머니 아버지 묘 위에 인젠
아들 묘가 있는 거야. 율곡선생.

아 고담에 그 율곡의 어머니가 신사임당 아녜요? 그 아 발 밑창 아들

88) 위로.
89) 정난정(鄭蘭貞. ?~1565). 조선 중기의 척신(戚臣) 윤원형(尹元衡)의 첩. 정난정은 동래
정씨가 아닌 초계 정씨이다.

발 밑창에 있는 거야.

그리고 인저 율곡선생 묘가 위에 있고, 율곡선생의 마나님 부인 묘가 머리 위에 있구.

그건 체절도 없이 거기 가보면은 그렇게 때뚱허게 이렇게 용밑 뒤에 가서 때뚱허게 있어.

그걸 알아보니까 거기에는 시신이 두 구다 하는 얘기야.

게 아까 얘기한 대루 병자호란 때에 그 지역이 산골이었고, 그리 피신을 해서 죽은 사인은 모르고 어트게 죽은 줄.

그 훗날 일가들이, 손이 없다보니까 훗날 일가들이 그걸 찾아보니까 시신이 두 구가 있더라.

그러니까 지금 현시대 같으면 그 유전자 감식을 해가지구 분류를 했겠지마는 그 시댄 그 거이 없거덩. 할 수도 없고.

완전히 육탈이 되가지고 뼈만 남었으니 몸종인지 부인인지 가늠을 못 해가지구 두 구를 거기다 매장한 거다.

악한 집안을 망하게 한 지관(풍수)

자료코드 : 02_14_FOT_20110129_KHS_BHS_0005
조사장소 : 경기도 안산시 상록구 사사동 양촌(양지말)
조사일시 : 2011.1.29
조 사 자 : 김헌선, 김형근, 최자운, 김혜정, 변진섭
제 보 자 : 배호순, 남, 74세
청   중 : 1명
구연상황 : 제보자가 지관을 하고 있기에 풍수와 관련한 이야기를 묻는 과정에서 구연
          해주었다.
줄 거 리 : 명당을 잡을 때, 죽은 망자가 살아생전에 얼마나 덕을 쌓았느냐가 지리적인
          위치보다 더 중요하다. 어떤 풍수(지관)가 좋은 명당에 묘를 유람하기 위하여
          노덕봉에 갔다. 그곳에 묘를 쓴 집안이 마을 사람들에게 별로 좋지 못하였다.

지사가 그 집안을 벌주기 위하여 거짓말을 하고 망하게 하였다.

근데 풍수에 얽힌 얘기가 뭐 그 주로 어, 어트게 그 얽혀가지구 나온 애긴냐 하며는.

소위 그 집안들이 그 적덕[90]을 얼마나 했느냐. 어?

거 인제 지사[91]들두 아 인저 뭐 옛날에 여기저기 다니면서 산세 소위 명당두 찾는다구 다니고 했는데,

그 노덕봉 밑창에 가보니까, 아 묘를 썼는데, 그 부락에 여론 들어보니까, 아주 그 부락민들한테 아주 학, 막 학대하구 좋지 않은 일을 한 모양이야.

근데 이 집을 좀 골탕을 멕여야 되겠다. 소위.

그래 그 집을 찾아가 가지구 석 자만 낮춰라 봉우리를.

그러면 더 부자가 된다. 어?

그러니까 더 부자가 된대니까 욕심에 그 많은 돈을 들여서 그 저 인부들 시켜서 석 자를 깎아낸 거야.

그래놓구 이 지사가 도망을 간 거지.

근데 거기서 그 낮출 적에 그 땡 왕벌, 왕벌이 나왔대는 거야. 그 봉우릴 낮출 적에.

(조사자 : 왕벌요? 어르신?)

벌, 큰 벌. 근데 이 지사는 그걸 다 알고 있었던 거야.

게 다 이렇게 지금 보면 차두 타구 이렇게 했지만, 걸어서 저 소래, 소래라구 있잖아요.

(청중 : 소래포구)

소래포구가 꺼정 가가지구 이 지사가 이 솥뚜껑을, 옛날 무쇠뚜껑을 쓰

---

90) 적덕(積德). 덕을 쌓음.
91) 지사(地師). 지관.

고 그, 앉았었데는 거여.

그 땡벌이 날라와서 그 쇠를 쏘니 그 다나?

뭐 그렇게 인제 구체적인 건 몰르지만 그렇게 어렴풋이 들은 게 있어.

그래가지구 그 집안이 망했다하는 얘기가 있는데.

복수에 실패한 지관(풍수)

자료코드 : 02_14_FOT_20110129_KHS_BHS_0006

조사장소 : 경기도 안산시 상록구 사사동 양촌(양지말)

조사일시 : 2011.1.29

조 사 자 : 김헌선, 김형근, 최자운, 김혜정, 변진섭

제 보 자 : 배호순, 남, 74세

청   중 : 1명

구연상황 : 제보자가 지관을 하고 있기에 풍수와 관련한 이야기를 묻는 과정에서 구연
         해주었다.

줄 거 리 : 종이었던 부모가 상전에게 맞아 죽었다. 종의 자식이 원수를 갚기 위하여 풍
         수지리 공부를 하였다. 훗날 커서 부모를 죽인 상전의 집안을 망하게 하려고
         하였다. 거짓으로 묘를 어떻게 하면 더 잘될 것이라고 속였지만 번번히 실패
         하고 만다. 그래서 '세상 억지로는 안된다'라는 말이 그 말이다.

옛날에는 그 고관대작들이 그 종들 데리고 살잖아. 저 몸종 뭐 뭐 해가
지구.

근데 그 주인놈이 아주 포악해가지구, 그 뭐야, 쪼끄만 종의 아들이, 에
보기에는 아버이를 두들겨 패서 죽었대는 거야.

그러니까 그게 원한이 맺혀가지고 집을 튀어나가서 뭐 십 년 공부를
해가지고 아마 풍수 공부 핸 모양이야.

그래가지구 와 보니까 그 집 묘를 더듬어 보니까 아주 뭐 기가 맥히고
뭐 손손 대대 부자가 될 터야. 어 묘야.

그러니까 이 집을 그 좀 보복심에.

이집에 십년 후에 어린 게 인저 갔는데 주인이 알아보질 못해드래는 거야.

그래서 그 집을 찾아 가가지구 인전 그, 그 뭐야 주인집을 찾아 가가지구 그 얘기를 했대는 거야.

"지금 묘를 잘 쓰시기는 했는데, 더 부자가 될래며는 이 개울물을 돌려야 되겄다."

어? 개울물을 돌리며는 그 지금 현재 앞으루 흘르는 물을 그걸 틀게 만들었대는 거야. 그러면 이 집이 망할 꺼다.

근데 뭐 한 삼년 후에 와보니까 뭐 더 좋게 장마에, 장마에.

게 인제 또 안되겠다 해가지구,

"다리를 놔라. 다리를."

그러니까 부잣집에서 다리 놓는데 그래 다릴 놓되 든든허게 노라고 하니까, 뭐 훗날가보.

어 그 얘긴 뭐냐하면 한쪽엔 고양이혈이고, 한쪽에는 그 사자혈이고.

그 묘 쓴 데는 고양이혈이고 앞에 안산은 개울 건너 산은 고양이혈이구.

게 다리를 노면 고양이가 와서 쥐를 잡어 먹을 거 아니냐, 어? 게 망하지 않겠냐?

그래가지구 다리를 노라고 한 거여.

큰 하천에 그 물 흘르는데 다리를 안 놓으면 고양이가 못 건느니까.

그래 틀림없이 망할 거라고 다릴 노라고 허구 인전, 뭐 한참 만에 뭐 수 년 만에 또 와보니까,

이 부자가 더 됐더래는 거야. 게 가만히, 이게 이게 내가 공부를 헛했나?

게 가만히 보니까 그 돌기둥을, 다리에 기둥 있잖아. 거기에다 전부 사

자상을 갔다가 붙여, 조각을 해서 붙였대는 거야. 주인이.

게 사, 고양이가 그 ○○을.

어 그래서 세상 억지루는 안된다. 억지루는 안된다. 그런 얘기도 들은 게 있고.

나무꾼의 신기한 부채

자료코드 : 02_14_FOT_20110212_KHS_AYG_0001
조사장소 : 경기도 안산시 상록구 사동 시곡경로당
조사일시 : 2011.2.12
조 사 자 : 김헌선, 김형근, 최자운, 김혜정, 변진섭
제 보 자 : 안연금, 여, 80세
청   중 : 6명
구연상황 : 시곡경로당에서는 안연금 제보자가 많은 자료들을 제공하였다. 안연금 제보자는 전남 목포 출생으로 무안으로 시집갔다가, 안산으로 이사온 지는 불과 2년 밖에 되지 않는다. 풍이 와서 말을 하는 데 무척 힘이 들었으나, 아는 노래와 이야기가 많이 있었고, 그것을 사람들에게 들려주는 것에 적극적으로 보였다. 다만 이 경로당에 나온 지 얼마 되지 않아 다른 할머니들과 크게 친하지 않았던 모양인지, 다른 청중들이 깊이 경청하지는 않는 분위기였다.
줄 거 리 : 한 가난한 나무꾼 총각이 자신의 신세를 한탄하다 부채를 하나 산다. 산에 불공하러 올라가는 한 처녀에게 그 부채를 부치자, 그 처녀의 코가 길게 늘어져버렸다. 그 이후 소문이 나길, 코가 늘어진 처녀의 집이 부자집이었는데, 아무리 애를 써도 못고친다고 하였다. 총각이 그 집에 찾아가 재산과 함께, 그 처녀와 결혼시켜준다면 고쳐준다고 했다. 마지못해 허락하자 처녀의 코를 고치고 결혼하여 잘살게 된다.

옛날에 나무만 나무만 해묵고[92] 살던 총각이 있었는디,

한번은 꾀를 냈어. '저렇게 사람들이 절에를 가서 공을 드린다고 저렇게 사람들이 가는디 나는 이르키 나무만 해묵고 언제 사까?' 연구를 허

---

92) 땔나무를 팔아서 먹고 사는.

다가,

생각이 나서, '내가 부채를 하나 해야쓰것다.'고 부채 샀어.

그래가지고 이쁜 처녀가 올라강께, 그 처녀게다[93] 부채를 할랑할랑허고 부챘어.

그렁께 코가 이냥 뚝 늘어져부러. 게서.

(조사자 : 누구의 코가요?)

처녀 코가.

그런디 인자 '그런갑다.'하고 나무해갔고 인자 와서 살고 있는디,

이놈의 소문이 났어. 의사란 의사란 다 들어앉쳐도 코가 안 낫고, 부잣집 딸이 저 몬양이 돼얏으니 시집도 못가고 그런다고 소문이 나갔고.

"내가 한번 고차볼 자신이 있다!"고 그랑께,

오라고 인자 초대를 했어. 그래갔고 인자 문 안케를[94] 가더니 가니,

'저런 거지가 고칠 수 있을까?' 그라네 할 수 없지.

아 딸은 인자 코가 인자 그렇게 되야부렀으니.

들오라게얐고[95] 목욕시켜갔고 딱 안켜놓고는 고치라긍께.[96]

"이집 살림 반분을 해주면 고칠 자신이 있다."고 그랬어. 부잣집이라.

긍께 인자 아이 반분이라도 해주고 고칠 수 있다항께, "큰애기[97]까지 줘야 고칠 수 있다."고 그래.

그래가지고는 인자 요롷고 요러고 요러고(부채질하는 시늉을 하며) 부치고는 코를 이렇게 쪼끔 들어갔어.

쪼끔 들어갔는디 놔두고는 큰애기까지 줘야 완전히 고칠 수 있다고만 해.

---

93) 처녀에게.
94) 문 앞을.
95) 들어오라고 해놓고.
96) 고치라고 하니깐.
97) 처녀.

그래서 인자 할 수 없이 큰애기까지 준다 해가지고 인자, 요렇게 쪼깐 고치고 놔둬.

딱 인자 완전히 인자 난중에는 코가 보통 코로 딱 고차부렀어.

그렁께 할 수 없이 살림 반분허고[98] 큰애기 주고 잘 살았어.

(조사자 : 그 사람 참 재수가 좋은 거네요 할머니, 그 사람은?)

그 사람은 그렁께 총각 그 사람은 재수가 좋았제.

부채가, 부치기만하믄 시원하기만 헌디 누가 코가 그렇게 늘어질 줄 알 거시요.

그것도 인자 살 운이 돌아와갔고. 부채질허믄 시원하기만 하지 코가 늘어질지 누가 알어.

아들을 묻으려다 금을 캔 부부

자료코드 : 02_14_FOT_20110212_KHS_AYG_0002
조사장소 : 경기도 안산시 상록구 사동 시곡경로당
조사일시 : 2011.2.12
조 사 자 : 김헌선, 김형근, 최자운, 김혜정, 변진섭
제 보 자 : 안연금, 여, 80세
청   중 : 6명
구연상황 : 위의 이야기에 이어서 해주었다. 조사자가 특별히 어떤 이야기를 유도하지 않았고, 제보자가 알고 있는 이야기를 연이어서 해주었다.
줄 거 리 : 한 가난한 부부가 어린 아들과 노모를 모시고 살았다. 노모가 고기를 좋아하여 고기를 사서 드리면 어린 아들이 그것을 빼앗아먹곤 했다. 그래서 부부는 이 아들을 땅에 묻으려고 했다. 아들을 묻을 곳에 가서 땅을 파자 금덩어리가 나와서 도로 아들을 데리고 돌아와 행복하게 살았다.

인자 전에 어떤 한 사람이, 없이는 사는디 할매 하배가 고기를 좋아해.

---

98) 반을 나누고.

근디 고기를 사다가 포도시[99) 해드리면 즈그 아들이 달라묵고 달라묵고.

"아이 아들은 자식은 낳으면 자식인께 갖다 묻세." 의논을 해가지고 그러곤 그럽시다 그러고.

갖고 인자, 데꼬 인자 갔다. 묻으로 가서 묻을라고 그러니 인자 땅을 파. 땅을 판께.

애기는 좋아서 뛰어 댕기제, 모르고.

그래가꼬 땅을 딱 어느 만큼 판께, 뭔 독같은 것이 떨굿떨굿이 나와.

그래도 막 인자 거기를 인자 막 팠어.

판께 뭐 금같은 것이 꼭 비정한 것이 인자 나온께,

뭔 금인갑다 하고 인자 갖고와서 댕기보고

이놈 가지믄 우리 아들허고 살 수 있응께,

이놈 갖구가서 폴아갔고[100) 돈쓰고 기양[101) 기양 가자고.

그래가꼬 그놈 갖고 와가꼬 본께 금이었어.

그래서 그놈 아들하고 부모 잘 모시고 잘 살았더래요.

호랑이와 오누이

자료코드 : 02_14_FOT_20110212_KHS_AYG_0003
조사장소 : 경기도 안산시 상록구 사동 시곡경로당
조사일시 : 2011.2.12
조 사 자 : 김헌선, 김형근, 최자운, 김혜정, 변진섭
제 보 자 : 안연금, 여, 80세
청   중 : 6명

---

99) '간신히'의 전라도 방언.
100) 팔아가지고.
101) 그냥.

구연상황 : 호랑이와 관계된 이야기를 아는지 묻자 이 이야기를 해주었다.

줄 거 리 : 오누이를 두고 일품을 팔러간 엄마가 집으로 돌아오다 호랑이에 먹히고 만다. 호랑이가 오누이마저 잡아먹으러 집으러 온다. 어머니인척 변장하여 문을 열게 하려고 했지만 오누이는 어머니가 아님을 안다. 호랑이가 완력으로 문을 부수고 들어가고, 오누이는 급박히 나무 위로 도망간다. 호랑이가 자꾸 그 나무에 오르고자 하자 하늘에 기도하여 줄을 내려달라고 한다. 아이들이 무사히 줄을 타고 올라가자, 호랑이도 하늘에 기도하여 줄을 내려 달라고 한다. 줄을 올라가는데 그 줄은 썩은 줄이어서 중간에 끊어지고 만다. 호랑이는 떨어져서 수숫대에 찔려 죽고 만다. 수숫대는 그래서 빨개졌다.

옛날에 호랑이가 사람을 그렇게 많이 잡어 묵었는디.

곤란헌께 항상 아들 하나 딸 하나 놔두고 베를, 베를 매러 댕겨.

베 짜는 요거 옷을 미영베를[102] 짜는, 옷짜는 베를 매러 댕여. 넘의 야, 넘의 품팔이로.

그러는디 베를 매고 인자 떡을 얻어갖고 왔, 와.

떡을 얻어갖고 인자 와. 오는디, 호랑이가 앞에가 떡 나타나. 잡어 묵은 다고.

살려주라 그래도 소양[103] 없고, 떡 준닥해도 소양 없고, 잡어묵어 부렀어.

그러고 곤란해 갖고, 애기들 아들 하나 딸 하나 놔두고 베 매러 댕긴다고 그러다.

그래 갖고는 집이를, 호랑이가 우리집 어디가 기냐고[104] 앙가 모른가 몰라도 호랑이가 집이까지 찾아갔어.

아 애기 둘 둔 곳을. 어츠꼬 알고 찾아 갔는고? 이야기라 그러제, 어츠꼬 알고 찾아 갈 것이요?

베 맨, 베 맨 사람은 인자 호랑이가 잡아 묵어 배 불른께 인자. 가서

---

102) 무명베. 무명실로 짠 베.
103) 소용.
104) 어디냐고.

인자,

애기를 문을 열어. 안 열어, 무수와서[105] 안 열어주고, 어매손[106]이 아니라고,

"문 열어라!" 그렁께 문을 안 열어줘. 호랑이가 거까지 가서.

긍께, "어매손 아닌께 몬 열어준다." 긍께,

"베매고 와서 풀을 묻어갖고 껄껄해 안히쳐서[107] 그런다."

그래도 어매손 아니라고 안 열어줘.

그렇게, "그래도 열어만주라." 그란께, 할 수 없이 인자 호랑이한테 열어주고 당허게 생겼어.

그렇게 인자 하나님한테 기도를 해.

"하나님 하나님 나 살릴라면 새줄 내려주고, 나 죽일라면 헌 줄 내려줍시오.

호랑이가 우리를 잡어 묵을라항께 호랑이 살릴라믄 새줄, 헌줄 내려주고 우리들 살릴라믄 새줄을 내려주십시오."

긍께 무수와서 낭구에 가서 뒤아지로 모르게 어츠께 호랑이 피해서 가갔고

낭구에 가서, 요렇고 인자 저녁이라 인자 낭구에 가서 남매, 가서 이러고 있는디,

지붕 위로 올라가서 인자 그 기도를 해.

"하나님 하나님." 낭구에 올라가.

"하나님 하나님, 나 살릴려믄 새줄을 내주고 호랑이 살릴라믄 헌줄을 내려주시요." 기도를. 호랑이는, "어츠꼬 올라갔냐?" 호랑이가 그래 인자.

그렇게, "지름, 이웃집에서 지름 얻어다가 짝짝 찌클고[108] 올라왔지!"

---

105) 무서워서.
106) 엄마 손.
107) 안씻어서.

머시매는 그래.

긍께 인자 지름을 찌큰께 더 미끄러워서 못올라가 인자.

인제 "어쯔께 올라갔냐?" 그러고 또 인자 헌께 가시나가,

"이웃집이서 도끼 갖다가 삭깍 찍히고 올라왔지!" 그래.

그렁께 인자 가서 호랑이가 도끼를 갖고와서 찍어. 찍은께 나무가 인자 자빠지게 생겼어.

그럴 떡에 막 인제 하나님한테 막 인제 우리는 죽는다고 기도한께.

새줄을 팍 내려줘갖고 올라갔어.

근데 인자 호랑이도, "나도 인자 살려주시요 살려주시요 하나님 살려주시요." 인자 기도를 했어.

"나 살릴라믄 헌줄 내려주고 나 죽일라믄 새줄 내려주십쇼."

기도를 헝께 헌줄을 내려줬어.

올라가다 탁 떨어져갖고 수싯대 꼬작에다 찡겨갖고 수싯대 꼬작이 뼈라다게.

수시대 꼬장이 뼈래.

(조사자 : 할머니 그 뒤에 그 올라간 애들은 어떻게 됐어요?)

그 애기들은 하날에 올라가서 잘 되았어.

건건동 턱걸이바위의 유래

자료코드 : 02_14_FOT_20110129_KHS_JDH_0001
조사장소 : 경기도 안산시 상록구 사사동 양촌(양지말)
조사일시 : 2011.1.29
조 사 자 : 김헌선, 김형근, 최자운, 김혜정, 변진섭
제 보 자 : 장동호, 남, 66세

---

108) 뿌리고.

청   중 : 1명
구연상황 : 앞의 배호순 제보자와의 조사 과정에 유일한 청중이었던 장동호 제보자가
　　　　　 구연해준 이야기이다. 제보자 장동호는 건건동 아랫삼천이 마을의 토박이며,
　　　　　 이 지역의 유명한 바위에 대한 이야기를 들려준 것이다.
줄 거 리 : 산에 턱걸이 바위가 있다. 옛날 장수들이 힘자랑을 하며 턱걸이를 했다는 유
　　　　　 래가 있다.

삼천이 뒷산이데. 여기요 반월저수지 알지요?

반월저수지 그 동네 있는데서 이렇게 맞은 짝으로 보이는, 그 저수지 건넛 동네로 보이는 그 산이 턱걸이바위라고 있는데,

그 뭐 유래는, 뭐 얘기는 이러저런 얘기가 많은데.

아 거기서 뭐 옛날에 장수들이 그 턱걸이바위라고 해서 그 뭐 힘자랑 허느냐구, 어?

뭐 이이 턱걸이를 허구. 그 산 이름에 애명이 많어. 재밋산이라고 그러기도 했어.

(조사자 : 재밋산? 재밋산은 어떤 의미의 재밋산입니까?)

그러니까 거기서 허다가 욕심 많은 거기서 허다 그 걸 허다 떨어져서 그 알로 굴러서 죽었다.

그래가지고 재미있어가지고 재밋산이라고 그러기도 하고. 뭐 유래는 많지.

그래 거기 그 너머 우리 그 돌 굴러내려보낸 그 산계곡이 턱골이야, 턱골.

달매각시

자료코드 : 02_14_FOT_20110115_KHS_JOS_0001
조사장소 : 경기도 안산시 상록구 장상동 동막골 경로당
조사일시 : 2011.1.15

조 사 자 : 김헌선, 김형근, 최자운, 김혜정, 변진섭
제 보 자 : 정옥순, 여, 80세
청   중 : 3명
구연상황 : 이야기의 조사는 익숙한 이야기를 물어보는 것으로 시작하였다. 도깨비, 호
랑이 등의 이야기가 그것이었다. 그리고 계모가 전처 자식들을 박대하는 이야
기에 대해서 물어보았다. 고익순 제보자가 콩쥐팥쥐 이야기를 해주었고, 정옥
순 제보자가 이 이야기를 해주었다.
줄 거 리 : 계모가 전처 자식에게 겨울날 나물을 뜯어오라고 시킨다. 우연히 달매각시라
는 남자를 만나고 그의 신비한 동굴에서 나물을 뜯을 수 있었다. 계모가 또
이 일을 시키고, 몰래 광경을 지켜보았다. 달매각시가 이 딸에게 뼈, 숨, 살을
살리는 신비한 꽃을 알려주었고, 나물도 한껏 뜯을 수 있었다. 계모가 거짓으
로 그 동굴에 들어가 달매각시를 죽였으나, 곧 딸이 뼈살이, 숨살이, 살살이
꽃으로 살리고 둘이 결혼하여 행복하게 살았다.

옛날에 인저 무신 뭐 한 사람이.

아버지하고 저기 어머니가 죽구 딸이 아버지하고 둘이 살다가 서모
를109) 얻었대.

서모를 얻었는데 어떻게나 서모가 극성맞고 지랄같든지.

어트게 어트게 된 건지 아버지가 병이 들어 죽었대.

아버지가 병이 들어 죽었으니까 인저 모녀가 살 거 아니야.

모녀가 사는데 동지섣달 그 추운 엄동설한에

"모시대 참나물을 뜯어와라." 그러드래. 딸 보러. 인제 그 자기 저 딸
보러.

그래서 인제 어머 밥도 안주고 모시대 참나물을 뜯어오라고 내쫓으니
어떡해요.

막 울면서 울면서 어느 산구렁탱이에 가서 우니까는.

큰 바위 밑창에서110) 바위가 문이 덜커덕 열리더니 아주 선비가 하나

---

109) 의붓어머니. 새어머니.
110) 밑에서.

나오드래요. 총각이 하나 나오더니,

"아까씬 여기서 왜 이렇게 우느냐?"고.

"아이 그래 그게 아니라 이래저래 해서 어머니가 모시대 참나물을 뜯어오라고 그러시는데,

어디 가서 지금 이 엄동설한에 참나물을 뜯느냐?" 그러고 하니까,

"그럼 날따라 들어오시라" 그러더래. 그래 들어갔더니,

아주 그냥 그 안에 들어가니까 그냥 없는 게 없이 꽃두 피구 뭐 나물두 퍼렇구. 그 안이 인제 이렇게 하믄 진짜 천국인거지 뭐야 그냥.

그래 거기서 하나를 이 대바구니로다 하나를 뜯어주면서.

가시라구 그러면서, "가셔서 만약에 또 뜯어오라고 그러거들랑은 이 여그 와서 문을",

그 총각이름이 어트게 돼 남잔데 그 총각이름이 달매각시래.

"달매각시님 문 좀 열어주세요. 그러면 내가 문을 열어줄테니 문을 열어달, 인제 들어오라." 그러드래.

해서 그놈의 걸 잔뜩 뜯어가지구 집이로 갔어요.

갔더니 어머이가, "이게 왠일이냐?"구 삶아가지고 잘 처먹구 그냥.

동네사람들 주구 지랄하구 또 뜯어오라 그러드래요.

아 또 뜯어오라구 그러니 글쎄 이놈의 걸 이제 어쩔 수 없이 거길 갔어요.

가가지구 이제 그러니까 또 그 총각이 문을 열어가지구 또 뜯어서 가지구 나왔는데,

요놈의 서모년이 가만이 생각을 허니, '이게 어서 얘가 이런가?' 하구, 뒤를 세 번째는 뒤를 밟았어.

뒤를 밟으니까 산고랑탱이 산고랑탱이를 들어가더니 큰 바위 밑창에 가서

"달매각시님 문좀 열어주세요." 이러고 세 번을 치니깐,

하 선비가 하나가 나오더니 데리고 들어가더니 또 뜯어가지고 나왔거덩.

'오냐 요년아 어디 보자.' 그러고 그걸 처먹고.

인제 지가 이제 갔어요. 지가 인제 가가지군 세상 문 좀 열어달라니 목소리가 달르잖아요

그러니까 인제 안 열어주고 안 열어주고 그러다 어트게 그냥 해가지군 지가 들어갔어요.

인제 문을 인제 저기 열어줘서 인제 들어갔어. 아무리 달려두.

게 들어가니까 이눔이 이, 인제 들어가서 두 번째 들어가서, 처음에 인제 들어가구 두 번째 들어가서는 그 총각이.

왜냐면 아주 만 가지 꽃이 펴졌는데, 인자 하얀 꽃 백, 하얀 꽃은 요거는 인제 뼈살이꽃,

또 인저 거기 붉은 꽃은 한 송아린 이건 숨살이꽃,

게 인제 거기 노란 꽃 한 송아리는 이건 살살이꽃이라고 다 일러주더래요.

뼈살이꽃 숨살이꽃 살살이꽃이라고 이건. 그런 꽃이름을 다 일러주더래요.

게서 인제 거기서 인제 다 알고 나왔는데,

아유 그냥 저 어머이가 가서 인제 그렇게 해가지구 인제 들어가서 인제 그 총각을 죽였어. 그 총각을 죽이구 인제.

네 번째 인제, 세 번째 인제 가서 그 인제 들어가라구. 인제 가서 그 나물을 또 뜯어오라구 인제 그 처녀를 보내서,

세상 가서 문을 달래두 안 열어주니 이걸 어떡하믄 좋아요. 그래서 어떡해. 어떡해.

그냥 돌을 비집구 비집구 어트게 그냥 납작하게 치어가지구 거길 들어갔어요 인제 지가.

들어가서 보니까는 훵 하는데 이렇게 방문을 열어보니까 죽었어요 남자가.

어휴 이걸 어떡하나 하구 그냥 죽었으니 큰일이지 뭐야.

아 그래서 가서 인제 뼈살이꽃 한송아리, 살살이꽃 한송아리, 숨살이꽃 한송아리, 인제 세 송아리를 꺾어다가

인제 뼈에다, 사람한테다 갖다 여기다 대고, "뼈가 살아나십시오." 하니까는 요 뼈가 인제 따뜻하게 살아나구,

살살이꽃을 갖다 대고 그러니까 살이 펴났어요.

펴나구 숨살이 꽃을 갖다대고, "숨 살아십시오." 그러니까는 숨을 확 쉬더라 그거 말이에요 인제 남자가.

게서 인제 살살이꽃 숨살이꽃 뼈살이꽃 세 송아리가 사람을 살렸어요 인제. 그렇게 하라구 일러 준거지 벌써. 그 사람은 사람이 아니구 벌써 아니까.

그렇게 일러줘서 인제 그렇게 해가지구 그 걸로다가 인제 살아나가지구는.

자기네 집이를 안가고 거기서 그 사람하고 잘 살다 죽었대요.

그 총각하구 그 착한 여자가 그 인자 그 처녀가 그 사람하구 천상연분 이루. 거기서 잘 살다 죽었대요. 하하하하.

선비바위 유래

자료코드 : 02_14_FOT_20110123_KHS_JOS_0001
조사장소 : 경기도 안산시 상록구 장상동 동막골 경로당
조사일시 : 2011.1.23
조 사 자 : 김헌선, 김형근, 최자운, 김혜정, 변진섭
제 보 자 : 정옥순, 여, 80세

청　　중 : 4명
구연상황 : 동막골은 이번이 두 번째 조사이다. 지난번 조사의 소식을 듣고 한 남자 어르신께서 이번 조사에 자원을 했다. 경로당에 도착하자 지난번 조사에 참여했던 정옥순을 비롯한 할머니 한두 분이 계셨다. 이번 조사에 자원한 김영덕(남, 1931) 제보자는 주로 마을 골짜기 등의 토착 지명들을 설명해주었다. 그러나 설화나 민요에 해당되는 것을 제보 받을 수는 없었다. 1시간의 조사가 끝난 후 다시 한번 정옥순을 비롯한 할머니들 조사를 하였다. 지난번 조사시 정옥순 제보자의 경우 귀가 들리지 않아 기본적인 의사소통의 문제가 있었으나, 이번에는 보청기를 껴서 의사소통이 원활했다. 또한 활발한 성격과 총기가 있어서 여러 자료들을 제공해주었다.

줄 거 리 : 한 선비가 바위에 앉아 글을 읽다가 미끄러졌다. 선비가 떨어져서 죽은 자리에 바위가 하나 솟아났고, 사람들은 그것을 선비바위라고 불렀다.

옛날에요 선비양반이 인제 거기를 올라가셨대요.

가시다 가시다 힘이 드니까 그 편덕지가 편편하고 좋니까 거기 앉아서 글을 읽으셨대.

인제 그 시 읽으신 것도 내가 꽤 줏어 생겼는데 다 잊어버렸거덩.

그 시를 읽으시고 글을 읽으시다가 찍 미끄러져서 거기서 떨어져 돌아가셨대는구만요.

게 거기서 돌아가시고 나서 그 바위가 불끈 솟았대요.

근데 선비겉이 이렇게 말탄 것 모냥 이렇게 솟았어 이렇게.

게서 거가 선비바위래는 거지 난 다른 것도 몰라요. 그렇다 그러대요.

능오리고개 유래

자료코드 : 02_14_FOT_20110123_KHS_JOS_0002
조사장소 : 경기도 안산시 상록구 장상동 동막골 경로당
조사일시 : 2011.1.23
조 사 자 : 김헌선, 김형근, 최자운, 김혜정, 변진섭

제 보 자 : 정옥순, 여, 80세

청   중 : 4명

구연상황 : 동네의 고개나 산, 강 등과 관련한 이야기가 없는지 묻자 구연해주었다.

줄 거 리 : 능(陵)이 앉을 자리라고 해서 능오리 고개라 이름 붙여졌다. 일본인들이 와서 그곳에 쇳물을 부었다고 한다.

능오리고개는요. 여기 능안이 있거든요.

여기 능안에도 능(陵)111)이 앉을 자리구요, 예? 능이 앉을 자리구. 능오리고개가 능이 앉으며는 아주 장사가 나온대요.

장사가 나오니까 인제 그런걸 그렇게 나올테니까 일본놈들이 넘어와가지군.

거기다 쇳물을 끓여다 붓구, 쇠를 박구 여기다 쇳물을 끓여다 붓구 쇠를 박으믄

그 쇠를 박구 쇳물을 허게 되믄 장사가 못나온대요.

그래가지구 일본놈들이 그렇게 해서 능안 능오리고개예요.

저 넘어가 능안이구요. 이 넘어가 능오리고개예요.

그래서 능오리고개지. 난 그것도 몰라요 그거 밖에는.

이도령과 달래아가씨

자료코드 : 02_14_FOT_20110123_KHS_JOS_0003

조사장소 : 경기도 안산시 상록구 장상동 동막골 경로당

조사일시 : 2011.1.23

조 사 자 : 김헌선, 김형근, 최자운, 김혜정, 변진섭

제 보 자 : 정옥순, 여, 80세

청   중 : 4명

구연상황 : 의붓어머니가 본처 자식을 박대한 이야기는 없는지 묻자 제보자가 구연해주

---

111) 임금이나 왕후의 무덤.

었다.

줄거리 : 절친한 두 집안이 장차 자신들의 아들과 딸이 장성하면 혼인시킬 것을 약속했다. 총각의 어머니가 갑자기 죽자 아버지가 새장가를 들었다. 그러나 새어머니는 구미호였고, 총각마저 죽이려 들었다. 그러나 한 스님의 도움으로 위기를 모면하고 우연히 혼인이 약속된 처녀를 만나 결혼하게 된다.

옛날에요 저기요 인제 요 등 넘어는 샥시집[112]이가 살고 요 등 넘어는 신랑집이가 사는데.

게 요렇게 두 사람들이 다 잘 살아요.

다 옛날에 무슨 과거를 보고 잘사는 집인데,

"니가 딸을 나면 내가 데려가고, 인저 내가 아들을 나면 사위를 삼고." 그렇게 했어요.

그러는데 나가지구 인저 참, 이집이서는 딸을 낳구 이집이서는 아들을 나서 서루 이렇게 저렇게 정해서 인제 며느릴 삼게끔 했는데,

갑자기 자라구 자라구. 애들 보러 너는 아무대로 시집을 간다 너는 아무데 색시를 데려온다 이렇게 했는데.

아 요 색시집 어머이 아버이가 갑자기 죽었어요.

갑자기 죽으니깐 그냥 뭐 시집을 가야할텐데 죽었으니 뭐 어트게 된 것도 몰르는데, 신랑집이 어머니두 갑자기 죽었어.

신랑집 어머니가 갑자기 죽구 아버지가 살았는데 아버지가 장가를 들었어요.

인제 그 신랑집이 아버지가 장가를 들었는데,

예. 세상 그냥 아주 그냥 부자루 살구 짐승두 없는 거 없이 길르는데,

하룻밤을 자구 나면 말 한필이 덜컥 죽어 자빠지구.

또 하룻밤을 자고 나면 말 한필이 덜컥 죽어 자빠지구.

그러니까 이놈의 말이 그냥 다 죽어 자빠져 짐승이라는 짐승은 다 죽

---

112) 색새집. 신부의 집.

었는데,

큰일났더래 이걸 어떡허면 좋은가? 어트게 할 수가 없는데,

하루는 스님이 이렇게 참 문간에서 찾으시더래. 게서 주인 양반 계시냐구 그래서 이 총각이 나가니까

"당신네 집이 어트게 이렇게 재환이 많이 몰아치느냐?"고,

"낼모레면 당신이 갈 차례야." 그 선비, 그 총각을.

갈 차례니까 봉지를 셋을 주면요, 꺼먼봉지 파란봉지 하얀봉지 셋을 주면서

"이걸 가지구 도망을 가되, 이?, 아주 몰려가고 몰려가다 아주 위기가 많이 닥치므는 처음에 꺼믄 봉지나 하나 확 헤쳐뿌, 헥치라." 그랬어요.

그런데 인제 그놈을 가만 도망을 가는데 그 어멈 없는데 도망을 가는데, 어트게 알구 "아무개야 같이 가자!" 쫓어오는데

도대체 어트게 할 수가 없어 다 쫓아왔는데 인제, 꺼문 봉지를 확 내뿌리니까는

그냥 아 가시밭이 돼뻐렸어.

그러니까 아가시넝쿨을 헤치면서, "아 따가따가 따가다가!" 지랄을 허고 개지랄을 허고 굴러 넘어오드래요.

아 근데 거진 거진 다 쫓아왔거던 이거 큰일났거던.

인제 퍼런 봉지를 또 확 내뿌리니까 그냥 시퍼런 한강물이 되뻐러요.

그냥 한강물을 철평철평 철퍼덕 철퍼덕 해구 그냥 쫓어오드래요.

아후 그래서 그냥 기를 쓰구 인제 그냥 가는 거야 그냥 가는데 또 다 쫓아왔드래.

이거 큰일났더래. 그래서 그냥 뻘건 봉지를 홱 풀어 던지니까 그냥 불바다가 되더래.

불바다가 되니까는 이기 그냥 타죽었어. 타죽었는데 구미호야. (조사자 : 그 새엄마가?)

응, 그 새엄마가 꼬랑지 열닷발은 나오는 구미호예요.

게 타죽었는데 꼬랑지 열닷발을 내디리고 죽었더래요.

'아 인제 됐구나.' 그러구서 그냥 갔어요. 인제

"등 넘어 등 넘어 등 넘어 어디를 가며는 인제 집이 하나 나설테니 거기 가서 자고 쉬어서 가라." 인제 스님이 일러주셨기 땜에 인제,

거길 갔더니 쪼끄만 오막살이 집 하나가 있더래요. 게 가가지구서 하는 소리가,

"쥔 양반 계십니까 계십니까? 하룻밤을 자고 가자." 그러니까는

아가씨가 예쁜 아가씨가 나오더니, "못 주무십니다." 그러드래.

왜 못자니까 그러니깐 여기는 저 혼자 있기 때문에 못잔다 그러드래요.

"아니 지금 어두워서 어디 갈 떼가 없으니까 이 추녀 끝이라두 하룻밤을 쉬어가면 어떠냐?" 그러니까

"그렇게 하시는 것도 좋지마는 그럼 이 오양간 광, 그 앞에 광에서." 멍석을 깔아주믄서

"여기서 하룻밤 주무시고 가세요." 그르드래.

게 거시서 하룻밤을 멍석자리에 드러눠서 달은 하장창 밝은데 그냥 잠은 안오고 드러눘는데,

이 아가씨가 이쁘게 하고 나오더니 마루 끝에가 척 걸쳐 앉어서 울어요. 막 울면서,

"저기 저기 저 달은 이도령님을 보건마는 나는 어찌 못보나." 그러군 이렇게 울더래.

깜짝 놀라서, '아 내가 이도령인데 이게 무신 일인가?' 그러구 깜짝 놀라서,

아따 이 총각이 또 하는 소리가,

"야, 저기 저기 저 달은 달래아가씨를 보는데 나는 어찌 못보나?" 그 아가씨 이름이 달래래.

게 달래아가씰 보건마는 나는 어찌 못보나? 그러고 하느까는,

깜짝 놀라가지구 이 아가씨가 한마디를 더했어. 그러니까 이 총각이 한마디를 더했어.

그래가지구 인제 총각이 달려가지구 대뜸,

"무신 사연이시냐?"고, "어떠한 사연이신데 저거한 산중에 혼자 기시냐?"고.

그러니까 그런 얘기를 이 아가씨가 다 하니까 "아 그러시냐!"구, 나두 그럼 내가 그 사람이라구, 내가 이도령이라구.

이제 아무개 그 아버지 저기를 다 저거하니까 그렇다구 얘길 하니까, "그러냐구?" 그러믄서.

아주 거기서 그냥 장가를 잘 들었거든, 냉수를 떠놓고 잘했어요.

잘해구 엊그저께 아들딸 낳구 잘 살다 죽었는데,

내가 배쪽을 한쪽을 못 얻어먹었더니 "배쪽! 배쪽! 하고 댕긴데."

그냥 "배쪽! 배쪽! 하고 댕긴데."

칠보산 바위 이야기

자료코드 : 02_14_FOT_20110129_KHS_JDW_0001
조사장소 : 경기도 안산시 상록구 사사동 안골(발기울) 경로당
조사일시 : 2011.1.29
조 사 자 : 김헌선, 김형근, 최자운, 김혜정, 변진섭
제 보 자 : 조돈욱, 남, 71세
청 중 : 8명
구연상황 : 안골경로당에는 여덟 분 정도의 어르신이 막 점심을 마친 시간에 도착했다. 노인회장인 조돈욱 어르신을 통해 마을의 지명들 설명을 듣고, 구비문학 조사를 하였으나 성과는 없었다. 다만 칠보산 바위 이야기와 사사리 고목과 오씨 집안이 망한 이야기만을 들을 수 있었다.
줄 거 리 : 칠보산에 올라가면 큰 바위가 있고 일부러 자른 흔적이 있다. 전해진 이야기

로 정조대왕이 수원에 화성을 짓기 위하여 팔달산에서 바라보니, 칠보산이 풍수지리상 걸렸다고 한다. 이것의 대책 일환으로 큰 바위를 잘랐다는 이야기가 있다.

바위가, 어? 직사각형 이렇게 생겼어요. 바위가.

(조사자 : 그 바위가 어떤 바위입니까 어르신?)

거기 바위가 있어 큰 바위가. 근데 꽤 높어요. 높었는데 그 위 가므는 올라가기도 힘들어.

근데 올라가므는 아따 상당히 넓더라구, 그 위가 펀펀한게. 바위 우에가.

근데 거그 가서 옛날에 거그 가서 뭐 바위에 가서 술두 먹구 그래봤는데,

그 바위가 높아요. 근데 그게 왜 인저 그렇게 됐냐믄, 정조대왕이, 응?

그 낭중에 그 칠보 그거 보담도 낭중에 들어보니까 그 얘기예요.

이 수원에다가 인저 한양을 맨들라고 했는데,

결국은 그 팔닥산[113)]에서 딱 보니까 그 칠보산이 풍수지리에 걸리드래는 거야 그게.

(조사자 : 막은 겁니까?)

에 그게. 그래서 그게 맞는 얘기 같에요.

그거를 그 뭐야 그, 석, 돌 짤르구 그런, 돌 다루는 사람들.

(조사자 : 석공 석공.)

석공. 석공을 시켜서 확실히 짤렀, 짤렀드라고요. 짤르드라고 그게.

(조사자 : 칠보산을?)

바위를, 칠보바위를 한쪽으루 이렇게 짤른 자국이 나요. 도끼자국두 나구 죄다 나있어 가보믄.

근데 그거를 그래서 그걸 결국은 어느 정도 이렇게 짤르니까 칠자같이

---

113) 팔달산.

생겼더라구. 요, 이?

(조사자 : 바위가?)

직사각을 이렇게 파노니까 칠자같이 생긴 거야. 인저 보니까.

칠보바위라고 인저 이렇게 내려오고 그랬는데. 인제 유래가 많아요 그게.

그런데 결국은 내가 보므는 그 정조대왕이 결국은 풍수지리 저기를 석공을 시켜서 짤른 게 그게 아마 정확한 거 같애, 내가 보믄.

그런 거 같으드라구.

사사리 고목과 오씨 집안이 망한 이야기

자료코드 : 02_14_MPN_20110129_KHS_JDW_0001
조사장소 : 경기도 안산시 상록구 사사동 안골(발기울) 경로당
조사일시 : 2011.1.29
조 사 자 : 김헌선, 김형근, 최자운, 김혜정, 변진섭
제 보 자 : 조돈욱, 남, 71세
청   중 : 8명
구연상황 : 안골경로당에서는 노인회장인 조돈욱 어르신을 통해 마을의 지명들 설명을
듣고, 구비문학 조사를 하였으나 성과는 없었다. 다만 칠보산 바위 이야기와
사사리 고목과 오씨 집안이 망한 이야기만을 들을 수 있었다.
줄 거 리 : 사사리에는 고목이 많았고, 그 위에는 왜가리가 늘 머물렀다. 한 부자가 그
왜가리에게 공손히 절하며 "네가 떠나면 우리도 망한다"라는 말을 했었다.
그 말처럼 사사리의 고목들이 공예품들로 팔려나가고, 왜가리는 찾아볼 수가
없다. 그 부자 집안 또한 망하게 되었다.

그 이 옛날 고목, 고목이 무지하게 많았어요, 사사리에.

그냥 뭐 뭐, 한 뭐 수 한 몇 아름씩 되는 거 한 뭐 열 아름 뭐 이런 거,
허댔지.

그래가지고 거 오봉환씨라고 그 양반이 여기 내려오므는,

하튼 그 사람네 땅이 거의 다 사구 그 토지개혁으로 해서 다 이렇게 됐
드라구 보니까 땅 자체가.

음 그 사사리 전체가 그 사람 땅이었었는데.

그래 그 사람이 보머는 그 양촌이라구 그 양짓말 거기 보머는 큰 느티
나무가 뭐 엄처지게,

그 왜가리 그런 것들이 집을 짓구 그래요.

그러믄 뭐 말두 못해지 뭐. 거기 살던 사람이 그러는데 그 밑창에 풀이

안난데.

왜가리가 그냥 그 배설물이 하두 독하구, 뱀이 보믄 벨거 다 떨어뜨린다는구먼. 물어다 새끼 주다가.

근데 그 오봉환씨가 내려와서 그랬대는 거여. 그 나무에 왜가리에다 대고 먼점 절을 했대는 거여.

"니가 이 마을에서 니가 떠나믄 우리두 망헌다."구. 사실이 그렇더라구 내가 보니까.

그래 오봉환씨가 결국은, 그 양반이 옛날 노인네예요. 연세가 많은 분이시지마는.

그 결국은 그 고목나무가, 내가 알기루는 아마 이 사사리에 있는 거 참 무지무지허게 많이 그 공예품이루 다 팔려나갔어요.

말도 못하게 많았지. 한 십 여 아름되는 고목나무들 많았어요 아주.

거 참 다 그때 팔려나간, 그러니까 망한 거야 한마디로 해서. 이? 그 오씨네가 망한 거라구.

게 인저 그 말이 맞지 뭐야.

왜가리가 너희가 여기서 살다가 나가므는 우리집안은 자연스레 망한다 그래.

그래서 거기서부텀 절 했대는 거야 서울서 내려오믄.

상여소리

자료코드 : 02_14_FOS_20110129_KHS_KDW_0001
조사장소 : 경기도 안산시 상록구 양상동 윗버대 경로당
조사일시 : 2011.1.29
조 사 자 : 김헌선, 김형근, 최자운, 김혜정, 변진섭
제 보 자 : 김동원, 남, 78세
청   중 : 8명
구연상황 : 윗버대 경로당으로 가는 길, 마을의 입구부터 심상치 않았다. 현재 안산시화
       장터를 이곳에 짓겠다는 시의 움직임에 따라서 이 마을과 시가 갈등을 빚고
       있다. 마을은 온통 그것과 관련한 현수막들이 걸려있었고, 경로당은 그것의
       저지투쟁본부가 되어 있었다. 미리 노인회장님과 약속을 잡고 방문하여 조사
       에 큰 무리는 없었다. 노인회총무님은 마을 역사에 더 잘 알만한 조병철 제보
       자를 연락하여 경로당으로 나오시게 하였고, 그에 의해 김동원 또한 경로당에
       뒤늦게 조사를 위해 오게 되었다. 김동원은 조병철과 같이 이 마을의 선소리
       꾼이다. 먼저 상여소리를 부르고, 그다음 달구소리를 불러주었다. 상여소리는
       느리게 걸을 때 '긴소리'를 하였고, 빠르게 걸을 때는 '빠른/짧은소리'를 불러
       주었다.

(긴소리)

어허어허야 어이나넘차어야
나는가오 나는가오 다시못올 이내길로
어허어허야 어이나넘차어야
인제가시면 언제나오시나 오시는날짜나 알려주소
어허어허야 어이나넘차어야
저승길이 멀다고하더니 가도가도 산중일세
어허어허야 어이나넘차어야

(빠른소리)

　　　가도가도 산중이고 높은디도 얕이보이네
　　　　　어허어허야 어이나넘차어야
　　　야픈디도 높아를보이고 이런산중이로 찾아가네
　　　　　어허어허야 어이나넘차어야

　　인제 종치고 발 맞추고 군대 발 맞추는 것하고 똑같은 거여

회다지소리 / 달고소리

자료코드 : 02_14_FOS_20110129_KHS_KDW_0002
조사장소 : 경기도 안산시 상록구 양상동 윗버대 경로당
조사일시 : 2011.1.29
조 사 자 : 김헌선, 김형근, 최자운, 김혜정, 변진섭
제 보 자 : 김동원, 남, 78세
청　　중 : 8명
구연상황 : 앞서 상여소리에 이어 달고소리를 불러주었다.

　　　　　에여라 달고
　　　　달고닫는 군정님여러분
　　　　　에여라 달고
　　　　이내말씀 들어를보세요
　　　　　에여라 달고
　　　　이세상에 태어난사람
　　　　　에여라 달고
　　　　뉘덕으로 태어를났으며
　　　　　에여라 달고
　　　　석가여래 공덕으로

에여라 달고

아버님전에 뼈를114) 빌고

에여라 달고

어머님전에 살을빌고

에여라 달고

이내일신을 탄생을허여

에여라 달고

우리부모가 나키우실때

에여라 달고

어떤공력을 들으셨나

에여라 달고

상여소리 1

자료코드 : 02_14_FOS_20110212_KHS_KDW_0001
조사장소 : 경기도 안산시 상록구 양상동 윗버대 경로당
조사일시 : 2011.2.12
조 사 자 : 김헌선, 김형근, 최자운, 김혜정, 변진섭
제 보 자 : 김동원, 남, 78세
청   중 : 10명
구연상황 : 윗버대경로당은 이번이 두 번째 조사이다. 1차 조사에도 조병철과 김동원을 중심으로 상여소리, 회다지소리 등을 녹음하였다. 메기고 받는 소리의 경우 받는 소리를 크게 잘 받아주어야 좋은 소리가 난다. 그러나 1차 조사 때는 제 대로 소리를 받아줄 사람들이 없었기에 다시 한 번 좋은 소리 녹음을 위해 찾아왔다. 이 마을의 상여소리는 하나의 소리를 길게 부르거나, 짧게 부르거 나 한다. 조병철, 김동원 제보자 모두 선소리에 능하므로 번갈아 메긴다. 이들 의 능력은 뛰어나서 소리꾼이 없는 마을에 불려가서 소리를 주기도 하였다.

---

114) 뼈를.

(긴소리)

　　허허 허야 어이나넘차 허야

　　　　허허 허야 어이나넘차 허야

　　나는가오 나는가오 다시못올 이내길로

　　　　허허 허야 어이나넘차 허야

　　인제가시면 언제나오시나 오시는날짜나 알려주소

　　　　허허 허야 어이나넘차 허야

　　내년춘삼월 돌아오면 너는다시 피련마는

　　　　허허 허야 어이나넘차 허야

　　이왕지사가시는 범우님 우리가정은 염례115)말고

　　　　허허 허야 어이나넘차 허야

　　부디부디 편안하시게 고이고이 잠드세요

　　　　허허 허야 어이나넘차 허야

　　명사십리 해당화야 꽃진다고 설어말고

　　　　허허 허야 어이나넘차 허야

　　인제가시면 오시는날짜나 어느시절이나 알려줄까

　　　　허허 허야 어이나넘차 허야

　　초로116)나같은 우리인생 한번가시면 영천일세

　　　　허허 허야 어이나넘차 허야

　　이세상에 태어날적에는 만단제물로 모아노시고

　　　　허허 허야 어이나넘차 허야

　　못다잡숫고 못다쓰시고 두손걷어서 배에얹고

　　　　허허 허야 어이나넘차 허야

---

115) 염려.
116) 초로(草露). 풀잎에 맺힌 이슬과 같은 인생이라는 뜻으로, 허무하고 덧없는 인생을
　　비유적으로 이르는 말.

못다잡순 이금전은 후손들이 맽겨주고

허허 허야 어이나넘차 허야

(빠른소리)

허허 허허야 어이나넘차 허야

이왕지사 가시는길에 하루바삐 빨리가세

허허 허허야 어이나넘차 허야

허허 허허야 어이나넘차 허야

허허 허허야 어이나넘차 허야

저승길이 얼마나먼지 가도가도 산중일세

허허 허허야 어이나넘차 허야

두손걷어서 배우에얹고 시름없이 가시는양반

허허 허허야 어이나넘차 허야

높은데도 얕아를보이고 높은데도 깊어지네

허허 허허야 어이나넘차 허야

허허 허허야 어이나넘차 허야

허허 허허야 어이나넘차 허야

나는가오 나는가오 다시못올 이내길로

허허 허허야 어이나넘차 허야

상여소리 2

자료코드 : 02_14_FOS_20110212_KHS_KDW_0002
조사장소 : 경기도 안산시 상록구 양상동 윗버대 경로당
조사일시 : 2011.2.12
조 사 자 : 김헌선, 김형근, 최자운, 김혜정, 변진섭
제 보 자 : 김동원, 남, 78세

청　　중 : 10명

구연상황 : 상여를 운반하면서 여러 상황들이 벌어지면 소리나 가사의 변화가 있게 된다. 상여소리는 기본적으로 상여를 들고 운반하는 사람들의 발을 맞추기 위한 목적이 있기 때문이다. 다리를 건너갈 때나, 오르막을 오를 때나 달라진다. 다리를 건널 때면 어김없이 상여를 세우고, 망자의 가족들로부터 노자를 받아내곤 한다. 이 노자는 일 끝난 후 상두꾼들의 술값으로 쓰이거나, 많이 걸을 경우엔 마을 공동기금으로 사용하기도 한다. 지금의 노래가 가족들로부터 노자돈을 받아내기 위해 부르는 것이다. 가족들의 입장에선 그 돈이 상여를 맨 사람들에게 주는 수고의 대가가 아닌, 망자가 좋은 곳으로 갈 때 사용하게 될 교통비로 인식한다.

　　　허허 허야 어이나넘차 어허야
　　　　　허허 허야 어이나넘차 어허야
　　이게다리가 왠다리요 이다리를 건너가면 어딜가나
　　　　　허허 허야 어이나넘차 어허야
　　이댁자손들도 많아신데 이음전117)은 언제쓰나
　　　　　허허 허야 어이나넘차 어허야
　　내가이다리를 건너가면 어느시절이 또건느나
　　　　　허허 허야 어이나넘차 어허야
　　이세상에 태어날적에는 만단제물도 보랐건만
　　　　　허허 허야 어이나넘차 어허야
　　나라에는 충신동이요 부모님께는 효자동이고
　　　　　허허 허야 어이나넘차 어허야
　　형제간에는 화목동이고 집안간에는 귀한동이요
　　　　　허허 허야 어이나넘차 어허야
　　동네방네 귀한동아 금을주면 너를사나
　　　　　허허 허야 어이나넘차 어허야

---

117) '이 금전'의 와음. 돈을 의미함.

　　　　은을주면 너를사나 애젖은인정
　　　　　　허허 허야 어이나넘차 어허야
　　　　못가겠다고 애원을하신들 어느사자가 들어주며
　　　　　　허허 허야 어이나넘차 어허야
　　　　이댁자손들은 어딜가셨던 여길오셔들 상금쓰지
　　　　　　허허 허야 어이나넘차 어허야
　　　　이돈백만원 왠돈이시오 이돈근본을 알고보세
　　　　　　허허 허야 어이나넘차 어허야

회다지소리 / 달고소리

자료코드 : 02_14_FOS_20110212_KHS_KDW_0003
조사장소 : 경기도 안산시 상록구 양상동 윗버대 경로당
조사일시 : 2011.2.12
조 사 자 : 김헌선, 김형근, 최자운, 김혜정, 변진섭
제 보 자 : 김동원, 남, 78세
청　　중 : 10명
구연상황 : 상여소리에 이어서 이 소리를 불러주었다.

　　　　군밤님네

　　이래도 아무 대답이 없어요. 또 한번 부른다고

　　　　군방님네

　　또 대답이 없어

　　　　군방님네
　　　　이왕지사 가시는 양반 만년주택 편안하시게 고이고이 잠드시라고

잘 좀 모셔드립소사 군방님네

　에여리 달고

　　　에여리 달고

　달고닫는 군정님여러분

　　　에여리 달고

　이내말씀좀 들어를보세요

　　　에여리 달고

　나는가오 나는가오

　　　에여리 달고

　다시못올 이내길로

　　　에여리 달고

　저승길을 찾어가니

　　　에여리 달고

　험악하고 산중일세

　　　에여리 달고

　못가겠다 애원을하신들

　　　에여리 달고

　어떤사자가 들어주며

　　　에여리 달고

　어서나가자 바삐나가자

　　　에여리 달고

　등을치며 오라치니

　　　에여리 달고

　어느장사면 당할손가

　　　에여리 달고

　열두대문을 들어를가시니

　　　　에여리 달고
채편간에는 문틀을잡고
　　　　에여리 달고
인간세상 살어가시며
　　　　에여리 달고
무슨공덕을 하셨으며
　　　　에여리 달고
병든사람 약도주시고
　　　　에여리 달고
활인공덕도 하셨으며
　　　　에여리 달고
친부모와 시부모님께
　　　　에여리 달고
급수공덕도 하셨으며
　　　　에여리 달고
일가친척은 많아시지만
　　　　에여리 달고
어느일가가 대신을가시며
　　　　에여리 달고
친구벗님도 많다하신들
　　　　에여리 달고
어느친구가 대신을가시며
　　　　에여리 달고
초로나같은 우리인생
　　　　에여리 달고
한번가시면 영천일세

에여리 달고

이왕지사 가시는양반

에여리 달고

고이고이 잠드세요

에여리 달고

나라에는 충신동이요

에여리 달고

부모님께는 효자동이고

에여리 달고

형제간에는 화목동이요

에여리 달고

집안간엔 귀한동이고

에여리 달고

동네방네 귀한동아

에여리 달고

금을주면 너를사나

에여리 달고

은을주면 너를사나

에여리 달고

애지중지 키운인정

에여리 달고

이구새가 왠일이시오

에여리 달고

개비듬뿌리 가지고 노는 노래 / 신랑방에 불켜라

자료코드 : 02_14_FOS_20110123_KHS_MSJ_0001
조사장소 : 경기도 안산시 상록구 장상동 동막골 경로당
조사일시 : 2011.1.23
조 사 자 : 김헌선, 김형근, 최자운, 김혜정, 변진섭
제 보 자 : 목숙자, 여, 71세
청   중 : 4명
구연상황 : '쇠비듬'이라는 식물의 뿌리 부분을 손으로 마찰 시키면 그 색이 빨갛게 변
         한다고 한다. 그것이 마치 방안을 비추는 불빛처럼 느껴져서 이렇게 노래 부
         른다.

  그러 이렇게 쥐며는. 이렇허고

    신랑방에 불켜라 각씨방에 불켜라
    신랑방에 불켜라 각씨방에 불켜라
    신랑방에 불켜라 각씨방에 불켜라

  그러게 빨개져. 우리 애덜 적에 그렇게 했어

시집살이 노래 / 산도 섫고 물도 섫은 데를

자료코드 : 02_14_FOS_20110129_KHS_SBE_0001
조사장소 : 경기도 안산시 상록구 사사동 안골(발기울) 심분이 자택
조사일시 : 2011.1.29
조 사 자 : 김헌선, 김형근, 최자운, 김혜정, 변진섭
제 보 자 : 심분이, 여, 92세
구연상황 : 안골경로당에서 조사하고 있을 때, 부녀회장이 노래와 옛날이야기를 잘 아는
         할머니가 동네에 계시다고 소개를 받았다. 제보자 심분이는 연세가 많아 집에
         있었다. 자식들이 서울에 살지만, 자신은 서울이 답답하여 혼자 이곳에 산다
         고 하였다. 방이 여럿 있지만, 보통 마루에서 자고, 마루에 앉아서 하루를 보
         내는 듯 보였다. 거동은 불편했지만 총기가 좋고, 또 말하는 것을 즐겨했다.

다소 귀가 어두운 면이 있어서, 질문의 의도와는 다르게 본인이 하고 싶은 이야기나, 노래를 하는 경우도 있어서 의외의 노래들도 조사할 수 있는 장점이 있었다. 나이가 많기에 험한 세월을 겪었을 것이고, 그 세월을 견뎌낼 수 있는 힘이었던 노래로 시집살이를 물어보았다. 이미 시집살이에서 졸업한 지 오래된 제보자에게 시집살이노래를 청하는 것은 참 아이러니일지 모른다. 그럼에도 이 노래를 부르는 제보자의 목은 그때의 기억으로 조금씩 잠긴 느낌을 받을 수 있었다.

산도싫고 물도선데를 시집인지 칼집인지 왔더니
삼사월 긴긴해에 그렇기도 무섭더라
보리밭에 들어서서 보리이삭 따다보니
열세살먹은 낭군님이 보리밭에 들어서서 보리이삭 따다보니
낭군님이 쳐다보니 저낭군을 언제내가 낭군삼나
하해같이 깊은바다에 돛대단 저배타고 한고향이했으면 좋겠네

옛날에 옛날에 말이야. 아닌게 아니라. 산도 싫고 물도 선데를. 열여섯 살에 저 열두 살 먹은 데로 시집오니깐. 고대 열두 살에 그거 머릴 얹었어. 노랑두대가리가 와서 보니깐 다팔다팔하고 돌아댕기니깐. 그냥 언제나 내 낭군을 삼을까. 그까짓게. 그래서 그런 노래..

아이어르는 소리 / 불아 불아

자료코드 : 02_14_FOS_20110129_KHS_SBE_0002
조사장소 : 경기도 안산시 상록구 사사동 안골(밭기울) 심분이 자택
조사일시 : 2011.1.29
조 사 자 : 김헌선, 김형근, 최자운, 김혜정, 변진섭
제 보 자 : 심분이, 여, 92세
구연상황 : 풀무소리를 아느냐고 묻자 불러주었다. 풀무소리는 아이를 세우고, 아이의 양 겨드랑이에 어른이 손을 넣고 몸을 기울여 오른발 왼발 차례로 딛게 하며 부른다. 지역에 따라 '불아 불아', '불미딱딱', '풀매풀매', '불무(풀무)소리' 등으

로 불린다.

불아불아 불 불

우리애기 잘도헌다

세살적에 불드라더니

열두살이 되니깐

할머니정을 모르는구나

이놈들아 그말마라 너들언제 가았더냐

심청이 노래

자료코드 : 02_14_FOS_20110129_KHS_SBE_0003

조사장소 : 경기도 안산시 상록구 사사동 안골(발기울) 심분이 자택

조사일시 : 2011.1.29

조 사 자 : 김헌선, 김형근, 최자운, 김혜정, 변진섭

제 보 자 : 심분이, 여, 92세

구연상황 : 심분이 제보자는 본인이 젊었을 때 어떻게 살았는지의 이야기를 반복해서 말하곤 했다. 차근차근 조사자의 질문, 제보자의 답변으로 조사가 이어지지 않고, 그저 제보자가 하고 싶은 대로, 마치 물 흐르듯 조사가 이루어졌다. 이 노래는 본인이 예전에는 기억력이 좋고, 노래도 제법 많이 알았는데 이제 나이가 많아서 기억력이 많이 없어졌다는 한탄과 함께 나온 노래이다. "심청전 노래도, 춘향이 노래도 곧잘 했는데...." 말끝을 흐릴 때, "심청이 노래라니요? 그런 노래가 있나요?"라고 조사자가 물었다. 설마 판소리는 아닐 텐데 하는 궁금증 때문이었다. 그러자 제보자는 이 노래를 불렀다. 이것은 정해진 노래를 들어서 익혔다기보다는 본인이 알고 있는 노래에 운율 있게 곡조를 실어 읊은 소리로 보인다. 말에서 어떻게 노래가 되는지의 모습을 보여주는 흥미로운 자료이다. 이 노래의 말미에 "우리 심청이가 어딨느냐고" 찾는 심봉사의 절규에는 제보자의 감정도 슬며시 복받쳐 오름을 느낄 수 있다.

인당수 깊은물에

심청이가 몸을 던질제

아버지가 눈이 머니

내몸 던지면 아부지 눈 고친다니

인당수에 내가 가서

우리 아버지 몸 던져야지

　그리고 그 인당수헌테 팔았데요. 옛날에

인당수에서 몇 십년을 빠져죽었는데

우리아버지는 길로 댕기며

심청아 심청아 울구 댕기다

연꽃이 인당수에서 피어서

거기서 심청이가 나타나니깐 나타나니깐

저기 심청이 살아왔다고 했더니

우리 심청이가 어딨느냐고 길에 가다 눈을 떳데네

신세타령 / 옛날에 어려워서 안팎머심 갔더니

자료코드 : 02_14_FOS_20110129_KHS_SBE_0004

조사장소 : 경기도 안산시 상록구 사사동 안골(발기울) 심분이 자택

조사일시 : 2011.1.29

조 사 자 : 김헌선, 김형근, 최자운, 김혜정, 변진섭

제 보 자 : 심분이, 여, 92세

구연상황 : 이 노래 또한 조사자가 의도하여 묻거나 요구했던 노래는 아니다. 옛날에 어
　　　　　렵게 살았음을 얘기하다, 이 노래의 첫 구절 가사와 일치하였기에 생각나 부
　　　　　르게 되었다.

옛날에 어려워서 안팎머심 갔더니

두칸집을 얻어줘서 떡장사를 해먹다가

남편이죽으니깐 그떡장사도 밑천이 없어서

토수한말 궈가지고[118] 동네방네 댕기며는

그거한말 궁글르다 수수한되 떨어져서

그거를 장사라고 댕기다가

고개고개 배넘어가니 늙은영감 못얻더니

솔뿌리를같이 캐러댕기다가

웅댕이에 물을떠서 너무목이 말라먹었더니

괴를배서 놀라죽었으니

슬프도다 가련하다 우리인생 슬프도다

회심곡

자료코드 : 02_14_FOS_20110129_KHS_SBE_0005
조사장소 : 경기도 안산시 상록구 사사동 안골(발기울) 심분이 자택
조사일시 : 2011.1.29
조 사 자 : 김헌선, 김형근, 최자운, 김혜정, 변진섭
제 보 자 : 심분이, 여, 92세
구연상황 : 제보자가 거처하는 거실 한쪽에는 부처의 모습이 담긴 달력을 마치 불상처
럼 안치해 놓았다. 그래서 집에 들어서는 순간 독실한 불자임을 보여주었다.
그래서 불교와 관련한 회심곡을 조사자가 부탁하여 제보자가 불러주었다.

세상천지 만물중에 사람밖에 또있는가

여보세요 세주님네 이내말씀 들어보소

이세상에 나온사람 뉘덕으로 나왔는가

석가여래 공덕으로 아버님전 뼈를빌고

---

118) 꾸어가지고.

어머님전 살을빌어 칠성님전 명을빌고

이내일신 탄성하니 한두살에 철을몰러 부모은공 알을소냐

오양간에 십오세에

애기같은 옥등같은 애기만나서

이세상을 이세상을 이세상을 마가지고

이삼십이 먹어지니 없던병이 절통같이들어

태산같이 병이들어 이세상을 하직하니

북망산이 멀다한더니 뒷동산이 북망산이고

저승길이 멀다더니 대문밖이 저승이로구나

일직사자 월직사자 한손에는 철근들고 한손에는 천봉들고

어서가자 바삐가자 이렁저렁 열나흘이 걸렸다

물레질소리

자료코드 : 02_14_FOS_20110129_KHS_SBE_0006

조사장소 : 경기도 안산시 상록구 사사동 안골(발기울) 심분이 자택

조사일시 : 2011.1.29

조 사 자 : 김헌선, 김형근, 최자운, 김혜정, 변진섭

제 보 자 : 심분이, 여, 92세

구연상황 : 나이가 많은 여성이 아니면 보통 부를 수 없는 민요들이 있다. 그중 대표적
인 노래가 여성들이 옷을 만들 기 위하여, 삼을 삼을 때 불렀던 삼삼는 소리
와 물레질소리이다. 그래서 나이가 무척 많은 여성 제보자들을 만나면 고형의
노래들을 조사하고자 이런 노래들을 꼭 질문하게 된다. 그래서 조사자 '물레
질하면서는 노래 부르셨나요?'라고 묻자 들려준 노래이다.

난 물레질도 잘해요

물레야 돌어라 열두바퀴 도는물레

우리어린신랑 이거허고 배고픈줄 누가아냐

에고내답답 송가야

이신랑아 내낭군을 삼으려면

내팔을 눌려다게

아휴 잊어버렸어. 아주 그것도 잘허고...

아이어르는 소리 / 세상천지 만물 중에

자료코드 : 02_14_FOS_20110129_KHS_SBE_0007
조사장소 : 경기도 안산시 상록구 사사동 안골(발기울) 심분이 자택
조사일시 : 2011.1.29
조 사 자 : 김헌선, 김형근, 최자운, 김혜정, 변진섭
제 보 자 : 심분이, 여, 92세
구연상황 : 이 노래는 조사자가 의도한 소리는 아니다. 이 노래 전에 "세상천지 만물 중에"로 시작하는 회심곡을 부른 기억이 남아있었던 모양이다. 그래서 부르게 된 노래이다. 처음에는 이게 무슨 노래일까 조사자도 의문이었으나 다 들어보니 '달강달강'류의 노래였다. 보통 아이의 손을 잡고 밀었다 당겼다 하는 것을 아이에게 '달강질 해주다'라고 표현하는데, 심분이 제보자는 '세상천지 해주다'라고 관념하고 있음이 이 노래의 가사에 드러나 있다.

아이어르는 소리 '달강달강'은 엄마가 아이와 마주 보고 앉아, 두 팔을 잡고서 밀었다 당겼다 하는 행동과 함께 불려진다. 마치 흥보가의 박을 타는 대목처럼 행위를 한다. '달강달강'은 의성어로 쥐(새앙쥐)가 '들락날락' 하는 것을 의미한다. 전국적으로 분포되어 있는 소리로 '달강달강', '알강달강', '시상달강', '세상달공' 등등으로 다르게 불린다. 이 노래는 일정한 줄거리를 가지고 있다. 서울이든 장이든 가서 밤 한말을 사서 곱게 실강(옛날식 찬장) 밑에 넣어두어 보관했는데, 생쥐가 들락날락하며 다 까먹어버리고 한 톨 밖에 안 남게 된다. 마지막 이 한 톨 남은걸 삶아서 그 알맹이는 아기, 너를 주겠다는 이야기이다. 보통 '달강달강'은 아이의 팔힘과 허리힘을 길러주기 위해서 해준다.

세상천지 만물중에 사람밖에 또 있느냐

우리애기 세상에

마도면을 지나서

감나무골로 해서

없는.. 저기

대장굴 지나서

검다지를 지나서

사사리를 지나서

군포로 해서

과천이로 해서

남타령[119] 가니깐

서울에는 안개가 자욱이 바다가 있는데

기차를탈라니 돈한푼이 없어서

그기차둑엘가 매달렸다가 서울을 밤에몰래 들어가서

우리애기 세상천지도 못해주고

내가그냥 한고향

했다고 했어

동그랑땡 / 제비 한놈은 머리가 고와

자료코드 : 02_14_FOS_20110129_KHS_SBE_0008
조사장소 : 경기도 안산시 상록구 사사동 안골(밭기울) 심분이 자택
조사일시 : 2011.1.29

---

119) 남태령 : 과천에서 서울로 넘어가는 고개.

조 사 자 : 김헌선, 김형근, 최자운, 김혜정, 변진섭
제 보 자 : 심분이, 여, 92세
구연상황 : 이 노래에 앞서 심분이 제보자는 노랫가락을 불러주었고 그때 가사에 '호적
　　　　　적 봄나비 쌍쌍 양유지상에 꾀꼬리 상상 길라래비 날길 새도 짝을 지어서 날
　　　　　아가네'라는 대목이 있었다. 그래서 자연스레 우리의 대화는 새(鳥)로 전환하
　　　　　게 되었다. 그래서 새와 관련있는 민요들을 물어보게 되었고, 이 노래와 새소
　　　　　리를 흉내내는 노래들을 물어보게 되었다.
　　　　　이 노래는 '각종 새들의 특징들을 찝어서 인간의 직업에 어울릴 것이다'라는
　　　　　말을 하고 있다.

　　　제비한놈은 머리가고와 피양기생으로[120) 돌리고[121)

　　　까치한놈은 집을잘지어 목수쟁이로 돌리고

　　　까마귀한놈은 검기로해서 숯장사로 돌리고

　　　쥐란놈은 파길잘해 나막신쟁이로 돌리고

　　　박쥐한놈은 활개가넓어 우산쟁이로 돌리고

　아이고 그 끄트머리 또 잊어부렀다

산비둘기소리 흉내 내는 소리 / 구국국

자료코드 : 02_14_FOS_20110129_KHS_SBE_0009
조사장소 : 경기도 안산시 상록구 사사동 안골(발기울) 심분이 자택
조사일시 : 2011.1.29
조 사 자 : 김헌선, 김형근, 최자운, 김혜정, 변진섭
제 보 자 : 심분이, 여, 92세
구연상황 : '새'와 관련되어 기억되는 소리들을 불렀다. 이와 관련하여 새소리 흉내 내는
　　　　　노래들을 물어보았다.

　(조사자 : (산비둘기 흉내) 어떻게 하는 거에요?)

---

120) 평양 기생.
121) 보내고.

그 구구국이는

　　구국 국 기집죽고

　　구국 자식죽고

　　구국 구국 국 국

그러지 않아요?

부엉이소리 흉내 내는 노래 / 양식 없다 부엉

자료코드 : 02_14_FOS_20110129_KHS_SBE_0010

조사장소 : 경기도 안산시 상록구 사사동 안골(발기울) 심분이 자택

조사일시 : 2011.1.29

조 사 자 : 김헌선, 김형근, 최자운, 김혜정, 변진섭

제 보 자 : 심분이, 여, 92세

구연상황 : '새'와 관련되어 기억되는 소리들을 불렀다. 이와 관련하여 새소리 흉내 내는
　　　　　노래들을 물어보았다.

(조사자 : 부엉이는?)

부엉이요? 난 부엉이는 안해봤어

(조사자 : 부엉이는 안해봤어요? 양식 없다 부엉)

　　양식없다 부엉

　　걱정마라 부엉

　　떡해먹자 부엉

그러는거? 그거는 그건 짧아 원체

다리세기 / 이거리 저거리

자료코드 : 02_14_FOS_20110212_KHS_AYG_0001
조사장소 : 경기도 안산시 상록구 사동 시곡경로당
조사일시 : 2011.2.12
조 사 자 : 김헌선, 김형근, 최자운, 김혜정, 변진섭
제 보 자 : 안연금, 여, 80세
청   중 : 6명

구연상황 : 시곡경로당은 도심 경로당 성격이어서, 토박이보다는 다양한 곳 출신의 사람들이 이사를 와 드나드는 경로당이다. 우리가 찾아간 시간이 오전 9시 경이어서 아무도 경로당에 나오질 않으셨고, 잠시 있자 노인회장님께서 문을 열고 계셨다. 이윽고 할머니들이 한두 분 계속해서 오기 시작하였다. 노인회장님이 여성이어서인지 모두가 할머니들이었다. 출신 지역과 성장 과정들이 단일하지 않았기에 여성이라는 공통점에 착안하여 먼저 동요나 육아요를 중심으로 조사를 시작하였다. 시곡경로당에서는 안연금 제보자가 많은 자료들을 제공하였다. 안연금 제보자는 전남 목포 출생으로 무안으로 시집갔다가, 안산으로 이사온 지는 불과 2년 밖에 되지는 않는다. 풍이 와서 말을 하는 데 무척 힘이 들었으나, 아는 노래와 이야기가 많이 있었고, 그것을 사람들에게 들려주는 것에 적극적으로 보였다. 다만 이 경로당에 나온지 얼마 되지 않아 다른 할머니들과 크게 친하지 않았던 모양인지, 다른 청중들이 깊이 경청하지는 않는 분위기였다.

제보자에게 '이거리 저거리' 하는 노래를 아느냐 묻자 불러주었다.

이거리 적거리 각거리 짝발에 해양개 이때저때 수만딱
이거리 적거리 각거리 짝발에 해양개 이때저때 수만딱
이거리 적거리 각거리 짝발에 해양개 이때저때 수만딱

춘향이신 내리는 놀이 노래

자료코드 : 02_14_FOS_20110212_KHS_AYG_0002
조사장소 : 경기도 안산시 상록구 사동 시곡경로당
조사일시 : 2011.2.12

조 사 자 : 김헌선, 김형근, 최자운, 김혜정, 변진섭
제 보 자 : 안연금, 여, 80세
청   중 : 6명
구연상황 : '춘향아 춘향아' 하며 놀던 노래를 기억하느냐 묻자 설명과 함께 불러주었다. 춘향이신(춘향이+신(神)) 내리는 놀이는 '방망이점 놀이'와 함께 전국적으로 존재했던 아이들 놀이이다. 한사람을 정하여 가운데 앉히고 다른 아이들은 그 아이를 뺑둘러 앉는다. 원 안에 앉은 아이는 두 손을 모으고 있고, 그 안에는 은반지 하나를 넣어두었다. 원 안의 아이가 눈을 감고, 다함께 춘향이신이 내리도록 주문과 같은 노래를 한다. 지금 듣는 노래가 바로 그 노래이다. 계속 해서 이 노래를 부르면 원 안의 아이에게 춘향이신이 실리고, 점차 그 아이의 두 손이 벌어져 반지는 바닥으로 떨어진다. 그리고 그 아이는 자기도 모르게 일어서서, 팔을 저으며 춤을 추게 된다고 했다. 정말 그런 것인지, 아니면 연기하는 것인지 물어보면 한결같이, 모든 응답자들은 희한하지만, 정말 그렇다며 증언한다.

　막 가운데로 안켜놓고[122] [두 손을 모으는 행동을 하면서] 이렇게 허고 있으래랐고 막

　　　남안골[123] 은골 성춘향이 왔다
　　　남안골 은골 성춘향이 왔다

　이러고 손뼉을 침서 뺑 돌려가면 자연히 혼자 꼭 신들린 것같이 벌려져 갔고 이렇게 춤을 춘다고

자장가

자료코드 : 02_14_FOS_20110212_KHS_AYG_0003
조사장소 : 경기도 안산시 상록구 사동 시곡경로당
조사일시 : 2011.2.12

---

122) 앉혀놓고.
123) 남원골.

조 사 자 : 김헌선, 김형근, 최자운, 김혜정, 변진섭
제 보 자 : 안연금, 여, 80세
청　　중 : 6명
구연상황 : 아이를 재우며 부르던 소리를 기억하느냐 묻자 다음의 노래를 불러주었다.

　　　자장자장 잘도잔다

　　　우리애기 잘도잔다

　　　부모에 효자동아

　　　형제간에 우애동아

　　　만인간에 일천동아

　　　우리나라 충신동아

　　　얼싸절싸 잘도논다

아이어르는 소리 / 방애야 방애야

자료코드 : 02_14_FOS_20110212_KHS_AYG_0004
조사장소 : 경기도 안산시 상록구 사동 시곡경로당
조사일시 : 2011.2.12
조 사 자 : 김헌선, 김형근, 최자운, 김혜정, 변진섭
제 보 자 : 안연금, 여, 80세
청　　중 : 6명
구연상황 : 아이를 어르며 부르던 소리, '알강달강', '풀무소리' 등을 아느냐 묻자 이중
　　　　　 '풀무소리'에 해당하는 다음의 노래를 불러주었다. 안연금 제보자의 풀무소리
　　　　　 는 풀무가 아닌 방아를 찧는 모습을 착안하고 있다. 방아중 발로 쿵, 쿵 디디
　　　　　 며 찧는 디딜방아가 그것이다. 발풀무처럼 발을 딛는 행위를 한다는 점에서
　　　　　 동일하다.

　　　방애야 방애야 방애야

　　　이방아가 누방아냐

　　　강태곤이124) 조작125)방아로구나

이방아를 찧었다가

논을살거나 밭을살거나

논도사고 밭도사고

형제간에 우애하고

부모에 효도하고

맨의원도 되어주고

맨장도 되어주고

국회의원도 되어주고

대통령도 되어줍소사

얼싸절싸 잘찧는다

대추 떨어지라고 부르는 노래

자료코드 : 02_14_FOS_20110212_KHS_AYG_0005

조사장소 : 경기도 안산시 상록구 사동 시곡경로당

조사일시 : 2011.2.12

조 사 자 : 김헌선, 김형근, 최자운, 김혜정, 변진섭

제 보 자 : 안연금, 여, 80세

청   중 : 6명

구연상황 : 다양한 동요들을 제보자에게 물어보았으나 기억나지 않는다고 하였고, 이 노래를 기억하여 불러주었다. 대추나무에 대추가 영글면 아이들이 그 나무 밑에서 대추가 떨어지라며 이 노래를 부르며 놀았던 동요이다.

대추야 떨어져라

아그들아 줏어라

얼싸절싸 잘도줍는다

---

124) 강태공.

125) 조작(造作). 만든.

얼씨구나 절씨구

얼싸절싸 잘도줍는다

얼싸절싸 잘도한다

둥당애타령

자료코드 : 02_14_FOS_20110212_KHS_AYG_0006
조사장소 : 경기도 안산시 상록구 사동 시곡경로당
조사일시 : 2011.2.12
조 사 자 : 김헌선, 김형근, 최자운, 김혜정, 변진섭
제 보 자 : 안연금, 여, 80세
청   중 : 6명
구연상황 : 제보자가 전라도에서 이사왔기 때문에 그곳에서 불렀던 노래를 물어보았다.
         홍글소리나 둥당애타령 등이 대표적인데 홍글소리는 못한다고 하였고, 둥당
         애타령을 불러주었다.

자방틀126) 자방틀 오르랑내리랑 자방틀

자방틀에서 진보신127) 임을줄라고 지었더니

임을보고 보신보니 임줄정이 전이128)없네

둥당에당 둥당에당 당기둥당에 둥당에당

산비둘기 흉내 내는 소리

자료코드 : 02_14_FOS_20110123_KHS_YPR_0001
조사장소 : 경기도 안산시 상록구 장상동 동막골 경로당

---

126) 재봉틀.
127) 진버선.
128) 전혀.

조사일시 : 2011.1.23

조 사 자 : 김헌선, 김형근, 최자운, 김혜정, 변진섭

제 보 자 : 양필녀, 여, 72세

청   중 : 4명

구연상황 : 양필녀 제보자는 1차 조사에 참석하지 않았다. 강원도 홍천에서 이곳으로 이
사온지 20년이 되어서, 할머니들 사이에서는 강원도 할머니라는 별칭으로 불
려지기도 한다. 그래서 여기서 들려주는 노래들은 고향에서 어렸을 때 불렀던
것들이다.

오늘날 구전 동요로 분류되는 소리 중에 새의 소리를 흉내 내거나 새와 관련
된 노래들이 있다. 부엉이, 산비둘기, 꿩, 황새 등이 그것이다. 이들 노래들을
아는지 물어보았으나 산비둘기 흉내 내는 소리만을 기억하고 있었다. 사실 이
노래 제목은 학자들이 부여한 이름이고, 제보자들은 제목을 모른다. 그래서
조사자가 먼저 앞부분을 불러서 기억을 이끌어내야 한다.

뿌꾹뿌꾹 기즙129)죽고 자석죽고

맹견팔아 늘사먹고

뿌꾹뿌국 기즙죽고 자석죽고

맹견팔아 늘사묵고

그런다 그러데

영감아 꽃감아

자료코드 : 02_14_FOS_20110123_KHS_YPR_0002

조사장소 : 경기도 안산시 상록구 장상동 동막골 경로당

조사일시 : 2011.1.23

조 사 자 : 김헌선, 김형근, 최자운, 김혜정, 변진섭

제 보 자 : 양필녀, 여, 72세

청   중 : 4명

---

129) 계집. 아내를 의미함.

구연상황 : 조사자가 요구하기 전에 주위 할머니들이 이 노래를 하라며 제보자를 부추
겼다. 언젠가 할머니들이 모여 놀 때 우연찮게 '메뚜기 뒷다리에 치어죽은 영
감' 소리가 너무 우스워서 인상적이었던 모양이었다. "영감아 꽃감아"는 따로
이 노래 제목이 없어 보통 노래 제목의 첫 구절을 따서 부여한 명칭으로, 전
국적으로 분포되어 있는 민요이다. 놀면서도 불렀고, 어떤 지역에서는 방아를
찧으면서 불렀다고 한다. 그런데 이 소리가 다른 할머니들은 처음 듣는 소리
여서 신기했다고 한다.

영감아 꽃감아 집잘보게

보리품 팔아다 보리개떡해주께

집잘보랬더니 뒷등에메깥엔 왜나갔다가

메뚜기 뒷다리에 치어죽었나

방아깨비 가지고 노는 노래 / 아침 방아 쩌라

자료코드 : 02_14_FOS_20110123_KHS_YPR_0003
조사장소 : 경기도 안산시 상록구 장상동 동막골 경로당
조사일시 : 2011.1.23
조 사 자 : 김헌선, 김형근, 최자운, 김혜정, 변진섭
제 보 자 : 양필녀, 여, 72세
청   중 : 4명
구연상황 : 제보자에게 메뚜기 뒷다리를 잡고 놀면서 하는 노래를 묻자 불러주었다. 아
이들이 놀 때 방아깨비를 잡고 길쭉한 뒷다리를 손으로 쥐면 방아깨비가 달
아나려고 움직이게 된다. 다리를 움직여 뛰려고 하지만, 아이들의 손에 쥐여
져 있으므로 몸통 부분만 마치 방아를 찧는 모습처럼 까딱 까딱 하게 된다.
이 모습이 재미있어 이와 같은 노래를 불렀다.

아침방애 쩌라

저녁방애 쩌라

달콩달콩 쩌라

아침방애 쩌라

저녁방애 쩌라

달콩달콩 쩌라

물푸는 소리 / 타래박

자료코드 : 02_14_FOS_20110130_KHS_YGC_0001
조사장소 : 경기도 안산시 상록구 양상동 아랫버대 경로당
조사일시 : 2011.1.30
조 사 자 : 김헌선, 김형근, 최자운, 김혜정, 변진섭
제 보 자 : 윤갑춘, 여, 76세
청 중 : 12명
구연상황 : 아랫버대 또한 윗버대 마을과 같이 안산시화장시설 문제로 마을의 입구부터
심상치 않은 분위기를 풍겼다. 경로당에 들어가자 주말임에도 많은 분들이 계
셨다. 조사하려고 할 때 부녀자들이 우리의 조사가 무슨 목적이며, 어디에서
왔느냐며 다소 거칠게 물어왔다. 우리의 조사가 화장시설 관련 주민 의견 청
취 목적이라는 오해를 하고 있었다. 오해가 풀리자 조사를 할 수 있었다. 마
을의 유래 등 외에는 설화나 민요에 해당하는 자료를 얻을 수는 없었다. 이야
기를 몰랐고, 소리 또한 잘 불렀던 이들이 다 돌아가셨고 했다. 물푸는 소리
는 노래의 실력이 뛰어나지 않아도, 숫자만 헤아리기 때문에 용기를 내어서
해주었다.

나 원참. 나 이거 해본지 참 오란데

야 물 괬으니(고였으니) 한번 퍼 부어보자

또 다 되었다

하나로구나

둘이로구나

셋이로구나

넷이로구나

한번더 푸고 쉬자

이런다고요

아이 아픈 배 쓸어주는 소리

자료코드 : 02_14_FOS_20110129_KHS_YGH_0001
조사장소 : 경기도 안산시 상록구 사사동 안골(발기울) 경로당
조사일시 : 2011.1.29
조 사 자 : 김헌선, 김형근, 최자운, 김혜정, 변진섭
제 보 자 : 윤경희, 여, 69세
청   중 : 8명
구연상황 : 안골경로당에는 여덟 분 정도의 어르신이 막 점심을 마친 시간에 도착했다. 노인회장인 조돈욱 어르신을 통해 마을의 지명들 설명을 듣고, 구비문학 조사를 하였으나 성과는 없었다. 일단 그들이 살아온 이야기를 들으면서 천천히 민요와 설화들을 이끌어내는데, 무엇보다 여성 제보자의 경우는 아이를 키우는 육아와 관련해서는 예외 없이 질문에 관심을 갖게 된다. 알고는 있어도, 누구 앞에 내세워서 부를 만한 실력이 안되거나, 기억력이 온전치 않아 조각조각나있기에 쉽사리 나서지 못한다. 따라서 '틀려도 된다'라는, 못하고 잘하고가 없다는 우리의 마음을 이해시키는 것이 조사의 중요한 자세였다. 윤경희 제보자에게도 아이가 아플 때 어떻게 했는지, 그리고 키우면서, 재우면서, 놀면서 등의 순서를 가지고 노래를 유도했다.

쓱쓱 내려가라
엄마손이 약손이다
내손이 약손이다
쓱쓱 내려가라
아프지말고 쓱쓱 내려가라

쓱쓱 내려가라

엄마손이 약손이다

내손이 약손이다

쓱쓱 내려가라

아프지말고 쓱쓱 내려가라

자장가

자료코드 : 02_14_FOS_20110129_KHS_YGH_0002
조사장소 : 경기도 안산시 상록구 사사동 안골(발기울) 경로당
조사일시 : 2011.1.29
조 사 자 : 김헌선, 김형근, 최자운, 김혜정, 변진섭
제 보 자 : 윤경희, 여, 69세
청   중 : 8명
구연상황 : 아이 재울 때 하는 소리를 불러달라고 하자 다음 노래를 구연해주었다.

자장자장 자장

우리애기 잘도잔다

자장자장 자장

우리애기 예쁜애기

월등애기 잘도잔다

(청중 : 형님 그거 말고 또 있잖아. 무슨 개가 짖지마라.)

멍멍개야 짖지마라

꼬꼬닭아 울지마라

우리애기 잘도잔다

다리세기 / 한알대 두알대

자료코드 : 02_14_FOS_20110129_KHS_YGH_0003
조사장소 : 경기도 안산시 상록구 사사동 안골(발기울) 경로당
조사일시 : 2011.1.29
조 사 자 : 김헌선, 김형근, 최자운, 김혜정, 변진섭
제 보 자 : 윤경희, 여, 69세
청   중 : 8명
구연상황 : 제보자 윤경희는 친정이 안산 수암이어서, 이 다리세기는 안산 수암에서 배
           웠던 것이다.

   한알대 두알대 영낭 거지 팔대 장군 고두래 뺑
   한알대 두알대 영낭 거지 팔대 장군 고두래 뺑

다리세기 / 자래야 자래야 금자래야

자료코드 : 02_14_FOS_20110212_KHS_LJG_0001
조사장소 : 경기도 안산시 상록구 사동 시곡경로당
조사일시 : 2011.2.12
조 사 자 : 김헌선, 김형근, 최자운, 김혜정, 변진섭
제 보 자 : 이준기, 여, 80세
청   중 : 6명
구연상황 : 안연금 제보자의 조사가 끝나고, 다른 할머니들에게도 두루 물어보았으나 이
           야기나 노래를 들을 수 없었다. 뒤늦게 경로당에 온 이준기 제보자는 경북 예
           천 금당실에서 이곳으로 이사온지 5년 째라고 하였다. 금당실은 MBC 민요대
           전 때 조사자가 현지 답사했던 조사지역이고, 여성 서사민요나 내방가사도 녹
           음되던 곳이었다. 그러나 본인은 부르지 못한다고 하였다. 다만 다리세기만
           자신은 다르게 했다고 하며 불러주었다.
           다리세기는 전국적으로 행해졌던 아이들 놀이다. 두 사람이 마주보고 발을 펴
           고 앉는다. 이때 다리를 엇갈려 끼우고서 이 노래를 부른다. 왼쪽부터든 오른
           쪽부터 다리부터 한 음절에 하나씩 짚어나가고, 노래의 마지막 음절에 해당하
           는 다리는 접는다. 그래서 마지막까지 남는 다리가 하나 생길 때까지 하게 된

다. 마치 오늘날 "어느 것을 고를까요 알아맞혀봅시다 딩동댕" 하는 것과 같다. 이 노래는 꽤 다양한 모습을 보여준다. 동네마다 그 가사들이 제각각이어서 다른 동네로부터 시집을 온 할머니들을 모아놓고 조사해보면 열이면 열 다 다른 노래가 이 노래이다. 어렸을 적이나 불렀기에 그들은 시집온 이후 같이 이 노래를 불러본 적이 없고, 그래서 이 노래가 동네마다 다 다름을 새삼스럽게 알고 신기해한다.

자래야 자래야 금자래야 어떤놈이 어른앞에 방구를 뿡뿡 끼었느냐
자래야 자래야 금자래야 어떤놈이 어른앞에 방구를 뿡뿡 끼었느냐

자장가

자료코드 : 02_14_FOS_20110115_KHS_JOS_0001
조사장소 : 경기도 안산시 상록구 장상동 동막골 경로당
조사일시 : 2011.1.15
조 사 자 : 김헌선, 김형근, 최자운, 김혜정, 변진섭
제 보 자 : 정옥순, 여, 80세
청   중 : 3명
구연상황 : 동막골은 노인회장님과 사전에 통화를 하고 찾아갔다. 오전 10시 이전에 도착한 경로당은 문이 닫혀있었다. 보통 아침을 먹고 10시쯤 한두 사람이 오기 시작하여, 점심은 경로당에서 같이 먹고, 저녁 무렵에 헤어진다고 한다. 잠시 기다리자 한 할머니가 문을 열고 들어갔다. 겨울이어서 우리도 안에서 사람들을 기다리기 위하여 들어갔다. 노인회장님은 그 누구에게도 우리의 방문을 말하지 않았던 듯 우리의 등장이 의외라는 반응을 보였다. 우리는 옛날이야기와 노래를 조사하는 사람이라고 말하고, 혹시 그거 하실만한 분들이 있는지 물어보았다. "글쎄 모르겠으니 좀 기다려보라"는 답변을 하였다. 귀가 어두워서 몇 가지 물어보지 못하고, 그냥 말없이 한 켠에서는 그 할머니가, 또 한 켠에서는 우리가 앉아있었다. 서로 아무 말 없이 앉아있기에는 사람들이 모이질 않아, 그저 말동무나 되어주자는 심산으로 이 질문, 저 질문 던져본다. 첫 질문은 "할머니 애가 아프면 왜 배 쓰다듬어 주면 엄마손은 약손..이런거 해주자나요. 혹시 알아요?" 하자, '그 까짓거야 이렇게 하는 것이지'라는 듯, 불러주었다. 정옥순 제보자와의 첫 만남이 그러했다. 우리는 그가 그토록 많은 노

래와 이야기를 해줄 제보자임을 전혀 알아채지 못했다. 조사를 다녀보면 첫인상에 정말 노래꾼, 이야기꾼다운 모습들을 보이는 것이 다반사였기에 가진 관성이었을지 모른다. 첫 질문에 이어 제보자가 불러준 노래들은 자장가, 아이 어르는 소리 / 불아 불아, 아이 아픈 배 쓸어주는 소리, 시집살이노래 / 성님 성님 사촌성님, 다리세기 / 한알대 두알대, 별혜는 소리, "새야 새야 파랑새야", 모래집 지으면서 부르는 노래였다. 한두 곡 부르자 두 명의 할머니들이 더 왔다.

자장 자장

우리 애기

잘도 잔다

꼬꼬 닭아

울지 마라

멍멍 개야

짖지 마라

우리 애기

잘도 잔다

그거지 뭐. 다른거 해요. 그거 했어요

아이어르는 소리 / 불아 불아

자료코드 : 02_14_FOS_20110115_KHS_JOS_0002
조사장소 : 경기도 안산시 상록구 장상동 동막골 경로당
조사일시 : 2011.1.15
조 사 자 : 김헌선, 김형근, 최자운, 김혜정, 변진섭
제 보 자 : 정옥순, 여, 80세
청   중 : 3명
구연상황 : 어머니들이 아이를 키우면서 많이 부르는 노래가 자장가, 아이어르는 소리로서 '알강 달강', '풀무소리'이다. 풀무소리는 아이를 세우고, 아이의 양 겨드랑

이에 어른이 손을 넣고 몸을 기울여 오른발 왼발 차례로 딛게 하며 부른다. 지역에 따라 '불아 불아', '불미딱딱', '풀매풀매', '불무(풀무)소리' 등으로 불린다. '풀무'는 쇠 도구를 만드는 '대장간'에서 썼던 도구이다. 불이 꺼지지 않게 계속해서 불에 바람을 공급해주는 도구인데, 아주 옛날에는 손으로 밀었다 넣었다 하는 손풀무와 마치 어렸을 적 국민학교 풍금처럼 양쪽발로 한발 한발 딛는 발풀무가 쓰였다. 이 풀무소리는 바로 발풀무를 딛는 모습을 흉내낸 것이다. 이 풀무소리는 아이의 다리 힘을 길러주는 것이며, 아이들이 점차 걸음마를 할 단계에서 부른다. '알강달강'은 다소 노래의 가사가 서사적 짜임이 있지만, 이 풀무소리는 그렇지 않다. 다만 많이 나오는 가사의 경우 문답으로 이루어진다. 이 풀무가 어디 풀무인지, 이 쇠가 어디 쇠인지, 쇠값이 얼마인지 그런 경우이다. 이에 대한 대답을 하면서 노래가 이루어진다.

　　불아불아 우리애기 잘도한다

　그거 밖에 몰라

아이 아픈 배 쓸어주는 소리

자료코드 : 02_14_FOS_20110115_KHS_JOS_0003
조사장소 : 경기도 안산시 상록구 장상동 동막골 경로당
조사일시 : 2011.1.15
조 사 자 : 김헌선, 김형근, 최자운, 김혜정, 변진섭
제 보 자 : 정옥순, 여, 80세
청　　중 : 3명
구연상황 : 아이가 배 아프다고 할 때 어떻게 해주냐고 묻자 구연해주었다.

　　애기배는 똥배요
　　할머니손은 약손이다
　　슬슬 내려가라

　그거지. 뭐. 다른거야? 배 밀어줬지.

시집살이노래 / 성님 성님 사촌성님

자료코드 : 02_14_FOS_20110115_KHS_JOS_0004

조사장소 : 경기도 안산시 상록구 장상동 동막골 경로당

조사일시 : 2011.1.15

조 사 자 : 김헌선, 김형근, 최자운, 김혜정, 변진섭

제 보 자 : 정옥순, 여, 80세

청　　중 : 3명

구연상황 : "성님 성님" 하는 것 기억하느냐고 묻자 구연해준 노래이다. 시집살이노래 중
　　　　　 가장 전형적인 이 노래는 보통 운율 있게 읊조린다. 노래를 부르기보다는 소
　　　　　 위 '주워섬긴다'고 표현한다. 그런데 제보자는 신가락에 얹어 부르고 있다.
　　　　　 조사자가 옛날에는 그냥 가락 없이 주워섬기지 않았느냐 묻자 제보자는 자기
　　　　　 는 그렇게 하지 않았다고 했다.

　　　성님성님 사촌성님
　　　시집살이가 어떱디까
　　　고추당초 맵다해도
　　　시집보다 더매우랴

　난 그렇게 노래로 했지. 그냥 줏어섬기지는 않았어요.

다리세기 / 한알대 두알대

자료코드 : 02_14_FOS_20110115_KHS_JOS_0005

조사장소 : 경기도 안산시 상록구 장상동 동막골 경로당

조사일시 : 2011.1.15

조 사 자 : 김헌선, 김형근, 최자운, 김혜정, 변진섭

제 보 자 : 정옥순, 여, 80세

청　　중 : 3명

구연상황 : 다리세기 놀이를 흉내내면서 제보자에게 어떻게 하는 것인지를 묻자 구연해
　　　　　 주었다.

한알대 두알대 영낭 거지 팔대 장군 고두래 뿅

한알대 두알대 영낭 거지 팔대 장군 고두래 뿅

그렇게 하면 뿅하는건 빼고 또 하고 그렇게 했지 뭐

별헤는 소리

자료코드 : 02_14_FOS_20110115_KHS_JOS_0006
조사장소 : 경기도 안산시 상록구 장상동 동막골 경로당
조사일시 : 2011.1.15
조 사 자 : 김헌선, 김형근, 최자운, 김혜정, 변진섭
제 보 자 : 정옥순, 여, 80세
청   중 : 3명
구연상황 : 하늘에 별을 세면서 '별하나 나하나' 하는 노래 아는지를 묻자 제보자가 불러
주었다.

별하나 나하나

별둘 나둘

별하나 꽁꽁 나둘 꽁꽁

별셋 꽁꽁 나셋 꽁꽁

별넷 꽁꽁 나넷 꽁꽁

별다섯 꽁꽁 나다섯 꽁꽁

별여섯 꽁꽁 나여섯 꽁꽁

별일곱 꽁꽁 나일곱 꽁꽁

별여덟 꽁꽁 나여덟 꽁꽁

별아홉 꽁꽁 나아홉 꽁꽁

별열 꽁꽁 나열 꽁꽁

아, 힘들어

새야 새야 파랑새야

자료코드 : 02_14_FOS_20110115_KHS_JOS_0007
조사장소 : 경기도 안산시 상록구 장상동 동막골 경로당
조사일시 : 2011.1.15
조 사 자 : 김헌선, 김형근, 최자운, 김혜정, 변진섭
제 보 자 : 정옥순, 여, 80세
청   중 : 3명
구연상황 : "새야 새야 파랑새야" 하는 노래 아느냐고 묻자 불러주었다.

새야새야 파랑새야

녹두밭에 앉지마라

녹두꽃이 떨어지면

청포장사 울면간다

모래집 짓으면서 부르는 노래

자료코드 : 02_14_FOS_20110115_KHS_JOS_0008
조사장소 : 경기도 안산시 상록구 장상동 동막골 경로당
조사일시 : 2011.1.15
조 사 자 : 김헌선, 김형근, 최자운, 김혜정, 변진섭
제 보 자 : 정옥순, 여, 80세
청   중 : 3명
구연상황 : 모래집을 짓는 시늉을 하며 '두껍아 두껍아' 하는 노래 아느냐고 묻자 불러주
         었다.

두껍아 두껍아 새집주께 헌집다오

두껍아 두껍아 새집주께 헌집다오

모래사장 모래사장에 가면 요렇게 허고 요렇게 빼면 고 집이 지어지지

산비둘기 흉내 내는 소리

자료코드 : 02_14_FOS_20110123_KHS_JOS_0001
조사장소 : 경기도 안산시 상록구 장상동 동막골 경로당
조사일시 : 2011.1.23
조 사 자 : 김헌선, 김형근, 최자운, 김혜정, 변진섭
제 보 자 : 정옥순, 여, 80세
청   중 : 4명
구연상황 : 동막골은 이번이 두 번째 조사이다. 1차 조사에는 정옥순 제보자의 경우 귀
        가 안 들려서 기본적인 의사소통의 문제가 있었으나, 이번에는 보청기를 껴서
        의사소통이 원활했다. 또한 활발한 성격과 총기가 있어서 여러 자료들을 제공
        해주었다.
        오늘날 구전 동요로 분류되는 소리 중에 새의 소리를 흉내 내거나 새와 관련
        된 노래들이 있다. 부엉이, 산비둘기, 꿩, 황새 등이 그것이다. 이들 노래들을
        아는지 물어보았으나 산비둘기 흉내 내는 소리만을 기억하고 있었다. 사실 이
        노래 제목은 학자들이 부여한 이름이고, 제보자들은 제목을 모른다. 그래서
        조사자가 먼저 앞부분을 불러서 기억을 이끌어내야 한다.

지집죽고 뿌꾹뿌꾹

자식죽고 뿌꾹뿌꾹

그건 새가 하는 소리야. 새가

기집죽고 뿌꾹뿌꾹

자식죽고

아이고 몰라요. 그것 백이는

베틀가

자료코드 : 02_14_FOS_20110123_KHS_JOS_0002
조사장소 : 경기도 안산시 상록구 장상동 동막골 경로당

조사일시 : 2011.1.23

조 사 자 : 김헌선, 김형근, 최자운, 김혜정, 변진섭

제 보 자 : 정옥순, 여, 80세

청　　중 : 4명

구연상황 : 베틀가는 지난 조사 때 온전히 기억하지 못하여 조사가 안 되었던 부분이다.
그러나 조사 이후에 곰곰히 기억해서, 다시 찾아오면 들려주겠다고 마음먹고
있었다고 한다. 베틀가의 경우 아주 고형의 가사는 보통 하늘에서 놀던 선녀
가 할 일이 없어서 베틀을 만들어 짜는 가사로 이루어진다. 따라서 이 가사는
옛날식의 베틀가는 아니고 신식 베틀가라 할 수 있다.

　　　하늘에다 벼틀[130]놓고 구름에다 잉애걸고

　　　삼디나무 바디집에 덜커덩덜커덩 짜다보니

　　　날이샌줄 모르겠네

　　　밤에짜는건 일광단이요 낮에짜는건 야광단인데

　　　일광 야광단 다짜가지고 우리댁서방님 도포로해드릴까

　　　벼짜는아가씨 사랑노래 벼틀에 수심만지는구나

　　다 했습니다

아이어르는 소리 / 불아 불아

자료코드 : 02_14_FOS_20110123_KHS_JOS_0003

조사장소 : 경기도 안산시 상록구 장상동 동막골 경로당

조사일시 : 2011.1.23

조 사 자 : 김헌선, 김형근, 최자운, 김혜정, 변진섭

제 보 자 : 정옥순, 여, 80세

청　　중 : 4명

구연상황 : 1차 조사에는 "불아 불아 우리 애기 잘도 한다"라는 단순한 가사 밖에 기억
을 못했으나 이번에는 좀 더 기억을 되살려주어 불러주었다.

---

130) 베틀.

걸음마를 할 나이쯤 되면 아이의 다리를 길러줄 목적으로 풀무소리를 한다. 풀무소리는 아이를 세우고, 아이의 양 겨드랑이에 어른이 손을 넣고 몸을 기울여 오른발 왼발 차례로 딛게 하며 부른다. 지역에 따라 '불아 불아', '불미딱딱', '풀매풀매', '불무(풀무)소리' 등으로 불린다. '풀무'는 쇠 도구를 만드는 '대장간'에서 썼던 도구이다. 불이 꺼지지 않게 계속해서 불에 바람을 공급해 주는 도구인데, 아주 옛날에는 손으로 밀었다 넣었다 하는 손풀무와 마치 어렸을 적 국민학교 풍금처럼 양쪽발로 한발 한발 딛는 발풀무가 쓰였다. 이 풀무소리는 바로 발풀무를 딛는 모습을 흉내낸 것이다. 이 풀무소리는 아이의 다리 힘을 길러주는 것이며, 아이들이 점차 걸음마를 할 단계에서 부른다. '알 강달강'은 다소 노래의 가사가 서사적 짜임이 있지만, 이 풀무소리는 그렇지 않다. 다만 많이 나오는 가사의 경우 문답으로 이루어진다. 이 풀무가 어디 풀무인지, 이 쇠가 어디 쇠인지, 쇠값이 얼마인지 그런 경우이다. 이에 대한 대답을 하면서 노래가 이루어진다.

불아불아 불어라
이방아가 누방안가
예주예천 자채방아
광주분원 사기방아
덜커등쿵다쿵 잘두찧네

불아불아 불어라
이방아가 누방안가
예주예천 자채방아
광주분원 사기방아
덜커등쿵다쿵 잘두찧네

상여소리

자료코드 : 02_14_FOS_20110123_KHS_JOS_0004
조사장소 : 경기도 안산시 상록구 장상동 동막골 경로당

조사일시 : 2011.1.23

조 사 자 : 김헌선, 김형근, 최자운, 김혜정, 변진섭

제 보 자 : 정옥순, 여, 80세

청　　중 : 4명

구연상황 : 정옥순 제보자가 실제 상여를 운반할 때 불러봤던 경험이 있는 것은 아니다. 그저 노래하는 것을 즐겨하고, 또 총기가 있어서 들으면 자신도 곧잘 흉내를 냈다고 한다. 장난삼아 상여소리도 하실 줄 있는지 묻자, "못할 것 뭐 있느냐" 며 불러주었다.

어허 어허

인제가면 언제오나

저승길이 멀다더니 대문밖이 저승이네

어허 어허

내년춘삼월 잎이피고 꽃이피면

다시돌아오실건가

어허 어허

살랑밑에 삶은팥이 싹이나면 돌아오까

어허 어허

인제가면 언제오나

어허 어허

명자십리[131] 해당화야 꽃진다고 설워마라

내년춘삼월 돌아오면 너는다시 피거니와

나는 못와

그럼 됐어. 인제 고만해

---

131) 명사십리(明沙十里).

지경소리

자료코드 : 02_14_FOS_20110129_KHS_JBC_0001

조사장소 : 경기도 안산시 상록구 양상동 윗버대 경로당

조사일시 : 2011.1.29

조 사 자 : 김헌선, 김형근, 최자운, 김혜정, 변진섭

제 보 자 : 조병철, 남, 81세

청   중 : 8명

구연상황 : 윗버대 경로당으로 가는 길, 마을의 입구부터 심상치 않았다. 현재 안산시화
장터를 이곳에 짓겠다는 시의 움직임에 따라서 이 마을과 시가 갈등을 빚고
있다. 마을은 온통 그것과 관련한 현수막들이 걸려있었고, 경로당은 그것의
저지투쟁본부가 되어 있었다. 미리 노인회장님과 약속을 잡고 방문하여 조사
에 큰 무리는 없었다. 노인회총무님은 마을 역사에 더 잘 알만한 조병철 제보
자를 연락하여 경로당으로 나오시게 하였다. 마을의 여러 골짜기들을 상세히
잘 알고 있었다. 그러나 그와 얽힌 전설이나 민담 등은 들을 수 없었다. 우리
는 지명과 관련이 없지만 옛날이야기를 들려달라고 부탁했지만 아는 것이 없
다고 했다.

조병철 제보자는 처음 보기에 친절하거나 적극적인 편은 아니었다. 민요 또한
옛날이나 불렀지 오늘날 누가 부르느냐 식의 답변이었다. 조사자들의 마음속
에서는 '아, 성과가 없겠구나'라는 생각과 함께 조사를 접으려는 마음이 들었
다. 그래도 조금만 더 질문을 하였다. 마을에 누군가가 돌아가시면 공동으로
상여를 매는지 물어보았고, 지금도 더러 맨다는 대답을 하였다. 그럼 그때 누
가 선소리를 주느냐하는 질문이 결정적이었다. '아쉬운 대로 내가 주기도 하
고....' 하며 조병철 제보자는 말끝을 흐렸다. 우리는 진작 유능한 소리꾼을 몰
라보지 못했다며 손발 싹싹 빌듯이 사죄의 뜻을 전했다. 잠시 그런 태도에 마
음이 동했고, 이후 본격적인 민요 조사를 하게 되었다. 게다가 자신과 같이
번갈아 선소리를 주는 또 다른 제보자 김동원을 경로당으로 불렀다. 지경소
리, 상여소리, 회다지소리, 창부타령과 노랫가락을 녹음할 수 있었다. 뒷소리
받는 것이 부족하여 2월 12일 2차 조사를 통해 조금 더 잘된 녹음을 할 수
있었다.

지경소리는 논둑을 다지거나, 집을 짓기 위하여 집터를 다질 때 부르는 소리
이다. 호박돌이라는 넓고 큰 돌에 줄들을 연결시켜 장정들 여럿이 그 줄을 이
용하여, 돌을 들었다 땅에 힘차게 내리 치면서 터를 다지게 된다. 공동 노동
이므로, 통일된 동작이 요구되기에 선소리꾼이 가사를 대주면, 줄을 잡고 다

지는 사람들은 '에허여라 지경이요'라는 뒷소리를 받게 된다. 그런데 단순히 일의 협력을 위함만이 아니라, 노동의 힘을 북돋우기 위함도 있고, 그 가사를 보면 이 집안의 축원도 들어간다. 여기서는 짧게 불러서 그 축원 부분이 들어가 있지는 않다. 뒷소리를 받아줄만한 사람이 없어 조병철 제보자 혼자서 메기고, 받는 소리 모두를 했다.

어허여라 지경이요

그러면 또 여기서 후렴을 하지

    어허여라 지경이요
높은데는 쾅쾅찍고
    어허여라 지경이요
얕은데는 살짝놓고
    어허여라 지경이요
삼동허리를 굽밀어가며
    어허여라 달고
높이들었다 살짝놓고
높이들었다 살짝놓세
    어허여라 지경이요
먼데사람은 듣기나좋고
    어허여라 지경이요
가깐데사람들 보기도좋게
    어허여라 지경이요

그렇게 하는거지 뭘

회다지소리 / 달고소리

자료코드 : 02_14_FOS_20110129_KHS_JBC_0002
조사장소 : 경기도 안산시 상록구 양상동 윗버대 경로당
조사일시 : 2011.1.29
조 사 자 : 김헌선, 김형근, 최자운, 김혜정, 변진섭
제 보 자 : 조병철, 남, 81세
청   중 : 8명

구연상황 : 같은 마을 제보자 김동원이 상여소리와 회다지소리를 부를 때, 조병철은 뒷
소리를 받아주었다. 어차피 비슷비슷한 소리이기 때문에 김동원이 불렀으므
로 자신은 부르지 않겠다고 하였다. 부르는 사람들마다 곡조의 차이도 있고
하니 회다지만이라도 한번 불러달라고 하여 녹음하였다.

안산은 전반적으로 '회다지소리'라는 명칭을 사용하지 않고, '달고소리', '달고
다는소리'라고 부른다. 이 마을 또한 달고소리라 부른다. 다양한 소리로 구성
되어 있진 않고 '에여리달고'소리만으로 이루어져 있고, 끝날 때 '이여차'로 끝
을 낸다. 회다지소리의 메기는 소리의 가사는 너무도 다양하다. 많이 이용하
는 가사가 회심곡, 초한가, 백발가 등의 가사이다. 보통 소리꾼들은 이런 서사
적인 짜임이 있는 가사를 외워야 유능한 선소리꾼으로 인정한다. 그저 나오는
대로 즉흥적으로 갖다 붙이는 것은 그 누구도 할 수 있으며, 앞뒤도 안 맞는
소리라고 저평가한다. 회다지를 다질 때 보통 3번(세 켜)를 다지기 때문에 다
양한 가사의 노래가 불려진다.

에 우리 군방네
이제 달고소리를 하열보세

이렇거고

에여라 달고
　　　에여라 달고
달고닫는 군정님네들
　　　에여라 달고
높이들어 쾅쾅놓고

에여라 달고

살작들었다가 쾅쾅놓세

에여라 달고

이세상에 태나온사람

에여라 달고

만단제물을 모아를놓고

에여라 달고

먹고를갔나 쓰고를가나

에여라 달고

못다먹고 못다쓰고

에여라 달고

두손모아 배위에얹고

에여라 달고

시름없이도 가는인생

에여라 달고

부귀영화가 소용이나있나

에여라 달고

한번가면은 영천이로구료

에여라 달고

회다지소리 / 달고소리 1

자료코드 : 02_14_FOS_20110212_KHS_JBC_0001
조사장소 : 경기도 안산시 상록구 양상동 윗버대 경로당
조사일시 : 2011.2.12
조 사 자 : 김헌선, 김형근, 최자운, 김혜정, 변진섭

제 보 자 : 조병철, 남, 81세

청　　중 : 10명

구연상황 : 윗버대경로당은 이번이 두 번째 조사이다. 1차 조사에도 조병철과 김동원을
　　　　　중심으로 상여소리, 회다지소리 등을 녹음하였다. 메기고 받는 소리의 경우
　　　　　받는 소리를 크게 잘 받아주어야 좋은 소리가 난다. 그러나 1차 조사 때는 제
　　　　　대로 소리를 받아줄 사람들이 없었기에 다시 한 번 좋은 소리 녹음을 위해
　　　　　찾아왔다. 안산은 전반적으로 '회다지소리'라는 명칭을 사용하지 않고, '달고
　　　　　소리', '달고다는소리'라고 부른다. 이 마을 또한 달고소리라 부른다. 다양한
　　　　　소리로 구성되어 있진 않고 '에여리달고' 소리만으로 이루어져 있고, 끝날 때
　　　　　'이여차'로 끝을 낸다. 회다지소리의 메기는 소리의 가사는 너무도 다양하다.
　　　　　많이 이용하는 가사가 회심곡, 초한가, 백발가 등의 가사이다. 보통 소리꾼들
　　　　　은 이런 서사적인 짜임이 있는 가사를 외워야 유능한 선소리꾼으로 인정한다.
　　　　　그저 나오는 대로 즉흥적으로 갖다 붙이는 것은 그 누구도 할 수 있으며, 앞
　　　　　뒤도 안 맞는 소리라고 저평가한다. 회다지를 다질 때 보통 3번(세 켜)를 다
　　　　　지기 때문에 다양한 가사의 노래가 불려진다.

자, 우리 군방네

군방님네

자, 우리 군방님네

우리 망인 가시는 길에 이왕지사 가시는 양반 좋은데 가시라고

우리 달고소리나 해서 한번 해여봅시다

에어라 달고

　　　에어리 달고

달고닫는 군정네들

　　　에어리 달고

이내말을 들어를보소

　　　에어리 달고

달고를 닫는법이

　　　에어리 달고

옛날옛적할아버지 하시던대로
　　　에어리 달고
먼데사람은 듣기좋고
　　　에어라 달고
가깐데여러분 보기도좋게
　　　에어리 달고
삼동허리 굽밀어가며
　　　에어리 달고
높은데는 쾅쾅놓고
　　　에어리 달고
낮은곳도 쾅쾅놓으며
　　　에어리 달고
아주쾅쾅 밟아를주세
　　　에어리 달고
인제가면 언제오시리
　　　에어리 달고
오실날을 알려를주소
　　　에어리 달고
뒷동산에 고목나무가
　　　에어리 달고
꽃이피면 오시려나
　　　에어리 달고
뒷동산에 군밤을묻어
　　　에어리 달고
새싹이나면 오시려나
　　　에어리 달고

가마솥에 삶은개가

　　에어리 달고

커겅컹짖으면 오시려나

　　에어리 달고

못가겠구나 못가겠네

　　에어리 달고

원통하고 설움여서

　　에어리 달고

인간백년을 산다고해도

　　에어리 달고

일장춘몽 꿈이로구료

　　에어리 달고

뜬구름같은 이세상에

　　에어리 달고

초로같은 우리인생들

　　에어리 달고

물우에 거품이로구료

　　에어리 달고

일가친척 있다고해도

　　에어리 달고

어느친척들 대신가며

　　에어리 달고

자손들이 있다고해도

　　에어리 달고

어느자손이 대신가며

　　에어리 달고

친구벗들이 많다고해도
에어리 달고
어느친구들 동행을하나
에어리 달고
에어라 달고
에어라 달고
저승길이 멀다더니만
에어리 달고
대문밖이 저승이로구료
에어리 달고
이세상을 살어를가며
에어리 달고
만단재물들 모아를놓고
에어리 달고
먹구를가나 지구를가나
에어리 달고
못다잡숫고 못다쓰시고
에어리 달고
두손모아 배우에나¹³²⁾엎고
에어리 달고
시름없이도 가는인생들
에어리 달고
부귀영화 소용이나있소
에어리 달고

---

132) 배 위에나.

한번가면은 영천이로구료

에어리 달고

달고닫는 군정여러분

에어리 달고

해도서산에 기울었으니

에어리 달고

달고소리도 그만들하고

에어리 달고

이여차소리로 끝냅시다

에어리 달고

이여차

이여차

이러고 나오는거야

회다지소리 / 달고소리 2

자료코드 : 02_14_FOS_20110212_KHS_JBC_0002
조사장소 : 경기도 안산시 상록구 양상동 윗버대 경로당
조사일시 : 2011.2.12
조 사 자 : 김헌선, 김형근, 최자운, 김혜정, 변진섭
제 보 자 : 조병철, 남, 81세
청   중 : 10명
구연상황 : 조병철 제보자는 본인이 생각하기에 표준이 될 만한 가사로 한번 불러주었
고, 그 가사를 중심으로 하되 현장상황에 따라 즉흥적으로 가사가 합성이 된
다고 설명하였다. 그래서 가족들로부터 인정을 받아낼 때는 이런 가사를 한다
며 들려주었다.

이돈수백만원이 왠돈이냐
　　　에어리 달고
이돈내력도 알고나가소
　　　에어라 달고
오늘가신 맹인께서
　　　에어라 달고
이돈으로 여비를해서
　　　에어라 달고
부디좋은곳 잘가시라고
　　　에어라 달고
인정어린 돈이로구료
　　　에어라 달고
이돈내놓신 상가댁에선
　　　에어라 달고
없는자손들 점지하고
　　　에어라 달고
없는자식들 점지하고
　　　에어라 달고
있는자식들 만수무강하고
　　　에어리 달고

노랫가락 / 한산섬달밝은밤에

자료코드 : 02_14_MFS_20110129_KHS_SBE_0001
조사장소 : 경기도 안산시 상록구 사사동 안골(발기울) 심분이 자택
조사일시 : 2011.1.29
조 사 자 : 김헌선, 김형근, 최자운, 김혜정, 변진섭
제 보 자 : 심분이, 여, 92세
구연상황 : 안골경로당에서 조사하고 있을 때, 부녀회장이 노래와 옛날이야기를 잘 아는
할머니가 동네에 계시다고 소개를 받았다. 제보자 심분이는 연세가 많아 집에
있었다. 자식들이 서울에 살지만, 자신은 서울이 답답하여 혼자 이곳에 산다
고 하였다. 방이 여럿 있지만, 보통 마루에서 자고, 마루에 앉아서 하루를 보
내는 듯 보였다. 나이는 많지만 거동은 불편했지만 총기가 좋고, 또 말하는
것을 즐겨했다. 다소 귀가 어두운 면이 있어서, 질문의 의도와는 다르게 본인
이 하고 싶은 이야기나, 노래를 하는 경우도 있어서 의외의 노래들도 조사할
수 있는 장점이 있었다. 시집살이를 먼저 조사하였고, 그 이어 아이들을 키우
면서 부르는 노래들을 조사하였다.
이 노래 또한 조사자가 요구했거나 물어봤던 소리는 아니다. 심분이 제보자는
본인이 이야기하다 갑자기 생각나면 노래를 하곤 하였고, 그런 과정 속에서
나온 것이다. 제보자는 이순신노래라고 불렀다. 가사를 보면 이순신 장군이
지은 시조와 유사하다. 그 시조의 내용은 다음과 같다. "한산섬 달 밝은 밤에
수루에 혼자 앉아 / 큰 칼 옆에 차고 싶은 시름하는 적에 / 어디서 일성호가
는 남의 애를 끓나니"

한산삼[133] 달밝은밤에 물우에 혼자앉어

큰칼을 옆에끼고 깊은 설움하는차에

어데서 일성호가 은단하자 하는구나

호적적 봄나비쌍쌍 양유지상에 꾀꼬리상상

---

133) 한산섬, 한산도(閑山島). 경상남도 통영에 있는 섬. 이순신(李舜臣) 장군의 최대 전승
지인 한산대첩을 이룬 곳이다.

길라래비 날길새도 짝을지어서 날아가네

우리님은 어딜가서

내. 내 가정을 버리고 거기서 잊어버렸네

가위 바위 보 노래

자료코드 : 02_14_MFS_20110123_KHS_JOS_0001
조사장소 : 경기도 안산시 상록구 장상동 동막골 경로당
조사일시 : 2011.1.23
조 사 자 : 김헌선, 김형근, 최자운, 김혜정, 변진섭
제 보 자 : 정옥순, 여, 80세
청   중 : 4명
구연상황 : 기억력이 너무 좋아 일제시대 때는 어떻게 놀았는지를 묻는 과정에서 다음
과 같은 노래를 불러주었다.

삐약삐약 나비나비삐약

조선나라 임금의집이

뭣하러 갔다왔니

새끼치러 갔다왔다

몇마리쳤니

세마리쳤다

너한마리 볶아먹고

나한마리 볶아먹고

구리구리 짱깨 써

가위 바위 보

아까보이 하이떼 긴까수리또 신발 벗어

그러면 제들 벗어가지고 뛰었어

창부타령

자료코드 : 02_14_MFS_20110123_KHS_JOS_0002
조사장소 : 경기도 안산시 상록구 장상동 동막골 경로당
조사일시 : 2011.1.23
조 사 자 : 김현선, 김형근, 최자운, 김혜정, 변진섭
제 보 자 : 정옥순, 여, 80세
청　　중 : 4명
구연상황 : 조사의 마무리격으로 제보자에게 창부타령도 부르실 수 있는지 묻자 불러주었다.

　　　아니 아니 놀지는 못허리라

　　　하늘과같이 높은사랑 하해와같이 깊은사랑

　　　칠년대한 가믄날에 빗발같이도 반긴사랑

　　　장명화에 양귀비냐 이도령의 춘향이냐

　　　일년 삼백육십일을 하루만못봐도 못살겄네

　　　니리리 니리딧딧 아니놀지는 못하리라

　　　봄들었네 봄들었네 이강산삼천리 봄들었네

　　　푸른것은 버들이요 누른것은 꾀꼬리라

　　　황금같은 꾀꼬리는 푸른숲으로 날아들고

　　　백설같은 흰나비는 장다리밭으로 날아든다

　　　니리릿 니리딧디 아니놀지는 못허리라

노랫가락

자료코드 : 02_14_MFS_20110129_KHS_JBC_0001
조사장소 : 경기도 안산시 상록구 양상동 윗버대 경로당
조사일시 : 2011.1.29

조 사 자 : 김헌선, 김형근, 최자운, 김혜정, 변진섭
제 보 자 : 조병철, 남, 81세
청   중 : 8명
구연상황 : 상여소리, 달고소리 이후 판을 정리하면서 창부타령, 노랫가락을 청하자 불
러주었다. 제보자 조병철은 자기 노래가 비싼 노래라고 말한다. 젊어서 한량
처럼 꽤 놀았다고 했다. 많은 사람들이 소리 불러달라고 찾아왔지만 이번이
처음으로 조사에 응했다고 했다. 그만큼 소리가 구성지고 좋다.

놀아 젊어서놀아 늘어지며는 못노나니
화무 십일홍이요 달도차며는 기우나니
인생도 일장춘몽인데 아니놀지는 못하리로다

청천하늘에 잔별도 많구요
이내가슴에 좋구나 수심도많구나

이산저산에 남물이 들었네
남물이 들으면 좋구나
청춘도 남물이다

노랫가락

자료코드 : 02_14_MFS_20110212_KHS_JBC_0001
조사장소 : 경기도 안산시 상록구 양상동 윗버대 경로당
조사일시 : 2011.2.12
조 사 자 : 김헌선, 김형근, 최자운, 김혜정, 변진섭
제 보 자 : 조병철, 남, 81세
청   중 : 10명
구연상황 : 윗버대경로당은 이번이 두 번째 조사이다. 1차 조사 때처럼 판을 정리하면서
노랫가락과 창부타령을 권하였고, 제보자가 불러준 소리이다.

님아닐 계실적에는 할말못헐말 많더니만

당신을 대하고보니 어안이병병 심중은답답
답답한 이내가슴을 오늘누구가 알어를주나

동창에 비치운달이 서창으로만 다지도록
오실임 못오실진정 잠은왜어이 아니오나
잠조차 가져간그님을 생각하는이 내그로구나

새천장 새모진가지 그네를 매고
임이뛰면 내가밀고 내가뛰며는 임이나밀어
임아임아 줄살살밀어라 줄떨어지며는 정떨어진다

창밖에 국화를심고 국화밑이다 술빚어놓고
술익자 국화피자 임이오시자 달사놓고
동자야 국화주걸러라 임이나오시면 업구나노세

창부타령

자료코드 : 02_14_MFS_20110212_KHS_JBC_0002
조사장소 : 경기도 안산시 상록구 양상동 윗버대 경로당
조사일시 : 2011.2.12
조 사 자 : 김헌선, 김형근, 최자운, 김혜정, 변진섭
제 보 자 : 조병철, 남, 81세
청 중 : 10명
구연상황 : 윗버대경로당은 이번이 두 번째 조사이다. 1차 조사 때처럼 판을 정리하면서
　　　　　 노랫가락과 창부타령을 권하였고, 제보자가 불러준 소리이다.

아니 아니 놀지는 못하리라
신고명산만장봉에 바람불어서 쓰러진낭게[134] 눈비온들일어서며

---

134) 쓰러진 나무.

송죽같이도 굳은절개나 매나많이맞는들 허락하나
몸은비록 기생일망정 절개조차도 없을소냐
얼씨구절씨구 기화자좋네 아니놀지는 못하리라

어지러운 사바세계 의지할곳이 가히없어
모든시름을 다떨치고 한가한벽촌을 찾알가니
송죽바람도 쓸쓸한데 두견조차도 슬피울어
귀촉도 술여귀야 너도울고 나도울어
심야삼경 깊은밤을 같이울면서 밤을새자
얼씨구절씨구 기화자좋네 아니놀지는 못하리라

잊자버리자 꿈이구나 모두다잊어라 꿈이로구나
옛날옛적에 과거지사를 모두잊어라 꿈이로다
나를싫다고 나를마다 나를박차고 가신임
어리석은 미련이남어 그래도못잊어 또왔구나
얼씨구절씨구 기화자좋네 태평성대가 아니냐

객귀 물리는 소리

자료코드 : 02_14_ETC_20110123_KHS_JOS_0001
조사장소 : 경기도 안산시 상록구 장상동 동막골 경로당
조사일시 : 2011.1.23
조 사 자 : 김헌선, 김형근, 최자운, 김혜정, 변진섭
제 보 자 : 정옥순, 여, 80세
청　　중 : 4명
구연상황 : 여러 소리들을 잘 기억하고 있는 제보자에게 혹시 '객귀'도 물려봤는지 묻자 자신 있게 다 해보았다고 했다. 설명과 함께 하는 시늉을 해봐달라 부탁하였다. 객귀물리기는 객귀(客鬼)를 물리치는 주술적인 행위이다. 집에 아이나 누가 아프거나 탈이 나면, 이것이 '객귀'에 의한 것이라 관념하고 객귀를 물린다. 이것은 전문적으로 무당 같은 존재가 하는 것이 아니라 대부분의 어머니들은 할 줄 알았다. 고리바가지에 밥을 한 그릇 넣고, 나물 같은 찬을 조금 넣고 아픈 사람의 머리카락을 칼로 몇 가닥 베어 넣은 뒤에 식칼로 그 바가지를 탁! 탁! 치면서, 마치 귀신을 협박하듯이 객귀물리는 소리를 하였다. 이것을 다하고 난 뒤에는 그 식칼을 앞으로 던지고 칼끝이 어디로 향했는지 본다. 보통 이 소리는 대문이 가까운 마당에서 대문을 바라보며 하는데, 칼끝이 바깥을 향하면 객귀가 물려졌다고 관념하고, 칼끝이 안쪽을 향하면 바깥을 향할 때까지 다시 던진다.

누가 아퍼서요 죽을 써놓고 빌면은요

에 물 한박 쪽박에
이걸 먹고 썩 물러서야지
젖은 거는 먹고 가고 말른 거는 싸가주 가고
노자돈을 듬뿍해가지고 썩 물러야지 안물러서면은
무쇠 두멍에 엄나무 말뚝에 국내 밤내도 못먹게 탁 가둬놀테니

썩 물러써라 쉐 사파 쉐

그러고 침을 세 번을 뱉고 냅다 돌아서는 거에요

성주 비는 소리

자료코드 : 02_14_ETC_20110123_KHS_JOS_0002
조사장소 : 경기도 안산시 상록구 장상동 동막골 경로당
조사일시 : 2011.1.23
조 사 자 : 김헌선, 김형근, 최자운, 김혜정, 변진섭
제 보 자 : 정옥순, 여, 80세
청　　중 : 4명
구연상황 : 객귀물리기를 기억하는 것에 착안하여, 다른 가정신앙과 관련한 사항들을 물었다. 정옥순의 경우 성주단지와 삼신바가지를 모셨었기에 이 둘에 대해 비는 소리들을 기억하고 있었다.

그거야 비는거야. 내 집안 비는거지 뭘 빌어요

　　그저 이씨대주면 이씨대주 몸 건강하게 해주시고
　　그저 아들이면 아들 그저 잘 동서사방 댕기더라도 그저 그냥 몸 건강히 잘댕기고 그저 잘
　　나갈 전 빈바리[135] 나가고 들어올전 한바리[136] 실고 들어오게 해줍소사

삼신 비는 소리

자료코드 : 02_14_ETC_20110123_KHS_JOS_0003

---

135) 빈 손.
136) 한가득.

조사장소 : 경기도 안산시 상록구 장상동 동막골 경로당
조사일시 : 2011.1.23
조 사 자 : 김헌선, 김형근, 최자운, 김혜정, 변진섭
제 보 자 : 정옥순, 여, 80세
청   중 : 4명
구연상황 : 객귀물리기를 기억하는 것에 착안하여, 다른 가정신앙과 관련한 사항들을 물
         었다. 정옥순의 경우 성주단지와 삼신바가지를 모셨었기에 이 둘에 대해 비는
         소리들을 기억하고 있었다.

애기가 아프면

그저 우리 애기 삼신할머니 삼신할아버지 그저 삼신자손 받들어
줍소사
그저 저 아퍼서 젖 젖도 잘안먹고 젖 잘먹고 밥 잘먹게 그저 잠잘
자게 받들어줍소사

■엮은이 소개

김헌선 경기대학교 인문대학 국어국문학과 교수. 주요 저서로 『서울굿, 거리거리
열두거리 연구』(2011), 『옛이야기의 발견』(2013), 『부여 추양리 두레풍장』
(공저, 2013), 『한국농악의 다양성과 통일성』(2014), 『경기도 토박이 농악』
(2015), 『경기도 성황제』(2015), 『한국 무조신화 연구』(2015) 등이 있다.

김형근 동아대학교 기초교양대학 조교수. 주요 저서로 『양수리 두물머리 도당제』
(2011), 『남해안굿 연구』(2012), 『인문학적 자산으로서의 산림문화』(공저,
2013), 『Juldarigi』(공저, 2015), 『당진의 무형유산』(공저, 2016), 『남해안별
신굿의 재발견』(공저, 2017) 등이 있다.

최자운 세명대학교 교양대학 조교수. 주요 논저로 「영남지역 무형문화재 지정 논매
기 상사소리의 수용에 관한 현장론적 연구」, 「여성 구연 민요 내 모성(母性)
의 표현 양상과 의미」, 「충북 제천시 봉양 용바위 신앙의 양상과 특징」, 「강
원지역 장례의식요 전승의 현재적 양상과 의의」, 「경기도 평택시 이민조
민요 가창자 연구」, 『한국민요』(2016), 『덕담과 성주풀이』(2016) 등이 있다.

김혜정 서울과학기술대학교 강사. 주요 논저로 「무형문화유산으로서의 설화 항목
선정·조사·보호의 문제」, 「현대구전설화(MPN) 자료의 전승 양상과 분류
방안 연구」, 「韓·中 "약 되는 아들의 간" 설화의 전승 양상 비교 연구」, 『증
평 장뜰 두레축제』(2011), 『남방 실크로드 신화여행』(공저, 2017) 등이 있다.

변진섭 경기대학교 강사. 주요 논저로 「경기도 남부굿과 민속춤의 상관성 연구-깨
낌춤을 중심으로」, 「동막도당굿의 무용학적 고찰」, 「굿에서 민속춤으로-태
평무의 장단을 중심으로」, 「연행 양상을 통한 가래조 고찰」, 『풍어제』(공저,
2014) 등이 있다.

증편 한국구비문학대계 1-14
경기도 안산시

초판 인쇄 2017년 12월 21일
초판 발행 2017년 12월 28일

엮 은 이 김헌선 김형근 최자운 김혜정 변진섭
엮 은 곳 한국학중앙연구원 어문생활사연구소
출판기획 유진아

펴 낸 이 이대현
펴 낸 곳 도서출판 역락
편   집 권분옥
디 자 인 안혜진

주   소 서울시 서초구 동광로46길 6-6(반포4동 577-25) 문창빌딩 2층
등   록 1999년 4월 19일 제303-2002-000014호
전   화 02-3409-2058, 2060
팩   스 02-3409-2059
이 메 일 youkrack@hanmail.net

값 28,000원

ISBN 979-11-6244-151-0 94810
      978-89-5556-084-8(세트)